この恋だけは推《わ》理《か》らない

I just don't understand this love

谷 夏読
Natto Tani

東京創元社

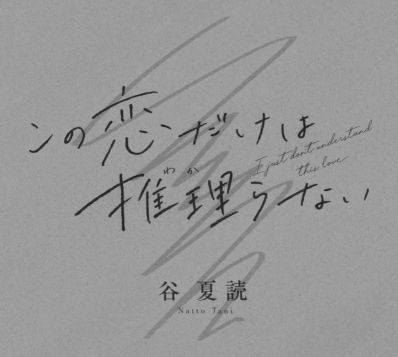

この恋だけは推理《わか》らない

主な登場人物

岩永朝司《いわながちょうじ》……上城北《かみじょうほく》 高校二年二組、十七歳。陸上部

小井塚咲那《こいづかさな》……上城北高校二年三組。恋愛小説家。ペンネームは恋塚咲夜《こいづかさくや》

岩永木葉《このは》……上城北高校二年三組。朝司の従妹、義理の妹。美術部

秋月拓志《あきづきたくし》……上城北高校三年。朝司の相談者

九重真奈美《ここのえまなみ》……上城北高校二年三組。秋月の現在の彼女

田代美玖《たしろみく》……上城北高校二年三組。陸上部

三峰凜音《みつみねりおん》……上城北高校一年三組。朝司の相談者

白澤《しらさわ》　裕《ゆう》……上城北高校二年四組。美術部
佐藤鈴奈《さとうすずな》……上城北高校二年。白澤の現在の彼女。美術部
辰吉隆史《たつよしたかし》……上城北高校三年二組。美術部。朝司の相談者
沢渡《さわたり》　卓《すぐる》……上城北高校の美術教師、二年三組担任。美術部の顧問

第一話

憂鬱《ゆううつ》な春が終わろうとしている。

散る花を惜しむような桜色の夕焼けを、岩永朝司《いわながちょうじ》は頬杖をつきながら眺めていた。窓側最後尾の席に座る朝司以外、教室には誰もいない。昼間、人いきれ溢れる空間には、主のいない机の影だけが並んでいた。

ふと、教室の扉を引く音が聞こえてくる。

探るような間を置いてから、ゆっくりと上履きの足音が近づいてきた。朝司は「またか」と振り返らずに春の斜陽を見つめ続ける。

「……岩永朝司さんですよね？」

女子の声だった。朝司はため息まじりに振り返る。見慣れぬ少女だ。

肩まで伸びた黒髪は夜空のようにしっとりと黒い。目鼻立ちは随分と整っていた。切れ長の目は、ぱっちり開いた二重瞼《ふたえまぶた》。自己主張しすぎない程度に高い鼻梁《びりょう》。だが、前髪が少し長く、目にかかっている。ついでに猫背だ。顔立ちはいいのに、どこか雰囲気が暗い。

学校指定のセーラー服を着ていることから察するに、文化系の部活に所属している生徒だろう。運動系の部活なら、放課後はジャージであることが多い。既に下校時刻を過ぎているから帰宅部とも思えなかった。

「恋愛の神様という噂は本当でしょうか？」

驚く朝司の目をジッと見つめながら少女が問いかけてくる。

朝司の年齢は十七歳――すなわち彼女いない歴十七年。

だというのに朝司は皆から『恋愛の神様』と呼ばれていた。

理由は複合的なモノであり、偶然が重なった結果とも言えるだろう。例えば一要素として、朝司の保護者が神社の宮司をしており、しかも縁結びで有名な神社だったから。更には恋愛相談をしてきた友人にアドバイスをした結果、三回ほど連続でいい結果につながったから。

だが、それも中学の頃のあだ名だ。

高校入学と同時に恋愛の神様などという皮肉な呼ばれ方はしなくなるかと思いきや、噂は消えてくれなかった。近しい友人の恋愛相談から始まり、やがては見知らぬ生徒からも相談を受けるようになったのだ。今も尚、放課後になると二年二組の教室に相談者がやってくる。

目の前の彼女のように。

朝司はため息まじりに尋ね返した。

「君、誰？」

「二年三組の小井塚《こいづか》咲那《さな》です」

「……名乗りもしない人が多いのに、君はしっかり名乗るんだね」

「名乗らないほうが良かったですか？」

朝司は眉間に力を込めながら咲那をジッと見る。咲那はきょとんとした様子で小首を傾げていた。

「いや、名乗るも名乗らないも君の勝手なんだけど……まあ、いいや。君みたいな人もいるんだろうさ。なに？　どんな悩みを抱えてるの？」

「えっと、その……恋の悩みというわけではなく、いえ、一応、恋の悩み？　なのかもしれないのですが……」

視線をそらしながらモニョモニョと言っている。

「えっと、実は、その……私、ネットで小説を書いてるんです。その……恋愛要素多めの小説で、その……書籍化までさせていただきまして……」

耳まで真っ赤になりながら必死に言葉を並べていく。

「すごいじゃん。なら君は小説家の先生なんだ？」

「いえ、その……ほとんど少女漫画の焼き直しと言いますか、実体験に基づいたわけじゃなくて、その、で、ネットで書き続けてたんですけど……」

咲那が泣きそうな顔で視線を足元へと落とす。

「……今、書けないんです」

と言われても、反応に困る。百歩譲って恋愛の相談なら、多少の助言はできる。多くの成功と失敗を見聞きしてきたからだ。だが、恋愛小説の書き方など朝司は知らない。

「担当編集さんに相談したら……恋をしたほうがいいと……でも、私、人と話すの、苦手で、誰かを好きになるとか……そんなの無理で……」

要するに――

「君は恋をしたいと？　そういう相談でいいの？」

朝司の問いかけに、咲那は勢いよく首を横に振った。

「いえ、違います！　私、その辺、諦めてるので！　ホモサピエンスとの恋愛は無理かなって！　むしろ、漫画とかアニメの推しキャラを追いかけてるほうがいいです！　三次元にはスパダリはいませんし！」

「スパダリってなに？」

「スーパーダーリンの略です。女性の理想の全てが詰まった完璧なイケメンです！」

見た目はいいのに残念な子なんだな、と思いながら朝司は「はあ」と相槌《あいづち》を打った。咲那は勢いのまま、まくしたてていく。

「小説を書けないのはネタ切れのせいです！　少女漫画とか恋愛小説からだけでは限界が来てるって心が叫びたがってるんです！　でも、私に恋愛とか無理じゃないですか！」

「いや、無理ってことは……」

「無理なんですよ！　男の子って目が怖いし！　あと、ＣＶ寺島拓篤《てらしまたくま》じゃないし！」

ＣＶってなんだ？　と思ったが、尋ねる隙が無い。

「私は越えたいんです！　目の前にある小説の壁を！　理想と麻酔を詰め込んだ作品も好きですよ！　でも、リアリティー！　なんか、そういうのを入れないと私は次にいけない気がするんです！」

その語気に気おされつつも朝司は「なるほど」と相槌を打つ。

「……小井塚さんは今のままの自分に不満があると」

「そうです！」

「なら、がんばって恋をしたら？　それで小説にもリアリティーが……」

「私の話、聞いてました？」

低い声ですごまれた。ちょっと怖い。

「恋愛はコスパとタイパの悪い贅沢品なんですよ！　時間もかかるし、気を使うし、彼氏に浮気とかされたらマジ無理です！　失恋などしようものなら、その後の人生を生きていける自信がありません！　それに比べて、ソシャゲの推しキャラはＣＶ寺島拓篤だし！　結婚も不倫もしないし！　ＡＳＭＲなら甘い声で囁《ささや》いてくれますし！　舞台化とかもされますし！　私を裏切ったりイジメたりもしないじゃないですか！」

朝司にこんな風に話しかけてくる時点で、それとなく察してはいたのだが、咲那はかなり個性的な子のようだ。

「なので、私は自分の経験から恋愛を学ぶ気がありません。そんな暇があるなら、推しに課金して脳汁出してたほうがいいです。毎日が涅槃《ニルヴァーナ》なんです」

そこまで言ってから急に勢いを無くし「まあ、小説が書けないとお金も入らないので推し活も滞るんですが」と肩を落とした。

「……で、結局、俺への相談ってなんなの？」

「私は私の話を聞いてほしいんじゃないんです。岩永さんの話を聞かせてほしいんです」

朝司は「どういうこと？」と改めて問い返す。

「恋愛の神様として聞いてきたコイバナを私に教えてくださいっ！」

たしかに恋愛の神様と呼ばれるようになってから、朝司は多くのコイバナを聞いてきたし、ここ一年くらいは以前より相談数が増えている。それこそ、どこにでもあるような淡い恋の話から、生徒と教師の恋だとか不倫だ二股だといったドロドロした男女の話まで多種多様だ。

「……ダメでしょうか？」

うかがうような視線に、朝司は「うーん」とうなりながら腕を組む。

聞いた話を秘密にするという約束を、相談者とは交わしていない。朝司が嫌だと言っても好き勝手に相談していくのだから、朝司が真摯《しんし》に秘密を守る理由は無かった。

とはいえ――

「人の秘密を簡単に話すのは、個人的にはちょっと引っかかるんだよね」

咲那は「ですよね」と声のトーンと一緒に肩を落とした。露骨に落ち込まれると、朝司としても罪悪感を覚えてしまう。わざわざ朝司を頼ってきたということは、それだけ切羽詰まっているのだろう。

（まあ、でも、俺にとってもいろいろチャンスではある……）

聞きたくもない他人のコイバナを聞かされる立場には嫌気が差していた。

（恋愛の神様をやめるにしても、やらなきゃいけないことがあるんだよな。それは俺一人だと無理だし……そうだな、小井塚さんに手伝ってもらえれば……）

うまく行くかはわからないが、試してみる価値はある。

「小井塚さんが困ってるなら、いろいろ話してもいいよ。まあ、不倫だとか浮気だとか、バレるとヤバい系は外すけど――」

咲那の顔がパッと華やぐように明るくなった。

「――その代わりに俺のお願いも聞いてもらいたい」

「はい、なんでも聞きます！　え？　なんでも？　それってエッチなこととか入りますか？」

「そんなお願いなどできるわけないだろ」

朝司はため息をついてから改めて咲那を見つめる。

「俺は君に相談内容を教える。その代わり、君は相談者の悩みを解決して、ハッピーエンドに導くのを手伝ってほしいんだ」

咲那は大きな目をパチクリと見開いた。

「……恋愛の神様を手伝えってことですか？」

「まあ、そういうことだね。恋愛の神様としての噂話に信憑性《しんぴょう》が増せば、相談者も増える。相談者が増えれば、君に話せるコイバナも増える。お互いに得なんじゃないかな？」

咲那は「なるほど」と口に手を添えながら考え込む。

「……わかりました、手伝います。問題を解決する中で、本物の恋愛に近づけますし」

言ってからニコリと微笑《ほほえ》む。

「恋愛の神様の助手としてがんばりますっ！」

朝司は「よろしく頼むよ」と苦笑を浮かべ、言葉を続けた。

「それじゃあ、つい昨日来た相談があるんだ。先ずはこの問題を君に解決してほしい」

朝司は滔々《とうとう》とコイバナを話し始めた。


――相談者の名前は秋月拓志《あきづきたくし》。

俺と同じ中学出身で、中学の頃は何かと恋愛の神様への相談でたくさん名前の出る奴だった。

『モテてたってことですか？』

そういうこと。秋月はかなりのイケメン。男性アイドルとかやってそうなタイプの顔で、学校中誰でも名前と顔を知ってるくらいの奴だった。まあ、高校に入ってからもそうだと思うけど……。

『私は知りませんでした』

一度も見たこと無いの？　あいつ、かなりのイケメンだよ。

『リアル男子の顔を覚えるのは苦手なので……』

そうなんだ……。

まあ、それだけイケメンだから、秋月は本当にモテた。告白されるのが日常茶飯事で、他校の女子にも告られてたね。それどころか、ＳＮＳでも顔が出てさ、なんかめっちゃバズって、日本中の女子からもＤＭとかで告られてたらしいよ。

って、君、なに、その露骨に嫌そうな顔は？

『いえ、超絶リア充人生の人って、もうそれだけで別の人種って気がして……せめて、性格は悪くあれ、と思ってしまいます』

その期待どおり……というわけじゃないけど、当然、それだけチヤホヤされてたから、まあ、性格が悪いというか……女タラシというか……なぜガッツポーズを？

『だって、なんの欠点も無かったら、それこそ少女漫画に出てくるイケメンみたいでムカつくじゃないですか』

君、恋愛小説家のくせに少女漫画とか嫌いなの？

『大好きですよ。でも、現実のイケメンは嫌いです』

そうなんだ……とにかく、秋月はモテにモテたから、手あたり次第に女子に手を出した。それこそ、最大で八股くらいまで行ったらしい。

『控え目に言ってもクソ野郎ですね。それでもモテたんですか？』

まあ、嫌いな人は嫌いだったみたいだけど、そこまで突き抜けると、それでもいいからつきあいたい的な女子も出てくるみたいだね。まあ、そんな奴だから、当然、悪い噂は今でも流れてるし、恨まれてもいる。

『ストーカー被害があって大変とか、そういう悩み相談ですか？』

いや、そうじゃない。

秋月の相談は、そんな噂のせいで困ってるってことだ。

『自業自得じゃないですか』

それはそうなんだけどね……。

でも、今つきあってる彼女は一人だけだし、その子のことを本気で好きなんだってさ。

『絶対嘘ですよ』

と、秋月の彼女も思っているらしい。

こっちの名前は九重《ここのえ》真奈美《まなみ》って言うらしいんだけど。

『九重さん、同じクラスですよ。清楚な感じの美人さんで、私に対しても優しく話しかけてくれる程度に人格者なのに……そんなクズ野郎とつきあってるんですか？』

その九重さんが、秋月の噂を信じてしまって、本気で好きだという秋月の言葉を信じてくれないらしい。最近は別れ話に発展することもあったりして、秋月はどうにか引き留めてるんだってさ。

『別れたほうが九重さんにとってハッピーエンドな気がしますけど……』

でも、秋月は心を入れ替えてるって言ってたよ。

今は九重さんのことしか目に入らないし、もう二度と浮気だとか二股だとかするつもりは無いって誓ってるのに信じてもらえない。

過去の噂じゃなくて今の自分を彼女に信じてほしい。

これが、秋月拓志の相談内容だよ――


朝司が話し終えても、咲那の眉間にできたシワは消えなかった。

「あの……小井塚さん、そんなに秋月のこと嫌いなの？」

「九重さんにとってのハッピーエンドは相談者と別れることだと思います。放っておくのが一番のハッピーエンドじゃありませんか？」

「だとしても、相談してきたのは秋月だしね」

咲那はまだ納得がいっていないのか、腕を組んだまましまうなってしまう。

「……うーん、他の相談じゃあダメですか？　それに、この相談者みたいなクズは私の小説の読者にとってもウケが悪い気がします」

「でも、実際の話なんだからリアリティーはあるだろ？　それに、解決してくれたら君が好きそうな相談を教えてもいい」

「……手伝わなかったら？」

「君と俺の契約は終了ってところかな？」

咲那は盛大なため息をつきながら「わかりました」と言い、更に続ける。

「話を聞いてて疑問に思ったことがあります」

「なに？」

「つきあいはじめたのはいつですか？」

「二、三ヶ月前だって言ってたね」

「九重さんは性格のいい美人さんです。女子ウケもよく友達も多い方です。顔がいいだけの人とつきあうかな……？」

朝司の知る秋月は優しい奴だった。困っている人がいると率先して助けていたし、バカな男子が女子を容姿の件でイジメていると「そういうの、マジでダサいからやめろ」と止めたりしていた。

「たしかにあいつは恋愛に関してはひどくだらしがない。でも、根は真面目で正義感の強い奴なんだ……ほんと、欠点といえば、告白されたら誰とでもつきあってしまうという一点だけなんだよ」

「致命的な欠点ですよ、それ」

「そんなあいつが生まれて初めて自分から告白してつきあったのが九重さんらしい」

咲那はまだ疑念があるようで「うーん」と眉間のシワを更に深くした。

「今さら感が強いんですよね……」

「どういうこと？」

「つきあう前に相談者のクズな噂のことを九重さんは知ってたと思うんですよ。あと、周りも止めたと思いますし。それが、今になって、というなら、理由があると思います。その辺、何か言ってませんでしたか？」

「いや、特には……」

「相談者がなにか隠し事をしている可能性が高いですね。例えばモラハラしてるとか。ＤＶクソ野郎だとか」

「そういうことしないと思うけどな……なんやかんやで女子には優しいんだよ」

「浮気のための優しさなら、無いほうがマシですけどね」

咲那は呆れたように言ってから「わかりました」と続ける。

「私のほうでもいろいろ調べてみます。岩永さんには見せなかった顔があるかもしれませんし」

「頼むよ」

「岩永さんも岩永さんでできることをしてください」

「ああ、できることをする」

「もし、相談者がモラハラかますＤＶクソ野郎だったら、私は全力で九重さんの側につきますからね」

「ああ、それでいいよ」

「それと、どちらにせよ、問題を解決したら、もっと胸キュンするようなコイバナを聞かせてくださいね。こんな胸糞悪い相談者の登場しない系の話でお願いします」

念押しされたので「当然だろ」と肩をすくめてみせる朝司だった。

◆

読経のような教師の声を聞きながら、小井塚咲那は欠伸《あくび》を噛み殺していた。

現国の教師は四十代の坂上《さかがみ》だ。常にワイシャツにスラックスと、見た目だけは真面目そうだが、授業の内容はつまらなかった。教科書を読むだけの講義に情熱もやる気も感じられない。咲那としてはハズレの教師だが、人によっては居眠りを咎《とが》められないため、アタリの教師らしい。

真面目に聞いているのもバカらしいので、咲那は昨日の放課後、恋愛の神様と話したことを思い出していた。

咲那としては書けなくなった小説を書くためにコイバナを聞ければよかったのだが、話の流れで相談者の問題を解決しなければならなくなった。

（それはいいんだけど……）

相談者の秋月拓志を調べてみると言ったものの、どう調べればいいのかわからなかった。ネットで検索したところで、事前に聞いていた秋月に関する情報以外、出てこない。それなら、朝司以外の近しい人物に尋ねるしかないのだが、それが難しかった。

咲那には友人がいない。皆無だ。

誰ともまったく話さないわけではない。必要最低限の連絡事項などの会話は可能だが、およそ友達と呼べる存在はいなかった。昼休みはひと気の無い場所で、ぼっち飯だし、その後は図書室で読書。放課後も図書室で読書。中学三年間も同様だったので、今さら友達が欲しいとは思っていない。

とはいえ――

（勉強と関係ないことを調べる時は困る……）

最近の流行りだとか噂話だとか、本やネットに載っていない情報は、友人からしか得られない傾向にある。これまでは、そういった無益な情報に興味は無かったし、触れる必要性もなかった。

（まあ、やるしかないか……）

友達がいないならいないで、誰かに聞くしかない。

問題は誰に聞くか、だ。

チラリと九重真奈美のほうへと視線を向ける。咲那の席からは、教室の前のほうに座る九重は背中しか見えない。

九重は教師に咎められないギリギリのラインで髪の毛を染めているが、いつも艶のある髪はシャンプーのCMに出ている女優のようだった。見た目もクラスで一番かわいいと言われている。パッチリ開いた二重瞼の目は大きく目力があり、全体的に顔が小さい。背はそれほど高くないのだが、スタイルが良い。まるでモデルみたいな少女だ。

咲那からすると見た目だけで近寄りがたい雰囲気を感じるのだが、性格は穏やかである。九重が所属しているグループはクラスカースト最高位だが、その中の中心人物というわけではない。何かとはしゃいでいる連中の中で静かに微笑んでいるのが常だ。時々、クラスカースト圏外の咲那にさえ話しかけてきたりする。

だから、九重には不幸になってほしくないし、秋月のようなヤリチンクソ野郎とは可能な限り早く別れてほしかった。

だからと言って、九重に直接「秋月拓志ってどんな奴なの？」と尋ねるわけにはいかない。九重の性格はいいかもしれないが、グループ内の他の連中はそうとは限らなかった。変に勘ぐられた結果、九重の彼氏のことを咲那が狙っているなどと思われるかもしれない。そうなれば、間違いなく攻撃されるだろう。

話を聞くにしても、九重のグループに近い女子は除外したほうがいい。

咲那が比較的話しかけやすいカースト低めの女子もダメだ。これは完全なる偏見ではあるが、校内の噂に詳しいとは思えなかった。アニメや漫画の情報ならば咲那より豊富に持っているかもしれないし、話が合うと思うが、今回の目的に即していない。

となれば、部活系の女子グループだろう。中でも運動部系の女子はクラス内のグループよりも、部活内のグループと一緒に行動する比重が大きい。九重グループとそれほど近くないグループにおり、それでいてカースト高めの位置にいる女子。更に性格が良さそうな人となると、限られてくる。

（田代《たしろ》さんかな……）

田代美玖《みく》の席は、咲那の席から一列挟んだ左にある。陸上部に所属しているだけあり、短い黒髪でいつもほんのり日焼けして浅黒かった。見た目どおり快活な性格をしているようで、男女ともに知り合いが多い。話しかけられれば九重たちとも話すようだが、あまり会話をしているところを見たことが無かった。

（田代さんしかいないな。部活やってる系だし、教室から出た時とか狙って話しかけてみよう）

などと考えていたらチャイムが鳴った。

生徒たちより早く教師の坂上は教科書を閉じ「それじゃあここまで」と言うやいなや教室を出ていく。一斉に教科書を閉じる音が鳴り響き、雑談の声に椅子をズラす音が混ざっていた。押し寄せてくる音の洪水に紛れるように咲那も机に教科書とノートをしまった。

チラリと田代のほうへと視線を向ける。友人に話しかけられ、笑顔で応じていた。まだ話しかけるタイミングですらないのに、がなり声をあげるかのように咲那の心臓が鼓動を打ちはじめた。

放課後の廊下は活気が人の形をして行きかっている。授業から解放され、雑談に興じる者や、部活へ向かう者、そそくさと家路につく者。多種多様な人々がモザイクのように渾然一体となって存在していた。普段の咲那なら、忍者のように気配を消して家路につくか、勉強や読書をするため図書室に向かっていただろう。

だが今日の咲那は田代の背中を追って歩いていた。話しかけろ、話しかけろ、と内心で己を鼓舞するのだが、踏ん切りがつかない。陸上部の部室にまで行かれたらアウトだ。それこそ話しかけるタイミングを逸してしまう。

不意に目の前に後頭部。ぶつかりそうになり、思わず「おわっ！」と声をあげてしまった。田代も驚いて振り返りながら「え？　大丈夫？」と声をかけてくる。

「あ、大丈夫です。ちょっとよそ見してて……」

「こっちもいきなり立ち止まったからさ。ごめんね」

苦笑を浮かべる田代に咲那は思わず諂《へつら》うような笑みを返した。なぜそこまで卑屈にならなければならないのか自分でもわからない。わからないのだが、目立たず騒がず空気になるのが、咲那の処世術である。不快な思いをさせてはいけない。

田代は咲那を見ると、一瞬だけ怪訝《けげん》そうな顔をしたが、すぐさま作り笑いを浮かべて「じゃあ」と言って立ち去ろうとする。とっさに「ちょっといいですか？」と声をかけた。田代は驚きながら「なに？」と尋ねてくる。

「えっと、その……同じクラスの小井塚です」

「うん。知ってるけど……」

「実は……その……ちょっとだけお尋ねしたいことがございまして……」

へへっと笑いながら視線をそらした。

「なに？」

「えっと、その、実は私の他校の友人……知人がですね、どうしても調べてきてほしいと言ってきて困っているんです」

と前置きしてから続ける。

「秋月拓志って人がいるじゃないですか」

「秋月先輩？　うん、いるね」

「その人がどんな人なのか調べてきてほしいと頼まれて……ただ、その、私は詳しくなくてですね……」

田代は目を見開いてジッと咲那を見てくる。不可解、心配、そんな表情をしていた。咲那はがんばって微笑んでみたが、頬の辺りがピクピクと動いてしまう。

「そんなに詳しくないけど、あまりいい噂聞かないよ……」

「らしいですね。具体的にどんな人かとか、暴力振るう人なのかとか」

「そういうのは聞かなかったかな？　基本、優しい人だよ。まあ、う〜ん、いろいろ問題のある人ではあるっぽいけど」

「ですよね」

「昔は告白されると誰でも二つ返事でつきあってたみたいだけど、今はそうじゃないみたいだよ。先輩が告白されて、断わってるの、見たことあるし」

「そうなんですか？」

「だから、小井塚さんの知り合いも無理じゃないかな？　今、彼女いるみたいだし」

チラリと田代の足元を見る。右足のつま先が部室のほうへと向いていた。田代は人当たりのいい笑みを浮かべてはいるが、早く話を切り上げて、部活に行きたいらしい。どうせ話しかけたのだから、もう少し詳しい情報がほしかった。

「ですよね……あの、その……他に詳しい人とか知りませんか？」

「詳しい人っていうか……Xで先輩に粘着してるアカウントがあるよ。私も友達に教えてもらって、そこで知ったくらいだし」

「それ、教えてもらえませんか?」

「別にいいけど……たしか、アカウント名が『秋月拓志死ね』とかだったと思う。検索かければ出てくるんじゃないかな?」

「ありがとうございます!」

勢いよく頭を下げたが、田代はジッと咲那を見ていた。

「えっと、なにか?」

「ううん……まあ、いいんだけど……小井塚さん、大丈夫?」

「え? なにがですか?」

心配や不安の色が田代の顔に浮かんでいる。田代は取り繕うように「大丈夫ならいいんだよ」と苦笑を浮かべ、足早に立ち去っていった。咲那も咲那でホッと一息つく。

(リア充に話しかけるのは気疲れする……)

そんなことを思いながらもスマートフォンを取り出し、Xのアプリを開く。恋塚咲夜《こいづかさくや》という作家活動用アカウントを使って『秋月拓志死ね』で検索をかけたら、すぐさまアカウントが見つかった。

投稿の内容は秋月拓志への誹謗中傷の羅列だ。女子と一緒にいる画像が貼られたり、過去の悪事が毎日のようにポストされている。

(これはさすがに……)

中学の頃に教育実習生を口説いただとか、何人もの女性に中絶を強要しただとか、ひどい話のオンパレードだった。書かれていることが事実なら、秋月のことをフォローできない。少なくとも九重とは別れるべきだろう。

（まあ、全部が本当ってわけじゃなさそうだけど……）

添付された写真の中には、学ラン姿の秋月と顔の隠された女子が腕を組んでいるモノがあった。あたかも今つきあっているような文面だったが、それはおかしい。

上城北《かみじょうほく》高校の男子の制服は学ランではなくブレザーだ。

となれば、これは中学の頃の写真ということになるだろう。事実誤認を誘導するような書かれ方をしている辺り、全てを鵜呑みにしてはいけない気がした。

（しかたがない……直接確かめてみるしかないかな……）

気乗りはしないが、三年生の教室に向かって歩きはじめた。


上城北高校の教室棟は、一階が一年生、二階が二年生、三階が三年生とざっくりと分けられている。

まだ生徒が残っている中、咲那は相談者である秋月を探していた。本人の顔は先ほど仕入れたX上の写真で把握済みである。

だが、探せども秋月は見つからなかった。何度も画像の顔を見る。写真は粗いが確かにかなり整った顔立ちだった。色白で細身。彫りの深い二重瞼だが、どこか中性的な印象を受ける。中学生の頃の写真のためか、歌って踊れるジュニアアイドルでセンターを張ってそうに見えた。

たしかにこれはモテるだろう。そして、これだけ整った顔立ちならばかなり目立つはずだ。だというのに、見つからない。かといって、上級生に「秋月先輩はいますか？」と尋ねるのも億劫だった。

（もう帰ったのかもしれない）

そう結論づけた。図書室で勉強でもして帰ろうと思い、教室棟から別棟へと移動する。特別教室や職員室のある別棟は放課後になるとひと気が無い。誰もいない廊下を歩いていたら、不意に背後から「どしたの？」と声をかけられた。振り返れば、そこには朝司が立っていた。咲那は朝司を睨む。

「いきなり話しかけないでください。驚いたじゃないですか」

「それは悪かったよ。でも、君を見かけたからついね」

「それと人前で話しかけないでください。私、恋愛の神様と話してるのを見られたくないので。悪目立ちしたくないんです」

「気をつけるよ。ごめん」

朝司は苦笑まじりに肩をすくめる。

「それでどうしてこんな場所に？」

「図書室ですよ。相談者の秋月さんを探してたんですけど、見つからないので勉強でもして帰ろうかと」

「秋月なら校舎裏に行くのを見たよ」

「本当ですか？」

「ああ、なんか彼女と一緒に歩いてったね」

「校舎裏ってこの棟の裏でいいんですよね？」

「そうだけど、あまり邪魔しないほうが――」

朝司の言葉を聞き切る前に咲那は駆けだした。そのまま小走りで廊下を駆け、階段を降りていく。上履きのまま昇降口から飛び出したところで朝司に「盗み聞きはよくないんじゃない？」と言われた。

「盗み聞きじゃなくて盗み見ですかね？　相談者の表情を見たいんです。可能なら話しかけて確かめたかったんですけど……」

「顔だけ見てどうするの？」

「私、表情に敏感なんです。顔の違和感とかわかっちゃうんですよね、昔から」

「ああ、そういうこともできるんだ……」

「……ポール・エクマンって心理学者がいるんですけど、知りませんよね？」

「うん。知らない」

笑顔で言われた。

「アメリカの心理学者で表情分析の第一人者です。感情と表情の関係性を研究した人で、この人の理論を応用すると嘘が見抜けたりします」

「マジで？　すごいじゃん」

「別にすごくないですよ、気持ち悪がられるだけです。それが嫌で、どうして私は人の嘘とかわかっちゃうのか調べたんです。そしたらポール・エクマンの本に出会って、そこに書かれてることをほぼ直感的にやってたんだってわかったんです」

咲那は幼いころから人には見えないモノが見える目を持っていた。ポール・エクマンの著書に出会うまで、自分を異質な存在だと思っていたが、やり方次第で習得可能な技術なら、異常ではない。それを確認できて、安心した。とはいえ、咲那の場合は後天的に手に入れた能力ではなく先天的なモノだ。専門用語では『シャットアイ』とも呼ぶらしい。

「ですから、相談者の人と直接会って話せば、嘘つきかどうかは見抜けるかなと思ったんですよ」

「すごいじゃん。めっちゃ異能力じゃん」

「呪いみたいなものですよ」

「……今、ちょっとかっこつけたよね？」

「……いいじゃないですか、別に。言ってみたかったんですよ！」

そんな会話をしているうちに校舎裏が近くなっていた。角を曲がれば、様々な視線から死角となるスペースがある。告白スポットだったり、少し不良っぽい男子生徒が溜まっていたりするらしい。念のため、足音が鳴らないように近づいていったら、男女の話し声が聞こえてきた。咲那は壁に張り付きながら、声の聞こえる方を覗き込んだ。

そこには写真で見た相談者である秋月とクラスメートの九重が向かい合って立っていた。咲那の位置からは、秋月の顔は見えるが、九重は後頭部しか見えない。

「――だから、どう言ったら信じてもらえるんだよ？」

懇願《こんがん》するような秋月の表情には、いくつかの色がオーラのように漂っている。メインは哀しみの色であり、同時に微《かす》かな怒りもある。複合的な表情に嘘は見受けられない。

「先輩を信じてないわけじゃないよ。でもさ、嘘でも、こういうのが目に入ると辛いよ」

「じゃあ、俺はこんな嫌がらせのせいで真奈美にフラれないといけないの？」

会話は断片的だが、どうやらXの中傷アカウントは九重の目にも入っているらしい。不意に背後で朝司が「修羅場だね」と他人事のように言った。なるほど、これが修羅場というやつか、と思いながらも秋月の表情を確認する。

「本当に私以外の誰ともつきあってないの？　二股も浮気もしてないの？」

「だから、してないって。本当だよ。信じてくれよ」

悲しみに怒りの色。嘘をつく者に浮かぶ作ったような違和感は無い。どうやら、本当に浮気や二股はしていないようだった。

それだけわかればいい。

これ以上盗み聞きするのは、ただの野次馬根性でしかない。咲那は無言のまま踵《きびす》を返し、その場を離れていく。朝司も遅れて咲那についてきた。

「なにかわかったの？」

「嘘はついてないと思ったので」

「アレだけでわかったの？」

信じられないような顔をしていた。説明する義理も無いが、信頼を失うわけにもいかない。咲那は昇降口についたところで辺りを見回す。遠くから管楽器の演奏や、金属バットが硬球を叩く音が聞こえてきた。既に部活動が始まっているらしい。実際、辺りに人の気配は無い。

「先ほども言いましたけど、私は表情から感情を見抜けます。まあ、例外的に見抜きにくい人もいますが……」

「それは聞いたけど、具体的にどういうことなのさ？」

「ただの観察ですよ。ポール・エクマンが言うには、人種、文化、性別にかかわらず共通する表情による感情表現は六つあります。幸福、悲しみ、驚き、恐怖、怒り、嫌悪。この六つの表情は全人類共通の形で現れます。ボディランゲージやノンバーバルコミュニケーションは文化や性別によって変化したりするのですが、六つに分類された表情だけは共通なんです。要するに、本能に根付いている機能とも言えますので、簡単には誤魔化せません」

「なるほどね……」

「とはいえ、人は言葉と表情で嘘をつきます。嘘のつき方……表情制御の技法は大きく分けて三つです」

言いながら咲那は指を三本立てた。

「修飾、調節、偽装の三つ。修飾は本来の感情から生じる表情に更に別の感情的表出を足すことです。驚きながら怒るとか、驚きながら怖れるなどですね。二つ目の調節は感情表現の強弱の調節です。大げさに怒ったり、怒りを押し殺すなどが調節にあたます。最後の偽装は本来感じている感情とは別の表情を浮かべることです。別の感情を擬態したり、本来の感情を隠蔽することも偽装に含まれます」

「なんか、割とみんな普通にやってることじゃない？」

「はい。ですから、みんな微妙に嘘つきなんですよ」

「でも、そんなのわからないだろ、普通は」

「それがわかるから困ってるんです。私の場合、感情がオーラのように色として顔の上に浮かんで見えるんです。その色と表情がチグハグだったりすると、嘘をついてるってわかっちゃうんですよ」

共感覚というモノがある。音を視覚で感じたり、数字に色を見たりすることだ。咲那のシャツトアイも、この共感覚に起因した脳の生み出す幻覚なのだろう。そのせいで、普通の人なら感じないことを咲那は感じとってしまう。だから、人と話すのが得意ではない。ただ話すだけならいいが、裏側が見えてしまうと自分も辛いし、相手も離れていく。

「勘違いってことは無いの？」

朝司の問いかけに咲那はため息をついた。

「だったらいいんですけどね……」

「じゃあ、俺も嘘をついたら見抜かれるってことか……」

「岩永さんはちょっと例外的に見えにくいです。だから、こうして気を使わず話せるんですよ」

「なるほどね。だったら俺としては助かるな」

「私に嘘をつくってことですか？」

「優しい嘘は必要だろ？」

あっけらかんと言いつつも「そっか」と朝司は何か考え込むように言葉を続ける。

「そういう嘘まで見抜いちゃうってなると、たしかにいろいろ大変だね。相手が自分に気を使ってるとかまで、わかっちゃうってことか」

「嘘の内容まではわかりませんけどね。だから厄介なんです。優しい嘘も悪意のある嘘もどっちも同じ嘘なので、私にとっては警戒の対象になります」

「それはたしかにしんどいなぁ……」

「まあ、論理的に方法論がわかったおかげで多少のコントロールは利きますけど」

「そうなの？」

「簡単です。顔とか見なければいいだけです。他には声とかボディランゲージとか会話の内容とか、その他もろもろ勝手に脳みそが動いて判断しちゃうこともあるんですけど、その辺も理屈で把握してます。私の脳みそは頼んでもいないのに、そういう動きをしちゃう系なんですよね。ほんと呪いみたいなものなんですよ」

だから、人を好きになどなれないのだ。

自分も含めて人間というものは、どうしようもない。

そのどうしようもなさを取り繕いながら生きているのだが、咲那は嫌でも粉飾を暴いてしまう。そうなれば、目の前にいる人間は、どれだけ顔が整っていようが、どれだけ偉業を成していようが、総じてどうしようもない一個人でしかない。

「まあ、そのおかげで相談者が嘘をついてないのはわかりましたよ。あの人、本当に浮気や二股はしてないみたいです」

「まあ、君の力が本当だったとしても、それを彼女に言ったところでなあ……」

「私は自分の力のこと、絶対に言いませんからね。岩永さんも誰かに言ったりしたらダメですからね！」

「言えるわけないだろ。それに、俺としても、できれば恋愛の神様のご加護みたいな感じでハッピーエンドに持って行きたいし」

「どういうことですか？」

「自然な流れ……みたいな？　可能な限り作為が無い運命とかそういう感じ？　宗教的な奇跡みたいなモノにしたいかな」

「岩永さん、なにを目指してるんですか？　本当の神様にでもなるつもりですか？　嫌ですよ、新興宗教の関係者になるとか」

「ま、俺のことはいいよ。とにかく、君が説明しても信じてもらえるかわからないし、君は自分の能力を知られたくない。それはわかった。で、じゃあ、どうする？　秋月は嘘をついてないかもしれない。でも、彼女は信じちゃくれない」

咲那は少し考えて、スカートのポケットからスマートフォンを取り出した。

「二人の喧嘩の原因の元を断つべきかと思います」

言いながらXのアプリを開き、秋月を中傷するアカウントを朝司に見せた。朝司の眉間にシワが寄る。怒りと嫌悪感だった。

「……さすがにこれはひどいだろ」

「はい。多くは誹謗中傷です。そのうえ、このアカウントは、けっこう有名らしいです。私のクラスメートも知ってましたし、九重さんも把握済みです。喧嘩の理由はここに書かれている投稿ですね」

朝司が「そっか！」と何か思いついたかのように目を大きく見開いた。

「この誹謗中傷アカウントでさ、今までのことは全部嘘でしたって謝罪させたらいいんじゃない？　それなら、彼女も信じてくれるんじゃないかな？」

「そうですね。この中傷アカウントを潰し、謝罪に持っていければ、今回の問題は自然と解決するはずです」

朝司は「よし、やろう」と言ってから、すぐさま「で、どうやる？」と丸投げしてきた。

「少しは考えてくださいよ」

「いや、ほら、小説家の先生なら、こういう時、アイデアとかも出てくるんじゃない？」

咲那はため息をつきながらも「小説家の先生」というフレーズに胸の辺りがムズムズした。自分をそういう風に扱ってくれる人は少ない。そもそも友達もいないし、両親にはネットのアルバイトだと言って誤魔化している。咲那が作家をしているのを知っているのは、担当編集者と朝司だけだった。

よって、小説家扱いされると、少しばかり承認欲求が満たされてしまう。

「しかたがないので作戦を考えてきます。岩永さんも明日の放課後までにいろいろ考えてきてください」

「うん、考えてみるけど、出てこなかったらごめん」

「それ、最初からやる気ないですよね？」

「さすがだね。見抜かれたか……」

「これくらい誰でも見抜けますよ」

呆れながらも担当編集者以外で長い会話をしたのは久しぶりだなと思う咲那だった。

◆

淡い橙色が青空の境界と混ざり合って薄紫色になり、夜の始まりを匂わせている。放課後の教室は影が濃い。朝司はいつものように窓側最後尾の席に座ったまま、頬杖をついていた。

不意に廊下のほうから駆けてくる足音が聞こえた。視線だけで来訪者を見れば、最近、見慣れた顔の咲那が教室に入ってくるところだった。

「すみません、遅くなりました」

息を整えながら朝司の元へと近づいてくる。

「なにか用事でもあったの？」

「いいえ、昨日の件でいろいろ調べてたんですよ」

「いいアイデアは浮かんだ？　ちなみに俺は浮かばなかったよ」

「本当に考えたんですか?」

咲那は、ムッとしたように眉根を寄せながら視線を向けてくる。咲那に嘘は通じないらしいが、堂々と「忙しかったんだ」と嘘をついた。

「……そういうことにしときましょう」

「ほんとだって」

「別に疑ってませんよ。仮に嘘だとしても、岩永さんの表情は見えづらいので」

そういうものなのか、と軽く受け流した。

「で、君はいろいろ調べたらしいけど、何を調べてたの?」

「心理学的に人に好かれる方法を調べてました」

「どういうこと?」

「この人に好かれる必要があるんです」

と言いながら咲那はスマートフォンのディスプレイを朝司に見せてきた。件《くだん》のネットストーカーのアカウントが映っている。

「えっと、ごめん。つまり、どういうこと? どうして、秋月アンチと仲良くなる必要があるのさ?」

「確認ですけど、この人が自発的に反省して謝罪すると思いますか?」

「いや、しないと思う」

秋月に対する恨みや執着が強いし、被害者が増えないようにしたいなどとプロフィール欄に記載されている。本人は正しいことをしていると思っているはずだから、むしろタチが悪い。

「この手の人は本人のお気持ちと社会的正義を強引に混ぜ合わせているので、反省はしません。

ついでに説得も困難です。どこまで本気かわかりませんが、自分が正しいと思っているので」

「それで、どうして好かれる必要が？」

「先ず、このアンチの人にすり寄ります。適当にアカウントを作って、同じ秋月拓志の被害者だとか、情報提供者の振りをしてＤＭを送るんです。そのために、このネットストーカーに好かれる必要があります」

「それで仲良くなったらどうするのさ？」

「気を許した相手には、個人情報もこぼしやすくなると思うんですよね。で、どこの学校に通ってるかくらいまで、それとなく引っ張ってきます。そして、本人を特定します」

「それで？」

「そしたら、今度は別のアカウントを用意します。個人を特定したので、これ以上の誹謗中傷をするなら正体を明かすぞ、と脅すんです。写真の一つでも用意して送ってしまえば、相手はビビるんじゃないでしょうか？　そのうえで、おそらく最初の友達アカウントに相談してくると思うので、やんわりと謝罪をうながし、こういう誹謗中傷をやめるように誘導するんですよ」

　説明し終えたあと、咲那はため息まじりに肩をすくめる。

「顔の見えないＳＮＳ上でなら、誰もがどんな人間にだってなれますからね。向こうがそれを使うなら、こちらも利用するまでですよ」

「すごいな、まるでプロの詐欺師だ」

「引かないでください。そりゃあ、正攻法でやるなら相談者が弁護士に依頼するのが一番です。でも、お金もかかりますし、大事になればネットストーカーさんも困るでしょう？」

「ネットストーカーのことも心配してるんだ？」

「当然です。だって、どう考えても秋月拓志の被害者じゃないですか。やってることは正しくないと思いますが、こういうことをさせたのは相談者です。ハッピーエンドを目指すなら、誰かが不幸になるのはダメだと思います」

「まあ、たしかに言われてみればそうだね」

「ま、本当に手段を選ばないんなら、曝露系インフルエンサーにこのアカウントをタレこめば一発ですね。個人情報を流しまくってるし、完全に違法なラインの誹謗中傷なので、一度火がつけば、すぐさま炎上です。それに付随《ふずい》して秋月拓志の悪行も全国デビューすると思いますが……」

「おっかないことを考えるなよ」

「私はやりませんよ。ただネットには悪意を持った人だっています。もし、このアカウントがそういう人に見つかれば、私が言ったような最悪の未来だってありうるってことです。早めにやめさせるのが、みんなのためだと思います」

そう言ってから「だから、少しくらい詐欺師っぽいことをしても、いいじゃないですか」と口を尖らせた。どうやら気にしているらしい。

「言い方が悪かったね、詐欺師みたいって言ったのは謝るよ。こんな方法を思いつくなんてさすがだなって思っただけなんだ」

「書けなくなっても一応プロデビューしてますからね。プロット作りみたいなモノですよ」

気を取り直したのか、まんざらでも無さそうに微笑んだ。

「というわけで、私は今日からしばらくネットストーカーの友達になるためがんばります」

「俺にできることがあれば、なんでも言って」

「はい。あまり期待してませんけど」

「少しくらいは役に立つさ」

そう言って朝司は椅子から立ち上がった。

「どうしたんですか?」

「別に。君との約束も果たしたから、今日は家に帰るんだよ」

「一緒には帰りませんよ」

「ああ、わかってるよ。俺と話したりしてると目立つからだろ? それじゃあ、またね」

言いながら朝司は教室を出て行った。


ここ一週間ほど、岩永朝司は咲那と会えていなかった。

五月も中頃を過ぎ、そろそろ蒸し暑くなってきた頃合いだ。中間テスト期間だったこともあって、咲那にコンタクトを取らなかったのだ。

だが、テスト期間も終わり、秋月の件はどうなったのかと疑問に思ったので、朝司のほうから咲那に聞きに行くことにした。

昼休みである。上城北高校には食堂は無く、購買部がある。それを利用しない生徒は弁当持参だった。部活動に所属していなければ、大抵、教室で友人と昼食を摂るのが普通である。

だが、二年三組の教室に咲那はいなかった。人とのコミュニケーションが苦手だと言っていたので、おそらく一人でいるのが好きなのだろう。朝司には理解しがたかったが、その手の人種がどこで昼ごはんを食べるのかの知識はあった。

さすがにトイレで食べるというのは都市伝説だと思いたかったし、女子トイレに入り込むわけにはいかない。ひと気の無い場所と言えば、校舎裏か、屋上に続く階段だ。校舎裏はやや素行の悪い連中が集まる傾向にあるため、屋上だろうと当たりをつける。

「やっぱりいたか」

屋上へ出る扉の前のスペースで咲那はアンパンを食べていた。上城北高校の屋上は解放されていない。扉には鍵がかけられており、人がほとんど来ないのだ。日当たりが悪く、風も通らないため、少しジメジメしている。

「よかったよ。君がトイレでごはん食べてなくて」

「トイレは試してみようとしたのですが、さすがに衛生的にちょっと……」

言いながらアンパンを食べている。はむはむと小動物が餌をかじるような食べ方だった。

「あのアカウントの件はどうなった？」

咲那は決まり悪そうに食べるのを止め、視線をそらす。

「うまくいってないの？」

言いながら朝司は咲那から少し離れた場所に腰をかけた。咲那はうめくように口を開く。

「……開き直られちゃったんですよね」

「説明してくれない？」

「いろいろありつつも途中まではうまくいってたんですよ。先ず、私は当初の計画どおり、相談者こと秋月拓志に弄ばれた女子Aとして悪口アカウントにコンタクトを取りました。でも、無視されました。何度かDMを送ったのですが、反応が無かったので、今度は情報をタレこみますというアプローチをとったんです。そしたら、反応があったんです」

「それで仲良くなれたの？」

「はい。いろいろテクニックを駆使したら簡単でした」

「テクニックって例えばどんなことをしたのさ?」

「先ず、タレこみ、という時点で一つのテクです。相手の好奇心を刺激します。そのうえで、相手を持ち上げ、こっちは何も知らないバカの振りをするんです。それでいい気分にさせて油断させてしまえば、人は自然と口が軽くなります」

つくづく詐欺師の手法だなと思った。

「その後、相手の趣味嗜好を把握。男性アイドルが好きだそうなので、共感する風を装い、今度一緒にライブに行く約束までしました」

「めっちゃ仲良くなってんじゃん」

「で、どこの学校に通っているのかまではそれとなく把握できました。直接は聞きませんでしたけど」

「なんで直接聞かないのさ?」

「だって、次に脅すんですよ? 私から情報が流れたと思われると、いろいろ厄介じゃないですか。友達に裏切られたと思われたら、彼女も傷つくでしょうし」

「騙してるのに変なところで優しいんだね……」

「岩永さんも言ったでしょ? 嘘の中には優しい嘘もあるんです。どうせなら、優しく終わらせたいじゃないですか」

「それで、どこまで特定できたの?」

「学校は静水《せいすい》女子高等学校。私立の女子校です。で、相談者の中学が東船橋《ひがしふなばし》中学ですよね?」

朝司が通っていた中学なので「うん」とうなずいた。

「東船橋中学の卒業者で静水女子高等学校に入学した生徒の数は四人」

「そこまで調べたんだ？」

「……それが一番大変でしたよ」

疲れた顔でうつむいた。

「なにかあったの？」

「先ず、悪口アカウントに羅列されていた相談者の過去の女性遍歴をリスト化し、クラスメートの東船橋中学出身の人にいろいろ尋ねました。これがしんどかったです」

思い出しただけでも疲れてしまうのか、声に張りが無い。

「その後、その人の伝手《つて》で三年生の先輩を紹介してもらい、いろいろ教えてもらいました。あとは一応、一年生のほうにも聞いて回り……」

「小井塚さんって、コミュ障って言ったー！　私はコミュ障じゃないです！　自ら進んで孤独を選んでるんです！　孤高の戦士なんです！」

「あー！　コミュ障なのに行動力はあるよね」

ぷんすか怒りながら睨んできたので「ごめん」と謝っておく。

「それで、いろいろ情報を精査した結果、東船橋中学から静水女子に進学した生徒四人のうち三人が相談者の毒牙にかかっていました」

「それはすごいね……静水ってお嬢様学校じゃん……」

「それで、三人のうち二人には現在彼氏がいると判明したんです」

「そこまで調べたの？」

「まあ、ＳＮＳを追っていけば簡単ですよ。直接彼氏がいるって公言しちゃう人もいますし、匂わせ発言とかもありますし」

この行動力だけはすごいなと思った。

「じゃあ、犯人は四人にまで絞れたってこと？」

「一人ですよ。先ず、あんな嫌がらせをするのは直接的な恨みがある人物です。となると相談者の被害者である三人の女性が怪しい。ただ、そのうち二人は新たな恋に進んでいます。今さら、過去をほじくり返したってなんの得もありませんよね？」

「まあ、たしかに。てことは、彼氏のいない元カノが犯人ってこと？」

「と思って、当初の計画どおり脅しアカウントを作って、誹謗中傷アカウントに犯人はお前だろ！　と本名をつきつけたのですが、反応が悪かったんですよね。友人女子Aアカウントのほうにも相談は無かったですし。で、違法だなんだと強めに言ったら名前は違うし、訴えるなりなんなり好きにしろと開き直られちゃって……」

「じゃあ、残り三人の名前を順番に告げていったら？」

「当てずっぽうだってバレるじゃないですか。もうチャンスは次の一度切りです。次は間違うわけにはいかないんですけど、誰だかわからなくて……」

「その秋月の元カノたちに新しい彼氏がいるのは嘘だって可能性は？」

「ありえませんよ。当事者の友人たちだって見てる可能性が高いんですよ？　それに、彼ピのアカウントも特定しました。そりゃあ、仲睦まじそうな会話をしてましたね」

「じゃあ、もう残りの一人しかいないだろ？」

「残りの一人って、相談者の被害にあってない方ですか？　それこそありえませんよ。犯行の動機が無いんですから。彼女が相談者を恨む理由がありません」

「恨む理由は無いかもしれないけど、動機はあるんじゃない？」

「どんな動機があるんですか？」

これは本当にわかってなさそうな顔だった。恋愛をしたことのない恋愛小説家だからなのだろうか？

「だからさ、悪口アカウントの人って秋月のこと好きなんじゃない？」

咲那は眉間に深いシワを作る。

「好きなら、あんなひどいことするはずないじゃないですか」

「まあ、普通はしないだろうけど……でもさ、あんな噂が流れてれば、秋月とつきあおうと思う人は少なくなるんじゃない？　実際、そのせいで別れ話にまで発展してるわけだし。それに、アカウントの主は男性アイドルが好きなんだろ？　秋月の顔って、そっち系じゃん」

咲那は「たしかに」とうなずいた。

「推しのアイドルと自分がつきあいたいと思わなくとも、誰かとつきあってるなんて許せないファンは多いんじゃない？　そういう感情が暴走した結果、悪い虫がつかないような行動に出ちゃったんじゃないかな？」

「でも、好きなのにそういうことするものなんですか？」

まだ納得がいっていない様子だった。朝司は苦笑まじりに肩をすくめる。

「人を好きになると、いろんな自分を知ることになるよ？　嫉妬とか独占欲とか、まあ、綺麗なものばかりじゃないいんだよ」

「そういうものなんですかね……」

「少女漫画とかにもそういう表現くらいあるだろ？」

「そういうドロドロしたの読まないので。私が少女漫画に求めてるのは現実を忘れさせてくれるスパダリという名の麻酔です」

「……なんか、逆に君が書いた小説を読んでみたくなったよ」

「逆にってどういう意味ですか?」

睨まれたので誤魔化す意味も込めて話題を変える。

「とにかく、秋月とつきあってない子が俺は怪しいと思う。その子の名前を出して、聞いてみたらいいんじゃないかな?」

咲那はアンパンを食べながら熟考していた。

「……岩永さんの意見を参考に情報を精査してみます」

◆

小井塚咲那にとって図書室は聖域である。

小説から実用書まで、多くの本を無料で読むことができるし、なにより人口密度が薄く、静かなのがいい。テスト前になるとクラスカースト上位勢の生徒たちが、青春の雰囲気作りのために図書室で勉強会なんかを開いたりするが、そういう時だけうるさくなる。大概、司書教諭に注意されるが、無駄だ。すぐに私語をはじめる。

ともあれ、テスト期間も終わり、元の静かな図書室に戻っていた。

咲那は読んでいた本から顔をあげ、貸出カウンターの壁にかけられた時計を見る。既に午後四時を過ぎていた。咲那はリチャード・ドーキンスの『進化とは何か』を閉じ、スマートフォンを取り出す。Xのアプリを立ち上げ、誹謗中傷アカウントを開いた。

毎日のようにポストしていたアカウントだが、昨夜投稿された言葉を残し、全てが削除されていた。

——これまでの投稿は全て根拠のない誹謗中傷でした。関係者の皆様に謝罪し、当該ポスト全てを削除します——

計画は成功したということだ。

昨日の昼休みに朝司からもらったアドバイスを元に咲那なりに犯人像を組み立て直してみた。ストーカーというのは基本的に自己愛の強い傾向にあると本に書いてある。咲那がDMでやり取りした犯人にも、その傾向があった。咲那の誉め言葉をすぐ鵜呑みにしていたし、いろんなことを全て自分の都合のいいように解釈する傾向が見えた。

好きな人の評判を毀損《きそん》し、独占欲を満たすなど咲那には理解しがたい情動だったが、自己中心的な性格ならば、ありえるのかもしれないと認めることにした。

そのうえで咲那は、容疑者だった、秋月とはつきあったことのない沖本千佳《おきもとちか》に「これ以上の誹謗中傷をするなら、家族や学校にも報告させてもらう」と本人の名前を添えたDMを送った。結果、咲那が友人Aとして振る舞っているアカウントに相談のDMが飛んできたのだ。これまで都合のいい友人として振る舞っていたのが効いたのか「本名がバレてるなら、要求を呑んで謝罪したほうがいいよ」とアドバイスしたら、受け入れられた。

結果、誹謗中傷していた沖本は謝罪のポストをし、これまでの全ての投稿を削除したのだ。

その後、友人Aアカウントを使って誘導尋問をした結果わかったのだが、沖本は中学の頃から秋月に憧れていたらしい。沖本が言うには秋月は男性アイドル業界に進むべき人材で、スキャンダルを増やすのは秋月のためにならないから、自分が秋月を守っていたとのことだった。

実際に、認知の歪みというものに触れて、自分も気をつけようと思った。

とはいえ、認知の歪みを放置しておけば、また同じ過ちを繰り返しかねない。咲那は秋月が実は薬物をやっているらしいとか、ガチのサイコパスだとか、嘘八百の話をさも本当であるかのように伝えておいた。結果的に「さすがに庇い切れないかも」にまで沖本の思考を誘導することができたので、彼女の興味を秋月から少しはそらせたかもしれない。

友人Aアカウントで沖本の経過観察をしつつ徐々にフェードアウトしていき、それで今回の作戦は終了となる。

（全然、小説のネタにならない……）

咲那が求めているのは、もっと胸がキュンキュンする甘いコイバナである。顔のいいクズ男子とか、そのクズ男子のストーカーの話など、誰が読みたいだろうか？　少なくとも咲那は読みたくない。

そんなことを考えながら咲那は読んでいた本を棚に返し、図書室を出ていく。そのまま朝司が待つ教室へと向かって歩いていった。

（これでハッピーエンドなんだから、次はもっと真っ当なコイバナを教えてもらわないと）

などと考えながら二年二組の教室に入れば、朝司はいつもの場所で頬杖をつきながら窓の外を眺めていた。

「岩永さん、こんにちは」

朝司は咲那のほうへと振り返り「やあ、小井塚さん、こんにちは」と挨拶してくる。咲那から見た朝司の顔は、かなり整って見えた。秋月ほどじゃないにせよ、朝司も充分にイケメンの部類に入る。秋月は中性的な美少年だが、朝司はもっとガッシリしている。目鼻立ちはハッキリしており、細身なのに全体的に筋肉質だった。

　やや浅黒い肌にスポーツマンらしい短髪。並んで立つと見上げることも多いので、一八〇センチくらいはありそうだった。恋愛の神様と呼ばれるにふさわしいモテそうな雰囲気がある。だが、運動部系の見た目に反して朝司の雰囲気は基本穏やかだ。それこそ、今にも夕焼けに消え入りそうなくらいに。

「誹謗中傷アカウントはどうにかできました」

　言いながらスマートフォンを取り出し、朝司にアカウントを見せた。朝司は怪訝そうに眉根を寄せる。

「どうしたんですか？　これでハッピーエンドですよ？」

「いや、さっき、秋月が来てさ……」

　腕を組みながら眉間のシワを濃くする。

「もうダメかもしれんと言ってた」

「来たってまた相談に来たんですか？」

「ああ、好き勝手泣き言言って帰ってったよ」

「九重さんはXの謝罪の件、知ってるんですか？」

「知ってるみたい。そのアカウントに関しては秋月も知っててさ、それを彼女に見せたんだけど、どうにも受け入れてもらえないらしい」

「じゃあ、もうただ単に普通の別れ話じゃないですか？　九重さん、もう相談者のこと嫌いなんですよ」

「いや、でも、そこはまだ嫌われてるわけじゃなさそうだって言ってたよ」

「男性の認識と女性の認識には隔たりがありますからね。ここは潔くスッパリと諦めたほうがいいかと思います」

「ここ最近、俺なりに二人のことを見たりしてたんだよ。君みたいに表情から嘘を見抜いたりはできないけどさ……楽しそうに笑ったりもしてたんだよね。ほら、好きな人にしか見せない表情ってあるじゃん？」

「さあ、人を好きになったことも人から好きになられたことも無いので、その限定的な表情は知りません」

「ところが別れ話になる時は、いきなりスイッチが入ったかのように、顔色が変わるんだってさ。だから、その度に秋月もスマホの中にある女子のＩＤや電話番号も全て消してるのに信じてもらえないって……」

「九重さんってメンヘラなんですか？」

「メンヘラってなに？」

「もともとはネットスラングです。メンタルヘルスに問題を抱えている人のことを指しますね」

「同じクラスなんだろ？　そういう性格なの？」

「いい人だと思いますけど、根っこの性格を見抜けるほど深く観察してるわけではないので」

会話を交わしたことはあるが、可能な限り顔を見ないようにしていた。下手に嘘や感情を見抜きたくなかったからだ。それは九重だけではなく、他人全般に当てはまる。

「仮に九重さんがメンヘラなら、別れたほうが相談者にとってのハッピーエンドじゃないですか？　依存されたり振り回されたりしないで済みますし、何より九重さんにとっても浮気者な相談者と別れたほうが正解だと思います」

「今は真面目になってるんだろ？」

「だとしても今だけという可能性もあります。未来はわかりませんよ」

人は変わる生き物だ。時間をかけてゆっくりと毒が体を冒すように変質していく。相談者のようにいきなり変化するのは、むしろ無理をしている状態だ。となれば、いずれ揺り戻しが来るだろう。そうなる前に相談者と九重が別れたほうが、咲那としてはハッピーエンドだと思う。

「一応、相談された手前、別れるなら別れるでハッピーエンドな別れ方をしてほしいんだよな。これでも恋愛の神様なんで」

「恋愛経験無いんですけど、ハッピーエンドな別れ方なんてあるんですか？」

「……それは俺にもわからないけど」

困ったようにうなってから、何か思いついたのかニコリと微笑みかけてきた。

「君は恋愛小説家として、現実ではありえないような夢みたいな話を書いてるんだろ？」

「はい、現実がクソなので」

「だったらさ、この相談を小説だと考えてみたらいいんじゃないかな？　この状態から二人がハッピーエンドを迎える話を書くつもりで」

「そんなの無理ですよ。プロット以前のキャラ設定レベルで破綻してます」

「ほら、小説とか漫画でもさ、意外な真実みたいな感じの展開があるだろ？　てんどんだっけ？」

「どんでん返しですね。でも、それはあくまで創作だから成り立つんです。現実世界でどんでん返しなんて無いですよ。相談者や九重さんがなにか隠し事をしてるならともかく」

「してないとも限らないだろ？　君は嘘を見抜けるんだし、まだ全てを調べたわけじゃない。俺は小説とか書けないからわからないけど、登場人物の全てを知らないのにお話を書いたりしないだろ？」

「いや、普通にしますよ。時間が無い時とか。ただ、書いているうちに『あ、この人はこういう奴だったんだ』と理解して直したりしますけど……」

「それだよ！　まだ秘密があるかもしれない。秋月にも彼女にも。君も俺も二人の全てを知っているわけじゃないんだからさ」

「そうかもしれませんけど、秘密なんて無いかもしれないじゃないですか。あったとしても、今回の件と関係ないかもしれませんし」

「……秋月は俺にとって大切な友達なんだ。あいつ、本当に恋愛はダメだったけど、九重さんのおかげで変われるかもしれない。本人だって変わりたいって思ってるはずなんだ。頼むよ。力を貸してくれ」

そこまで言われると「しかたがない」と思わなくもない。ただ、このままありもしないハッピーエンド探しにいつまでもつきあっているわけにはいかないのだ。

咲那はただ書けなくなった小説を書けるようになりたいだけで、誰かの恋愛の面倒を見たいわけではない。あくまで取材できればいいだけだ。

咲那は右手の人差し指を立てながら言う。

「じゃあ、あと一週間です。一週間で情報を得られなければ打ち切ります」

「うん、それでいい。俺も秋月のことを見てるよ」

「ただ、一言言っておきますよ。現実で誰かの秘密を暴いたって、ハッピーエンドになるとは限りません。むしろ大概はバッドエンドです。それでもいいんですか？」

「ああ、それでもいいさ。暴いた結果を披露しなければいいだけなんだし」

咲那はため息まじりに「わかりました」とうなずいた。


咲那にとって昼休みは憂鬱な時間だった。

本を読むには周囲がうるさい。だからと言って雑談に興じる相手もいない。真の孤独というものは絶対的なものではなく相対的なものだ。最初から宇宙に一人なら、寂しいとは思わないだろう。だが、自分以外の多くが誰かとコミュニケーションをとっている状況で一人でいることは、孤独をつきつけてくる。

普段は「だからなんだ？　私はホモサピエンスとは関わらない」と心に楔《くさび》を打ち込んでいるのだが、時々、不意に「うわ、なんかきつい」と思うことがある。だから、ひと気の無い場所で、独り昼食を済ませるのだが、ここ数日ほど九重観察のために自分の席で昼食を摂っていた。

（なんで、みんなあんなにキラキラしてるんだろう……？）

心の底から目の前の現実を楽しんでいる雰囲気がある。朝起きた瞬間「今日もいいことあるといいな」みたいなメンタルを持っていそうだ。咲那は朝起きる度「学校行きたくない」と思うというのに。

と、それら全ては咲那の勝手な妄想ではあるが、連中の笑顔に嘘は無い。空気を読んで笑っていることもあるようだが、基本は楽しそうだ。ついでにやや傲慢《ごうまん》なところも見え隠れするが、誰しも自分を特別だと思うのはしかたがない。

絶賛ぼっちの咲那自身だって、自分はプロの小説家で周りとは違うと思っている。

（その点、九重さんって、どうにも違和感があるんだよな……）

笑ってはいる。だけど、嘘の笑顔が多い気がする。ただ、それは特段珍しいことではなかった。誰だって周りに合わせて振る舞うものだ。

（それ以外にもなんか違和感があるんだよな……なんだろう？　嘘をついてるってわけじゃないんだけど……）

今も九重は友人の女子たち二人と雑談を交わしていた。遠くから見ても九重は飛びぬけて美人だと思う。

だが、なにかが引っかかる。しかし、その何かがわからない。ほんの微かに現れる表情のことを微表情と呼ぶのだが、さすがの咲那でも、微表情は近くで観察しなければ判別できなかった。さすがに盗み見のような見方では、難しい。

「小井塚さん、九重さんのこと気になるの？」

不意に声をかけられ「ふぇっ！」と変な声が出てしまう。驚きながら振り返れば、そこには田代美玖が立っていた。秋月について調査する際、何かと話しかけることがあった。結果、なぜか田代のほうから咲那に話しかけるようになったのだ。

「いや、その……綺麗だなと……」

田代から視線をそらしながら答える。

「まあ、九重さん、美人だからねぇ……さすが秋田美人だよ」

「え？　あの……秋田出身なんですか？」

「そうなんじゃない？　お父さんが転勤族だとか言ってたけど……それで、中学は秋田のほうだとかなんとか」

「なるほど」

相槌を打ちながら黙ってしまったら「どうしたの？」と尋ねられた。

「いえ、その……九重さんが方言使ってるの聞いたこと無いので。一般的に東北のほうって方言がきついイメージがあるので」

「あ、言われてみれば、たしかに……がんばって標準語覚えたんじゃない？」

（なるほど、たしかに知らないことは多い……）

本人に直接尋ねるべきかどうか考えつつも、今はどうやって田代との会話を切り上げるべきかに思考のリソースが割かれてしまう。

不意に九重がスマートフォンを取り出し、ディスプレイを確認した瞬間、その表情が曇った。最初は幸福、その後、悲しみと恐怖が混ざっていた。細かい表情までは距離が遠くて読めなかったが、幸福と忌避感の混ざりあった何かを見たのだろう。

そこから類推するに、おそらく秋月からの連絡があったと思われる。

九重は作り笑いを浮かべて、友人たちに何か話しかけていた。その後、すぐに立ち上がって教室を出ていく。仮に秋月からの連絡だとするならば、会いに行くつもりなのかもしれない。

「あ、すみません、田代さん、ちょっと用事がありまして……その、えっと、失礼します」

「あ、うん、いきなり話しかけてごめんね」

「いえ、その、嫌とかではなく……その、すみません……」

しどろもどろになりながら逃げるように咲那も教室を出ていった。

田代は悪い人ではないし、自分のような陰キャにも話しかけてくれる程度にコミュ力が高い。だが、やはり人類全般との会話は苦手だ。意識せずに勝手に相手の心情を読み取ろうと頭が働いてしまう。

（岩永さんみたいによくわからない人だけだったらいいのに……）

そんなことを考えながら咲那は九重の後を追った。

昼休みの廊下は人でごった返しており、尾行している咲那の気配を消すのに役立つ。尾行の基本は探偵モノの小説で読んだことがあったので、その技術を信じることにした。

尾行というものは一定の距離を保つよりも、アトランダムな距離感を意識したほうがいいらしい。また、絶対に尾行対象者に視線を向けてはいけない。もし、仮に対象者が立ち止まったら、こちらは立ち止まらずに通り過ぎていく。そのうえで、対象者の視界に入らないような位置でやり過ごすなどなど。

実際、そんな意識などせずとも、九重は咲那の尾行に気づかずに歩いていく。そのまま以前、秋月と喧嘩していた校舎裏へと歩いていった。咲那は昇降口の前で、どうするべきかと立ち止まる。

「君も来たんだ？」

その声に視線を向ければ、朝司が腕を組んで立っていた。

「……いきなり話しかけないでくださいよ。目立つって言ったじゃないですか」

「人はいないから安心して。さ、二人を追いかけようか」

「プライバシーを侵害するようで、どうにも乗り気になれないんですけどね……」

「これも全てハッピーエンドのためだよ」

「岩永さんって強引ですよね……」

「チャンスは活かさないともったいないだろ？」

言いながら歩きはじめる朝司の後を追っていった。そのまま校舎裏へと足音を殺しながら近づいていくと、二人の会話が聞こえてくる。

「真奈美、もう無理ってどういうこと？」

秋月の言葉に九重は応えない。壁に張り付きながら覗き込めば、今日は九重の表情が見えた。陰になって秋月の顔が見えないのが残念だが。

「……ごめんなさい。私が全部悪いだけだから」

「いや、意味わかんないって。あのアカウントだって全部嘘だって言ってたじゃん。俺、ほんと、真奈美だけだよ？　どうしたら信じてくれるの？」

「……私の問題だから」

九重の表情から読み取れる感情は、罪悪感と悲しみだ。その表情に嘘は無いと思うが、十メートル近く離れているので、正確な表情までは読めない。

背後で朝司が何か言っているが無視して観察を続ける。不意に「ごめん。全部私が悪いの」と九重が泣きながら、こちらへと走ってきた。咲那と朝司は驚きながら壁に張り付くも、九重は二人の姿など目に入らないかのように通り過ぎていく。

「なにかわかった？」

その瞬間、咲那はハッキリと九重の泣き顔を見た。

嘘の無い泣き顔だった。

一瞬だが、近くで見てもわかるくらい見事な悲しみの色である。

だというのに違和感があったのだ。そして、違和感の正体が両目の上瞼にあるということがわかった。そこだけ動きが不自然なのだ。

遅れて秋月がやってくる。消沈した秋月は咲那たちに気づき、不快感を隠さずに「なに見てたんだよ?」と威圧してきた。咲那は「いえ、その……」と口ごもり、朝司は「すまん」と頭を下げる。

秋月は舌打ちし、そのまま立ち去っていった。咲那が立ち去る秋月を惚けたように見ていたら、朝司が「大丈夫?」と声をかけてきた。

「……そちらは大丈夫なんですか? 友達なんですよね? めちゃ怒ってましたよ?」

「まあ、君の言うとおり、プライベートなことに踏み込むべきじゃなかったかもね……」

「まさか、今さらやめるとか言いませんよね?」

「……あれ? 乗り気なの? あんまりやりたくなさそうだったけど……」

「なんとなくですが、九重さんの秘密がわかってきました」

「マジで?」

「まだ確証は持てないので、少し調べさせてください」

「……間に合うかな?」

二人の破局に、ということだろう。それは、かなり厳しい気がする。

「……ハッピーエンドの確率は半々といったところだと思います」

そう答えながら、どう動くべきか頭の中で思案する咲那だった。

◆

岩永朝司が放課後、いつものように自分の席に座って窓の外を眺めていたら「決着をつけにきました」という声が聞こえてきた。振り返れば、咲那が立っていた。

「決着？」

「はい。今日、ここで全ての決着をつけます。今から九重さんが来ます」

「どういうこと？」

「実は九重さんには秘密があるんです。で、匿名で、その秘密を理由にここに呼び出しました。私は恋愛の神様に相談しに来た生徒という体裁を取ります」

「また詐欺師みたいなことをしようとしてるの？」

「私はやめてもいいんですよ？　強引にでもハッピーエンドにしたいのは岩永さんのほうでしょう？」

「そりゃまあ、そうだね。ああ、悪かった。君の言うとおりにする」

「岩永さんはそこで黙って座っててください。いつもの恋愛の神様らしく」

「ああ、大人しくしてるよ」

とうなずき、言われたとおり黙っていることにする。咲那がスマートフォンをいろいろ弄《いじ》っていたら、廊下から足音が聞こえてくる。ガラガラと音を立て、教室の扉が開いた。

やってきたのは九重真奈美だった。

九重は挑むような咎めるような視線を咲那へと向けてくる。

「小井塚さんが手紙を書いたの？」

「手紙……？　なんのことですか？」

咲那はすっとぼけていた。

「私は、その……こちらの恋愛の神様にいろいろな相談を……九重さんは違うんですか？」

「私は……人に呼ばれて……あなたじゃないなら、別にいいんだけど……」

困惑したように視線をそらし、腕を組んで立っていた。

「あの、もしよろしければ私の相談……というか、私の友人からの相談を聞いてもらえますか？」

「私が？」

「いや、えっと……この恋愛の神様も胡散臭《うさん》いですし」

朝司は「こっちだって好きでやってないんだけど？」と声をあげたが、咲那には全力で聞き流された。

「そっちがいいなら別にいいけど……少しだけなら」

咲那は「ありがとうございます」とペコリとお辞儀をしてから始める。

「実は私の友人に、その……自分の容姿にコンプレックスのある子がいるんです」

友達なんていないくせにツラツラとよくもまあ嘘を並べられるものだと朝司は思った。

「小学生の頃から、容姿を理由に主に男子にイジメられておりまして、まあ、さすがに高校生になると表立って悪口を言われることは無くなりましたが、その当時のことがトラウマになっていると言いますか……」

咲那が話を進めていくうちに九重の表情が曇っていく。

「あ、実は私もその友人と同様、小学生の頃にガッツリいじめられておりまして……ほんと、男子って嫌ですよね……」

「それは大変だったね……」

「まあ、私は全力で二次元とかあっちの世界に行くことにしたのですが、友人はまだ三次元に未練があるらしく……でも、容姿にコンプレックスがあるせいで、恋もできないそうで。なにか、友人を元気づけられる方法とか無いですかね？」

「……本人が変わるしかないんじゃないかな」

　ポツリと九重が答えた。

「その友達のことは知らないけどさ、私も、小さい頃はけっこうイジメられたよ」

「九重さんがですか？　ありえませんよ」

「昔は太ってたんだ。あと眉毛とかめっちゃ太かったしさ。それでブスだとかデブだとか、言われまくったよ」

「そうだったんですね……じゃあ、痩せてそんな素敵な姿に？」

「……うん。あとはメイクかな？　いろいろ研究した」

「メチャクチャ薄化粧だと思いますが？　やっぱり素顔がいいんだと思います」

「そんなこと無いよ。だから、小井塚さんの友達もさ、とりあえずがんばってみたら――」

「でも、彼女はダイエットとかしてますし、メイクもすごくがんばってます。私から見ても、顔が悪いとは思わないんですけど、部分的にコンプレックスが強いらしくて」

「どこ？」

「目ですね。ザ・日本人という具合の一重《ひとえ》なんです。アイプチとかでがんばってるんですけど、なかなかうまくいかないみたいで……」

「……じゃあ、整形とかしたらいいんじゃないかな？　割と安くできるよ」

「そういうのは怖いと言ってました」

「メス入れないやつもあるし、コンプレックス抱えて前に進めないなら、整形はガチでアリだよ」

「そういうものでしょうか？　さすがに根拠なく勧めることは難しいですね……」

ふと九重が何か言い淀む。そしてため息まじりに口を開いた。

「私も少しだけ弄ってるからさ……」

「え？」

思わず朝司も咲那に合わせて「え？」と声をあげてしまった。

「さっきも言ったでしょ？　小学生の頃、けっこうガチでイジメられててさ。男子にブスとかデブとか言われてて……で、不登校になったの」

咲那は「それは、とても辛かったのではありませんか？」と真剣な表情で九重を見ていた。

「うん、マジで辛くてさ……でも、一人だけ優しい子がいて、その子がいるとイジメられないんだよ。一回、その子に言われたことあるんだ。『別にお前はブスじゃない』って。でもさ、鏡見て思うんだよね。いや、ブスだろって」

悲しげに微笑みながら九重が続ける。

「父親の都合で秋田に引っ越すことになってさ。イジメから解放されたんだけど、心のほうはもうズタボロなんだよ。引っ越したから社会復帰できるってわけでもなくて……中学三年間、ほぼ引きこもり。勉強だけはしてたけど」

「イジメって辛いですよね……終わったところで記憶は残るから、ずっと苦しみます」

「……うん。私の場合はイジメのせいで容姿にコンプレックスができちゃってさ。小井塚さんの友達と同じ。私、小井塚さんみたいなパッチリ二重にめっちゃ憧れてたよ」

「いいえ、私のは父からの遺伝で私の力ではなく……」

「パッチリ二重の遺伝子持ってるとか、いいお父さんじゃん。私なんて両親とも、ガチの一重だよ」

「まあ、たしかに父は二重ですけど、他所《よそ》に女がいますよ？」

朝司は思わず「え？」と声をあげ、すぐさま黙った。

「小井塚さんの家もそうなんだ？　うちも父親の浮気が理由で離婚した」

「私の家は別れてはいませんけどね。母も気づいているようですけど……ま、知ったこっちゃないとスルーしてます。それさえ無ければ、割と理想的な家族ではあるので」

苦笑を浮かべながら「まあ、反抗期の振りして全力で父親とは口きいてませんけど」と付け足した。九重は「そうなるよね」と軽いノリで笑っていた。

「私もさ、両親が好き勝手するなら私だって好き勝手してやる！　って整形してやった。別れた後、お母さんと一緒にこっちに戻ってきたんだ」

「やっぱり出身は秋田じゃなかったんですね？」

「うん、私、もともと千葉出身なんだ。お母さんの実家が東京でさ、今はそこで暮らしてる」

呆れたように肩をすくめながら九重は空いている席に座った。

「あれ？　でも、そんな話、したことあるっけ？」

「いえ、九重さんが方言使ってるのを聞いたこと無いので、もしかしたら関東出身の人なのではないかな？　と思ったんです」

「そう。小学校卒業するまで千葉。中学三年間引きこもりの時は秋田。で、舞い戻ってきたって感じ」

ヘラヘラ笑いながら続ける。

「てか、こっち戻ってきた時、めっちゃウケたよ。誰も私のことブス扱いしなくてさ、超驚いた。

なんか、美人の見てる景色ってこんなかーって」

「……それは悲しいですね」

咲那の言葉に九重は一瞬驚いた振りをしてから「うん、そうだね」と悲しげな笑みを浮かべた。

「嬉しさより悲しさのほうが先に来たかな、その後は怒り？　本当はさ、整形って嘘じゃん？　本物の自分じゃないでしょ？　そういうことに罪悪感みたいなのあったんだけど、ブスとかデブとか言ってた連中が、手のひら返してくるなら騙してもいっかなって思っちゃったよね……そしたら、もうあとは無敵状態。男子はみんな優しいし、女子もかわいい子から声かけてくるし、ほんと、嘘みたいに世界が変わったよ」

「だから、私の友人も整形をしたほうがいいと？」

九重はしばらく考えこんでから「わっかんない」と苦笑する。

「ほら、小学生の時、一人だけ私に優しくしてくれた人がいたって言ったじゃん。それが今の彼氏」

「秋月拓志さんが？」

「フルネーム知ってるのって珍しいね。まあ、先輩、有名人だからね……」

呆れたようにため息をついた。

「でも、今は落ち着いたと聞いてます。九重さん一筋だと」

「うん、そうなんだと思う。でもさ、先輩は……昔っから変わんないんだよね。たぶんさ、前の私の顔でも優しかったと思う。そういう人なんだよ」

「好きなんですね」

「うん。大好き。でもさ、私のほうがもう一緒にいるのがしんどい。耐えられないんだよ。他の人だったら、開き直っていられたけどさ、先輩は無理。だって、私は先輩と違って嘘つきだから――」


瞬間、勢いよく教室の扉が開いた。

「お前、あの真奈美だったのか!?」

叫びながら入ってきたのは、秋月拓志その人だった。九重は目を見開き、秋月を見る。

「どうして……？」

「いや、どうしたもこうしたも、お前、あのイジメられてた中谷《なかたに》真奈美か？　小学生の頃、集団登校で俺が班長で！」

九重は泣きそうに顔を歪めてから、すぐさま覚悟を決めたかのように口をへの字に結ぶ。

「うん。先輩の近所に住んでた中谷真奈美。ぜんぜん気づかないんだもん」

「いや、だってそりゃあ、気づけないよ。ぜんぜん違うし……」

「だからさ、終わりにしようって言ってるの。先輩が見てきた私は嘘で――」

「待って。それで別れたいって言ってたってことでいい？　整形がどうとかで」

「やっぱり聞いてたんだ」

「いや、聞こえたから……盗み聞きしたのは謝るけど……てか、それはとりあえず置いておいてくれ。整形したことを気にして別れたいって言ってるの？」

九重は涙をこぼしながら「うん」とうなずいた。

「じゃあ、俺のことが嫌いだとか、俺のことを信じてないとか、そういうことじゃないってこと？」

「うん」

秋月は「なるほど」と相槌を打ってから椅子に座る九重の前で跪《ひざまず》いた。

「俺が真奈美を好きになった理由、言ってなかったっけ？」

「聞いてないけど……」

「顔じゃなくて、お前の振る舞いを見てたんだよ。少し前にさ、お前、駅で具合悪そうなお婆ちゃんに声かけてただろ？　でさ、なんかすっごく優しく対応してたじゃん。それ見て好きになったんだよ。いい子だなって」

「先輩も声かけてくれたよね？　それで一緒に救急車来るまで待って……」

「そうそう、その時！　俺はさ、たしかに真奈美に会うまでいい加減に恋愛してたと思う。今までつきあってきた子たちには悪いけど、本当には好きじゃなかったんだ。だから、告白されたら、その場の勢いとかノリでとりあえずつきあってさ……」

咲那がポツリと「それはそれで最低ですよね」とこぼした。

「いや、わかってるよ。最低だったよ。でも、断わって泣かれたりするのも面倒だったし、もういっそ開き直って、俺は不特定多数とつきあうけどそれでもいい？　って尋ねたら、それでもオッケーだって子までいて。いや、だから、昔の俺はバカだったんだ！」

言いながら「とにかく！」とジッと九重を見つめた。

「顔だけで言えば、そりゃあ美人な子ともつきあったよ。でも、そういうことじゃなくて、俺が好きになったのは、真奈美の根っこの部分なんだよ。見た目とか正直どうでもいい。てか、俺がつきあってきた彼女の写真とかどっかで見ればわかるぞ。顔で選んでないって！」

「なにそれ」

涙を浮かべていた九重が、不意にプッと噴き出した。

「昔の彼女の話なんて、普通、今の彼女にしないよ」

「それは謝る！　でも、本当のことなんだよ！　俺が好きなのは真奈美の顔じゃない！　優しくて思いやりがあって！　そういうところ！　俺は真奈美のそういうところが好きになったんだよ！　だから、整形とか見た目とか気にしないって！　俺は小学生の時も真奈美のことをブスだって思ったこと一回も無いし!!」

九重は「そうだね、先輩は昔からそうだもんね……」と微笑する。

「真奈美が整形してようとしてなかろうと、そんなの関係なく、俺はお前のことを好きになったよ。それは、誓って言える」

秋月は真剣な表情で九重を見つめた。

「だから、別れるなんて言わないでください。なんでもするから……」

九重はその両目に涙を浮かべながら「ごめんなさい」と言った。瞬間、秋月が泣きそうな顔になる。

「――もう別れるなんて言わないから、もう一度、私とつきあってください」

秋月は言葉で答えずに、九重の唇を奪って答えた。咲那は固まり、朝司は朝司で「おお」と声をあげる。二人のキスに気おされたのか、咲那はロボットのようにギクシャクした動きで、教室から出ていこうとする。

だが、キスをやめた秋月が咲那へと視線を向けてくる。

「誰だか知らんがありがとう。君のおかげで仲直りできた」

「あ、はい」

振り返らずに咲那はコクリとうなずく。その流れのまま秋月は朝司のほうへも視線を向けてきた。

「岩永、お前に相談して良かった……ありがとうな」

秋月の泣きそうな顔を見ながら、朝司は戸惑うように固まった。だが、すぐに目を伏せながら口を開く。

「別に俺はただお前の話を聞いてただけだよ」

朝司は立ち上がると、どう動くべきかテンパっていた咲那の肩を叩く。

「邪魔者はさっさと消えよう」

言われるがままに咲那も教室を出ていく。しばらく誰もいない廊下を一緒に歩いてから、スイッチが入ったかのように咲那が「キスした！」と声をあげた。

「そうだねぇ、してたなぁ。リア充ってすごいなぁ」

朝司は笑いながら答える。咲那は「生でキスするシーン、はじめて見ました」とうろたえていた。

「でも、君の書く小説にだってキスシーンくらいあるんじゃないの？」

「ありますけども！　クライマックスですよ‼　男子の読むちょっとエッチなラブコメとは違うんです！」

「まあまあ、落ち着いて。叫んでたら、二人に声が聞こえるよ」

咲那は顔を真っ赤にしたまま口をつぐむ。歩きながら朝司は気になっていたことを咲那に尋ねた。

「もしかしてだけど、秋月が来たのも君の狙いどおりだったの？」

「まあ、一応……相談者が岩永さんの場所に来る日はなんとなくわかってたので」

「どういうこと？」

「秋月拓志が相談に来るのは、九重さんと一緒に帰らない日です。それが私にはわかりました」

「毎週、金曜日とか？　いや、でも、前は違った気が……」

「九重さんのグループにはリーダーの松村《まつむら》さんという方がいるんです。で、松村さんはアルバイトをしてるのですが、彼女が休みの日はグループメンバーで遊ぶことがほぼルーチンみたいになっています」

「ふ〜ん、友達同士でもそういう縛りとかあるんだ？」

「縛りは特に無さそうですけど、元イジメられっ子は、基本、人を信用しないので顔色うかがって遊んじゃうんじゃないですか？　最近つきあい悪いよね？　とか言われたら、九重さんみたいなタイプはとてもビビるでしょうし……」

女子の人間関係も難しいなと思った。

「それで、その日は九重さんも友達を優先するらしくてですね。今日は松村さんのバイトが休みの日なんです。実際、相談者が岩永さんのところに来た日を照らし合わせましたら、いろいろ日にちが重なったので、まあ、来る確率は高いんじゃないかな？　とは思ってましたよ」

「もし、秋月が整形の件、受け入れなかったらどうするつもりだったの？」

「ほぼ受け入れると思ってました。実際、相談者が言ってましたけど、あの人、恋人を顔で選んでないんですよ。これまでの彼女さんたちの写真を悪口アカウントの方に見せてもらいました。多種多様な女性とおつきあいされてましたね。なんか、女性なら誰でもいいみたいな感じで軽く引きました」

「それはそれですごいな……」

だが、モテる理由もわかった。顔はテレビに出ていてもおかしくない美男子だが、女性であれば容姿年齢を問わず二つ返事でつきあう男。性別を逆転して考えれば、そりゃモテると思った。

「なんかそういうこと知れば知るほど好きになれませんけど……まあ、今後は九重さん一筋で行くというなら、いいんじゃないでしょうか？」

「君は秋月に対して厳しいね」

「元彼女さんたちがかわいそうですからね」

「それ思うんだけどさ、相手も秋月の顔だけで選んでたんじゃない？」

「どういうことですか？」

「だって、あいつ、告白された時に本当に不特定多数とつきあうって伝えてたよ。それでもＯＫだって言う相手が本気で秋月のこと好きだったのかな？」

「それは、まあ……たしかに、あの顔だけが好きだったのかもしれませんね……」

「あいつは、その辺、たしかにだらしなかったけどさ、それ以外はいい奴だったよ」

「……多少は認めないこともありません。彼の告白に嘘はありませんでしたしね……たぶん、小学生の頃も、九重さんの容姿を本気で受け入れてたんだと思います」

「お互いに顔以外の何かを見るタイプだったんだろうね。お似合いの二人だ」

「まあ、恋愛の神様がそう言うなら、そういうことにしておきましょう」

咲那は呆れたようにため息をついた。

「今回の相談は、これにてハッピーエンドで締めていいですか？」

「いいんじゃないかな？」

「なら、次はもっとピュアピュアで胸がキュンキュンする相談内容を教えてくださいよ！　なんか、今回の相談で小説書ける気しないんですが？」

朝司は「そうだな～」と腕を組んでみる。

「とりあえず、次はもう少し楽な相談だといいね」

「楽ってなんですか？　またこういうことやらせるつもりですか!?　しませんよ！　しませんからね!!」

その言葉に応えず、朝司は逃げるように歩調を速めた。

「次もまたよろしくね、小井塚さん」

「私は小説のネタが欲しいだけなんですよ!!」

批難の声をあげながら追いかけてくる。そのまま朝司は玄関まで小走りで向かった。


岩永朝司は自宅の三和土《たたき》に立ち「ただいま」と声をあげた。だが、「おかえりなさい」という声は聞こえてこない。今の岩永家の空気は重く淀んでしまっている。

朝司の両親が事故で死に、母方の叔父に引き取られてきた当初は、お互いに気を使いあっていたかもしれないが、それでも家族だった。中学高校と、悩むことはあったけれどどうまくやれていたと思う。

朝司は玄関から、そのまま二階へ続く階段をあがっていき、廊下の手前にある部屋の前で止まった。

「ただいま、木葉《このは》」

返答が無いのは、わかっている。

木葉が引きこもってしまったのは自分のせいなのだから。

悔やんでも悔やみきれない。

だからこそ、思うのだ。

「俺が必ずお前をここから出してやるからな」

返答は無い。

「お前がどう思ってるのかわからないけど、義理でも俺はお前の兄貴だからさ」

部屋の中からは気配すらしない。もしかしたら、眠っているのかもしれなかった。

朝司は奥にある自分の部屋へと歩いていった。

第二話

恋塚咲夜――小井塚咲那のペンネームである。

ＳＮＳ上でエゴサーチをすれば『恋塚咲夜　次作』とか『恋塚咲夜　次巻』とかが検索候補にあがってくる。代表作――というか、一作しか出版していないが『君の背中で涙する』略して『きみせな』は、高校を舞台にした恋愛モノで、スパダリなイケメンが病弱で引っ込み思案な主人公を助けてくれたり、つきあったり別れたりして、紆余曲折あって最終的にハッピーエンドになる物語だ。

大手ネット通販サイトのレビューには辛口コメントもあったりするが、おおむね好評価であり、重版もかかった。動画配信サービスでドラマ化の打診もあったとか編集者に言われたが、途中で流れたらしい。そういうことは、よくあることだそうだ。

最初はネットの投稿サイトで細々と書いていた。ランキング上位に食い込むような作品ではなかったが、ＰＶ数だけでも一日一万程度は越えていたのだ。応援してくれるコメントに応えたくて、一年ほどかけて完結させた結果、出版社から声がかかり書籍化することになったのだ。

だが、それ以降、恋塚咲夜は新作を発表していない。

求められているのはわかる。

正直、ありがたいし、応えたい。

だが、書けないのだ。

端的に言って、書くべきことが無かった。

少女漫画に出てくるイケメンに自分もチヤホヤされたい、という衝動の赴《おもむ》くままに『きみせな』を書いた結果、褒められ、認められた。ファンもついた。よって、承認欲求は満たされてしまった。

それに、承認欲求を満たすならファンの「新作待ってます」という言葉だけでも充分だし、なんならゲームに出てくるイケメンとの交流で事足りる。

女性向けビジュアルノベルゲーム、いわゆる乙女ゲーに咲那はハマっていた。

乙女ゲーはいい。

登場人物は全員イケメンだし、主人公である自分をチヤホヤしてくれるし、何よりＣＶ寺島拓篤である。

推しキャラとのイチャイチャシーンをニンマリ笑いながら楽しんでいたら、不意に手が止まった。

「うあっ！　またやっちゃってる⁉」

小説を書こうとパソコンに向かっていたはずが、気づけば携帯ゲーム機で乙女ゲーをしていた。しかも五周目だ。スチルもエンディングも全て回収済みなのに、これ以上、なにをやると言うのだろうか？

「やめられない止まらないとか、ほぼ麻薬じゃんこれ……おっかない……」

咲那はセーブを終え、ゲームの電源を落とし、ため息をついた。

(スランプだ……)

デビュー作である『きみせな』のような話は、書こうと思えばいくらでも書ける。量産は可能だ。だが、それをやろうとすると、歯車がかみ合わないような不快感に襲われ、手が止まってしまう。そうなると手持ち無沙汰になり、逃げるように乙女ゲーを起動してしまうのだ。

あるいは新作が失敗した時のことが、怖いのかもしれない。

前作のほうが良かったとか、一発屋だとか、つまらないとか言われたら、それこそ筆を折ってしまう自信があった。

よって、次に書くものは今の自分を越えなければならない。だが、そんな考えは根っこの部分にある自分自身の衝動や欲望には沿っていなかった。そんな向上心だけで小説が書けるなら、世の中全員意識高い系になればいい。

咲那は印税で買った椅子にもたれかかりながら天井を見上げた。蛍光灯の灯りを見たところで打開策が出てくるわけでもない。

(早く書かないと……)

ネット小説業界は移り変わりが早く、流行り廃りも激しい。人気が出れば、一気に読者が集まり、廃れれば、あっという間に離れていく。

「とは言ってもさ~……」

マウスやキーボードを弄《いじ》りながらも、意味のあるテキストは生まれてこない。

「ネタが無いんだもん……」

明日、朝司に愚痴りながら、コイバナを聞き出そうと思う咲那だった。

◆

無個性な机が整然と並ぶ中、教室は斜陽の色に染められている。

岩永朝司は、窓側最後尾の席に座って頬杖をつきつつ、誰もいない教室を眺めていた。

遠くから聞こえるホイッスルの音に、生徒たちの掛け声。この音との距離が、部活に勤しむ者たちと自分の明確な断絶のように思えてしまう。

だが、そんな寂寞《せきばく》とした放課後の教室こそ聖域なのだと朝司は思った。誰もいない教室だけが、唯一自分のいていい場所だ。恋愛の神様という役割があるとはいえ、今の朝司にとって、その立場こそ大切な縁だった。

そんなことを考えていたら、いつものように誰かがやってくる気配を感じた。視線を向ければ、見慣れた女子生徒だ。

「岩永さん、いい加減、コイバナのネタをください。いつになったら教えてくれるんですか！」

咲那が眉根を寄せながら詰め寄ってくる。

「ごめんごめん。忘れてたわけじゃないんだよ。ただ、最近、相談事が多くてさ」

「いっぱいあるじゃないですか！」

「君向けの相談が来なくて……」

「ですから、面倒な相談じゃなくて普通のコイバナがいいんですよ！　私はたくさんのネタが欲しいんです！」

「そう言われても、プライバシーってものがあるだろ？」

「守秘義務契約結んだわけじゃあるまいし！　いいじゃないですか！　教えてください！」

　更にズイッと顔を近づけてくる。

「アレから私が何本の乙女ゲーをクリアーしたと思ってるんですか⁉　五本ですよ、五本！」

「そうなんだ」

　としか言えない。

「まあ、教えてもいいんだけど……小井塚さん、前の相談の時にいろいろクラスの人と話したんだろ？　それで友達とかできなかったの？」

「できませんでしたが？　そもそも友達ができるのと、コイバナに何の関係があるんですか？」

　据《す》わった目で睨まれた。

「いや、コイバナって普通、女子同士でするものだろ？　だから、女友達を作るのがてっとり早いと思ってさ」

「……たしかにおっしゃるとおりです。でも、もう五月も下旬ですよ？　友達作りレースでは完全に出遅れたので、巻き返しは不可能です」

「そうかな？　試してみる価値はあると思うけど」

　提案してみたら、咲那の目が細くなった。これ以上、友人に関する話題を振るのは得策ではなさそうだ。

「あ、そう言えば、小井塚さん向きの相談があったんだ」

「この話の流れだと……また面倒事な気がするのですが」

「ああ、今回もハッピーエンドを目指してほしい。君の力でね」

　ニコリと咲那に微笑《ほほえ》みかける。

「私のこと詐欺師みたいとか言いましたけど、岩永さんのほうがよっぽど詐欺師ですね！」

「人聞きが悪いな。俺はただみんなの悩みを解決したいだけだよ」

「私の悩みは増えますけどね‼」

プンスカ怒りながら、咲那は空いている席に音を立てて腰を下ろす。朝司は苦笑を浮かべつつ、つい先日の相談内容を話し始めた。

◆

あの……噂を聞いて、ここに来ました……えっと、名前……！　そう、名前を言わないといけないんですよね？

『いや、まあ、別に言わなくてもいいけど……』

私は一年三組の三峰《みつみね》凜音《りおん》です。それで、その相談なんですけど……。

どこから話せばいいかな……えっと……。

私、都立の中学出で、その、あの、中学受験で私立とか行けなかったんです。

それで、コンプレックスとかあって……なんか、すごく辛かったんですけど、同じ中学に白澤《しらさわ》裕《ゆう》って一学年上の先輩がいたんです。

先輩に出会って、私、嫌だった気分が全部無くなっちゃったんです。

なんか、先輩と出会うために受験に失敗したんだなって思えて……そういうことってありますよね。なんか運命みたいなの感じるとか……。

『まあ、なくはないいんじゃないかな？　それで？　その先輩のことが好きなの？』

つきあいたいとか、そういうのは無いんです。なんか遠くから見てるだけでいいっていうか、推しっていうか……先輩、彼女とか普通にいたので……。

先輩、すごいんですよ。

勉強もできてスポーツもできて、かっこよくて！　この高校だって、私、先輩が進学したからついてきたっていうか……ストーカーみたいですよね……。

『まあ、好きならしかたがないんじゃない？』

それで、私、いい加減、告白しようかなって思って……。

だって、やっぱり好きだし、なにかしなきゃなにも変わらないし……。

無理だとわかってるんですけど……。

『好きなら、したらいいんじゃない？』

でも、怖いんです。

『そりゃあ、誰だって告白するのは勇気が――』

先輩とつきあうと呪われるって噂があるから。

『呪い？』

これまで白澤先輩とつきあってきた人が全て不幸になってるんです。

例えば、中学の頃につきあっていた長巻《ながまき》先輩は陸上部で全国大会に出れるほどだったんですけど、足をケガしてダメになりました。

他にも、先輩と別れてからしばらくして自殺未遂した人がいたり、先輩と別れた後につきあった人が危ない人で、どんどんひどい感じになっていった人がいたり……。

一人や二人とか、つきあってきた恋人のうち何人かが不幸になったとか、そういうのなら運の話なのかもしれないんですけど、先輩がつきあう人、例外なく不幸になってるんです。私がもし先輩に告白して、仮につきあうことになるとしたら、私も不幸になるのでしょうか？　そんな呪いって本当にあるのでしょうか？

◆

小井塚咲那は朝司の話を黙って聞いた後、ぽつりと「呪いですか……」とつぶやいた。

「あると思う？」

朝司の問いかけに咲那は「なくはないと思います」と答える。

「イギリスの社会人類学者であるジェイムズ・フレイザーは『金枝篇』という本で呪術について記述してます。呪術の理論は科学的に合理的な考えではなく、非合理的な信念とか思想、いわゆる閉鎖的な共感によって成り立つとされています。早い話、噂話とかも呪術を成り立たせる共感の土台になります。これを共感呪術と呼びます」

つらつらと知識を披露したら、朝司は「小井塚さんって変な本ばかり読んでるね」とか言ってきた。

「変な本じゃありません！『金枝篇』はクトゥルフ神話体系の中でも魔導書扱いされるほど有名な本なんですよ！　図書館にだって置いてある本なんですから‼」

朝司は「へぇ……くとるふ？」と小首を傾げていた。リア充にオタク界隈の共通言語は通じないらしい。咲那は「それはいいとして」と言いつつ呪術に関する話を進める。

「ジェイムズ・フレイザーは共感呪術を、更に二つの呪術に分類しました。類感呪術と感染呪術です」

「どういう違いがあるの？」

「類感呪術は、見立ての呪術でもありますね。要するに類似のモノを使った呪術。人と類似している人形を使ったりするモノです。祓《はら》い人形とともに身の穢《けが》れを川に流す『流し雛』などが類感呪術に該当します。感染呪術は呪いたい対象との接触によって行われる呪術です。呪いたい対象の毛髪とか爪とかを使うやつですね。対象の髪の毛を入れた藁人形に釘を刺す丑の刻参りは、類感呪術と感染呪術のハイブリッド型と言えます」

「よくわからないけど、役に立たない知識だってことはわかった」

たしかに役には立たないが、教養にはなる。と思いたかった。

「そもそも！　恋愛の神様という噂も一種の呪いみたいなものじゃないですか！」

「そう言われるとたしかにそうなんだけど、当人的には少し複雑な気分だな……」

「実際は岩永さんに恋愛を成就させる能力なんて無いわけですから、ただの噂だと思いますけどね……」

「それを君の力を借りて本物にしようとしてるんだよ。現に秋月なんて、アレ以降、俺の力を信じて、友人や知り合いに広めてるしね……」

朝司は疲れたようなため息をついた。恋愛の神様の噂を広めたいと言っているくせに嫌そうなのはどうしてだろうか？　朝司の表情は読みづらいので、その真意はわからない。

「……前回の九重さんの件も、傍《はた》から見れば、恋愛の神様のご利益に見えなくもないですね。ご利益も呪いも結果がいいか悪いかの違いでしかなく、結局は同じ現象です」

「現象ですって言うほど、物理的な力があるわけじゃないだろ？」

「ですから、九重さんの件の時と同じように、そういう風に見えているだけで、裏では私が動いていたりするわけです。何も知らない第三者が事象だけを見れば呪いと判断してもおかしくありません」

「要するに、白澤とやらの周りでも呪いに見える何かが起きているってこと？」

「……調べてみないとなんとも言えませんが、偶然という可能性もゼロじゃありません。偶然を必然だと思い込ませるのも、ある種の共感呪術だと思いますし」

朝司は「なるほど」と言ってから笑みを浮かべる。

「じゃあ、調べようか」

「……それって私が、ってことですよね？」

「俺も一応できる範囲で調べるけどさ、白澤裕だっけ？　知らないんだよね……小井塚さんはどう？」

「私、自分のクラスの人も名前と顔が一致しないんですよ」

「さすがにそれはダメじゃない？」

「一言も会話をしない人の名前を覚えるのって脳の容量の無駄だと思いませんか？」

「俺は呪術に関する知識のほうが無駄だと思うよ」

咲那としては必要な知識だと思うが、世間一般的な判断だと、朝司のほうに分がありそうだった。

「小井塚さん、君、その気になれば友達くらい作れるだろ？　行動力はあるんだし。なんか、そういう人の輪は拡げたほうがいいんじゃない？」

「リア充陽キャのパリピ理論を私に押し付けないでください」

「押し付ける気は無いけど、友達はいないよりいたほうがいいだろ?」

どうにも何かが引っかかる。

「どうして、そこまで私に友人を作らせたいんですか? 私が相談に来るのが面倒だとか? だったら、そう言ってもらえるほうがいいんですが」

「いや、そういうつもりじゃないよ。小井塚さんのおかげで俺も助かってるからさ。余計なお世話だったら謝るよ」

咲那はジッと朝司の目を見る。

他の人と違って、まったく表情が読めない。いや、表情はわかるのだが、全てに違和感が無い。嘘が無いように思えるのだ。

だから、咲那の感覚的には朝司を信じるしかない。

「しかたがないので、白澤裕に関しては調べてみます。終わったら、今度こそまともなコイバナを教えてくださいね」

「ああ、わかってるって」

なんか軽いな、と思いながら咲那はため息をついた。


小井塚咲那は、結界を張りたいと常日頃から思っている。

リア充アピールをするかの如く、クラスカーストトップの連中は大きな声で会話をするし、そうでなくともそこかしこで会話が成立している。脅威のマッチング率だ。

社会人になると出会いが無くなるとかネットで読んだことがあるが、この狭い四十人弱の教室では、否が応でも事故を起こすかのようにコミュニケーションが生じてしまう。

毎日、そんな喧噪の中に放り込まれると、気分が参ってくるのだ。あらゆる情報をシャットアウトして、机に突っ伏していたい。

（うすら寒い……）

多くの会話に粉飾と偽装があふれている。言葉や表情、ボディランゲージなど、種々様々な嘘で塗り固められた会話を、咲那は楽しめると思えなかった。

（今日は特に重いな……）

ホルモンバランスの影響なのか、月に数日ほど感覚が鋭くなる期間があった。こうなると、もうダメだ。表情、声音、しぐさ、視線の動き、あらゆる情報を敏感に察知して、真意を見抜いてしまう。望んでもいないのに、脳が勝手に働いてしまうのだ。

少しでも情報を遮断しようとイヤホンを取り出したところで「大丈夫？」と声をかけられた。視線を向ければ、言葉どおり心配そうな面持ちで田代美玖が立っている。田代とは、秋月拓志の件を調べていた時に会話をするようになった。それ以降、なにかと話しかけられるようになり、どうにかそつなくこなしている。

「あ、うん、大丈夫……です……」

「痛み止めの薬とかあるよ？」

おそらく生理だと思っているのだろう。まったく関係が無いわけではないが、メンタル的な辛さで言えば、生理よりもきつい。

「持病みたいなもので、ちょっとしんどいだけ」

不意にタメ口で話していることに気づき、慌てて「だけです」と語尾だけ訂正した。

「具合悪いなら保健室とか行く？」

本気で心配しているのがわかった。説明しようがない不調だし、説明したらしたで、気味悪がられるだけだ。このまま病人扱いされるのも疲れるので、強引に話題を変えることにした。

「あ、そういえば、白澤裕って知ってますか？」

「四組の白澤君のこと？」

「あ、隣のクラスなんですね……」

「けっこうな有名人だよ。つきあうと不幸になるって噂で」

田代まで知っている程度に有名らしい。

「ただ、それでも普通につきあってる子いるんだけどね。今は同じ美術部の子が彼女みたいだけど」

「イケメンなんですか？」

田代は「う～ん」とうなりながら虚空に視線を投げる。

「イケメンっていうか、雰囲気系？　太宰治《だざいおさむ》とか、なんかそういう感じの」

言葉通り受け取るなら、アンニュイな雰囲気をまとっているのだろう。

「太宰系なら、たしかに呪われそうな感じですね」

「本人はいい人らしいけどね。クラスが一緒になったことも無いし、よく知らないけど」

「本当に、おつきあいされた方々はみんな不幸になってるんですか？」

「噂だとそうだよ。実際、このクラスにも一人いるし」

「誰ですか？」

田代は窓側最後尾の席へと視線を向ける。主のいない空いた席。進級してからは一度も登校してきていない生徒の席だ。

「岩永木葉さん」

その名前に思わず声を失ってしまう。

「もしかしてですけど、岩永さんって、あの恋愛の神様の岩永朝司さんの関係者ですか？」

「うん、普通に兄妹だとか。あれ？　従兄妹だったっけ？　とにかく親戚なんだってさ」

朝司の身辺に関係者がいたのなら教えてほしかった。それなら本人に話を聞くだけで済むことではないか。

「……会う方法ってありますかね？」

田代は悲しげに「無理じゃないかな」と笑った。

「いろいろあって引きこもってるって噂だしさ……」


誰もいない廊下を小井塚咲那は歩いていた。

いつもどおり図書室での読書を終えれば、下校のチャイムが鳴り響く。廊下の窓から外を眺めたら校門前には、部活を終え帰路につく生徒たちが見えた。咲那は渡り廊下前で立ち止まる。廊下を渡れば教室棟だ。渡らず階段を下っていけば、生徒玄関への近道になる。

岩永木葉に関することを朝司に尋ねるべきか、咲那は迷っていた。

兄妹なのか従兄妹なのかは知らないが、一緒に暮らしていたという噂も聞いている。その他、ゴシップのような話もあったが、浅からぬ関係だったことは確かなようだ。

そんな木葉が、白澤の恋人だった可能性がある。

その結果、引きこもってしまったと言う者だっているだろう。

なんの根拠も無いが、わかりやすい因果関係だ。

咲那が渡り廊下のほうへと体を向けた瞬間「小井塚」と声がかかった。振り返れば、メガネをかけたワイシャツ姿の男性教諭が骨格標本を持って立っていた。

「先生、なんですか、それ」

咲那たち二年三組の担任教師である沢渡卓《さわたりすぐる》だ。

二十代後半で担当科目は美術。体育会系ではなく文系の爽やかさをまとっており、その雰囲気の良さで女子生徒からも人気があった。他の教師たちより歳も近く、芸術家肌のため、男子からも慕われている。

沢渡は標本の骨を持って、バイバイするように振りながら笑う。

「これは骨格標本だよ」

「なんでそんなものを？」

「人体を描くには体の構造を知る必要があるからね。美術部の資料に使う予定だ」

言いながら標本のアゴをカタカタと鳴らした。

「それよりも早く帰れよ。お前、最近、遅くまで残ってるって聞いたぞ」

「その……学校で勉強したほうがはかどるので」

「まあ、一応、担任として言わなきゃいけないことだからな。今日は早く帰れ」

咲那は「はい」とうなずきつつ、階段のほうへと体を向ける。瞬間、改めて沢渡のほうへと顔を向けた。

「沢渡先生、岩永木葉さんって、どうして学校に来てないんですか？」

沢渡は訝《いぶか》しむような視線で「いきなりなんだ？」と尋ねてきた。

「いえ、その、ずっと来てないので、どうなってるのかな～と思いまして……」

「まあ、いろいろあってな……詳しいことはプライバシーにかかわるから言えないよ」

「ですよね……」

「お前、知り合いだったりするのか？」

「いえ、本人と知り合いというわけではなく……知り合いの知り合いと言いますか……」

「そうか……もし、会える機会があるなら、俺も心配してると伝えておいてくれ」

沢渡の眉間には、うっすらシワが寄り、口を軽く結んでいる。嘘のない悲しみの表情だ。

「会うことがあるかはわかりませんが……わかりました」

軽く会釈しつつ今度こそ階段のほうへと歩き出したら「小井塚」と再び声をかけられた。振り返れば、ため息まじりに沢渡は苦笑を浮かべている。

「最近、田代と仲がいいらしいな。友達は大切にしろよ」

友達ではない、と言いかけてやめた。沢渡の発言の奥にあるのは、咲那が一人でいることを心配していたというアピールだ。本気で心配しているわけではないことくらい、表情から読み取れる。だからといって、そこで反発するほど子供ではない。生徒を心配するいい教師という自分に浸りたいなら、それに水を差すのも野暮というものだろう。

「……はい」

視線をそらしながらうなずき、咲那は階段を降りていった。

岩永木葉と朝司に何かしらの関係があることを、咲那は知ったのだが、即座に「どういうことですか？」と朝司を問い詰める気にはなれなかった。朝司が咲那に二人の関係を教えなかったのは、あえて言わなかった気もするので、無遠慮に尋ねるのは気が引ける。表情から何を考えているかわからないからこその気使いというのは、不思議なものだなと思った。

結果、咲那は、眉間にシワを作りつつ渡り廊下の窓から中庭を見下ろしていた。

上城北高校の中庭は教室棟と別棟、それに渡り廊下によってコの字状に囲まれたスペースになっている。中央には花壇があり、四季折々の花々が並んでいた。春の花の季節は過ぎてしまったが、今はアジサイが蕾をつけている。そろそろ、ピンクや青といったカラフルな花弁が、見る者を楽しませるだろう。

だが、咲那は中庭が嫌いだった。いや、正確には昼休みの中庭が嫌いなのだ。

中庭は構造的に廊下を歩く者全てに見られてしまう。ましてや昼休みとなれば、多くの生徒が廊下を使うし、綺麗な花が咲いているとなれば自然と目を奪われるのだ。そんな場所にあるベンチに座っている者は、見たくなくとも視界に入ってきてしまう。

昼休みのベンチに座る者は、自己肯定感が高めな人種だと咲那は思っていた。更にカップルで占拠するとなれば、独り者に幸せマウントを取りたいクソ野郎だと確信している。無論、嫉妬まじりの偏見だという自覚はあった。

（メンタル削られるなあ……）

咲那は、ため息をつきながら手前のベンチに座る一組のカップルを観察する。

白澤裕が現在つきあっている恋人の佐藤鈴奈《さとうすずな》と雑談に興じていた。

白澤は、なるほどたしかに文系の爽やかな少年という風貌だった。前髪が長めだが、陰鬱な雰囲気は無い。肌が驚くほど白いが、軟弱にも病弱にも見えなかった。

対する佐藤は長い黒髪の少女で、制服をきちんと着ている。クラスカースト上位の生徒は制服を着崩したり、校則違反にならない程度に髪の毛の色を変えたりしていることが多いが、佐藤にはそういった雰囲気は無い。一重《ひとえ》だが、目が大きく、顔が小さく顎がシャープな狐顔で、まさに和風美人といった顔立ちだ。前髪が切りそろえられているところに、こだわりを感じた。

二人とも穏やかに微笑みながら会話をしているし、ベンチに座る距離感も微妙に遠かった。佐藤たちの向かいのベンチに座るカップルは、ほぼ密着しているので、アレに比べれば清らかなおつきあいなのだろう。

（不幸って雰囲気じゃないんだよなぁ……）

ＤＶの痕があるとか、喧嘩をしているという雰囲気も無い。ベンチに座る距離感や互いに向け合う表情からも、好意はあるが、まだお互いに少なからずの恐怖心があることも見て取れた。この距離からだと、細かな表情までは読み取れないが、まだ肉体関係は無いだろう。咲那だってそんなことまでわかりたくないのだが、わかってしまうのだから自分の能力が嫌になる。

（白澤裕も佐藤鈴奈もＳＮＳは特にやってない……やってるかもしれないけど、さすがにたどるのが難しいかな……田代さんとはタイプが違うから、伝手《つて》も無さそう）

直接、本人たちに呪いについて聞くという方法も考えたが、さすがに憚《はばか》られた。ものすごく失礼なことだし、恋愛の神様の助手としても、さり気なく問題を解決することが求められている。

直接的な接触は最終手段だろう。

（本人たちへのアプローチが無理なら、結局、他の呪いの被害者にコンタクトを取るしかないんだよな……）

現状の咲那には朝司に木葉に関することを聞く以外、手段が残されていなかった。

咲那は木葉と白澤に関する噂について、朝司に報告した。

「へぇ、そうだったんだ。知らなかったな」

朝司の軽い相槌《あいづち》に小井塚咲那は、眉根が寄ってしまう。朝司と木葉に関する様々な噂を耳にしていた手前、聞いていいのか最後まで迷っていたのだが、当の本人はあっけらかんとしたものである。

「どうしたの？」

咲那のしかめっ面を覗き込むように朝司が尋ねてくる。

「いいえ、気を使っていた自分がバカだなと思っただけです」

「気を使ってたってなにに？」

朝司の問いかけに、咲那は更に眉間に力を込めた。

「岩永さんは岩永木葉さんとつきあってたとか、義理の兄妹の禁断の愛とか、そういう噂があったから、めちゃくちゃ気にしてたんですよ！」

朝司は苦笑を浮かべながら「無い無い！」と手を振った。

「そりゃまあ、いろいろあってお互いに気を使う関係だったけどさ。妹みたいなもんだよ」

「……でも、今引きこもってるんですよね？　心配じゃないんですか？」

「そりゃ心配だよ。でも、あいつ、俺の話は聞いてくれないしさ」

軽い口調で視線をそらした。おそらく諦観と悲しみを感じている。朝司の表情は読みづらいが、それは理解できた。

「義理とはいえ、家族としてはどうにかしてあげたいんだけどね……」

咲那は「私は一人っ子なのでよくわかりませんが」と前置きして続ける。

「兄妹でコイバナってするんですか？」

「少なくとも恋人の話は聞いたこと無いなあ」

「なら、実際につきあっているような光景を見たことは？　二人が一緒に帰っているとか、話してるところを見かけたとか……」

「え？　いや、それも無いけど……ただ、あいつ、美術部だったからな。ほら、白澤君も美術部だろ？　だから、まあ、つきあっててもおかしくはないかな？」

朝司の口調から、かすかな違和感を覚えたが、それがなんなのかまではつかめなかった。

「あの、今、岩永さん、なにか隠しました？」

「え？　なんで？」

「なんか、少し引っかかったんです。岩永さん、わかりづらいから、確信は持てないんですけど……」

朝司はすぐさま苦笑を浮かべ「いや、なんか、想像したら微妙だなって思ったんだよ」と答えた。その言葉に嘘は無さそう、というより嘘か本当かまでは咲那にわからなかった。

「じゃあ、岩永さんは実際につきあっていたかどうかまではわからないということですか？」

「そうなるね」

「どうしますか？　白澤裕、佐藤鈴奈両名に接触するわけにもいきませんし、過去の恋人たちは引きこもってたり、いなくなってたり、近寄りがたい不良になってたり、調べようもないんですけど」

「なら、木葉に話を聞きに行く？」

咲那は呆れたように「どうやってですか？」とため息をついた。

「岩永さんが紹介してくれるんですか？」

「……俺の名前出したら、完全にシャットアウトだよ」

「……禁断の愛とか噂になってましたよ？」

「いや、無い無い……そっちのほうが面白いから、みんなそういう噂話を作るんだよ。ほら、従兄妹とはいえ、義理の兄妹で一つ屋根の下って、それだけで漫画みたいだろ？」

「ラブコメでよくあるやつですね。たしかに憧れます！」

咲那は目に力を込め「どんな生活なんですか？　興味あります！」と尋ねた。朝司は困惑気味に苦笑を浮かべ「そりゃあ、ラブコメみたいにお互い好き同士なら、いいかもだけどさ」と言って、さらに続ける。

「実際のところは微妙だよ？　めっちゃ気を使う。実の兄妹ほど近くないし、クラスの女子ほど遠くもない。嫌いになっても本当の家族なら、まだスルーできるだろうけどさ。嫌でも毎日顔を合わせる。それにお互い人間だから生理現象もあるわけで……考えてもみなよ。自分が入った風呂やトイレの後に同い年の異性が入るんだよ？　嫌じゃない？」

「それは、まあ……たしかに……好きでも嫌いでもきついですね……」

「しかも一緒に暮らし始めたのが十二歳とかからでさ、すぐさまお互い思春期だよ？　薄着なら、嫌でも目が行くよ。こっちはスケベ心無くても、見ちゃうんだよな。そういう視線をご両親、俺から言えば叔父や叔母にも見られるし、ほんと、きついんだよ」

ため息まじりに言ってから「で、まあ、そんなわけで互いに好きでも嫌いでもないのに思春期全開で意識しあって距離を取るようになり今に至るって感じかな」と締めくくった。

「現実はラブコメのようにはいきませんね……」

「それでも、一応家族だってのが面倒なところでさ……君もなんとなく把握してると思うけど、俺の名前は出さないほうがいいよ」

朝司の言いたいことは理解できたので、話題を変えることにした。

「でも、なんのとっかかりも無く、いきなりご自宅訪問とか無理じゃないですか？」

「たしかに大義名分は必要だね……」

朝司は腕を組みながら沈思し、すぐに「あ！」と声をあげた。

「小井塚さんのクラスの担任って、美術部の顧問だろ？　あの人、使えないかな？」

「使うって？」

「木葉ってなんやかんやで絵がうまかったからさ、あいつの描いた絵を見て感動したとかなんとか言って教師経由で木葉に会えるよう根回ししてもらうとか、どうかな？　叔母さんも、木葉に関しては悩んでるし、学校の友達が話をしたいって言ってるって聞けば、断わらないんじゃないかな。こういう流れで行けば、俺の名前を出さないで済む」

ニッコリと笑い「うん、この方法しかない」と一人で納得していた。

「そんな方法で本当にうまくいくんでしょうか？」

「やってみないとわからないだろ？」

と言いながら朝司が立ち上がった。

「それじゃあ、行ってみようか」

「どこに？」

「美術室の前だよ。木葉の描いた絵が飾ってある」

歩き出した朝司の後を追い、咲那も教室を出ていく。美術室があるのは、渡り廊下を渡った別棟の三階だ。既に部活も終わっている時間だけあって、生徒の気配は無い。

しばらく歩き、美術室が近づくと「これだよ、これ」と廊下の壁に掛けられた油絵を指さした。そこには小高い山をバックにした神社と鳥居が描かれている。山や木々の色合いから察するに夏の神社だろう。

「な、すごいだろ？」

咲那は無言のままコクリとうなずいた。

写実的な美しさもあるのだが、特に山に力があった。遠近法の表現によって山そのものはボカされているのに、迫力があるのだ。描かれているのが、ただの山ではなく霊峰だというのが一目でわかる。この神社は山岳信仰と関わりが深いのではないか？　と思った。

「木葉が中学の頃にコンクールで最優秀賞を獲った絵でさ」

「どうして中学の頃の絵が？」

朝司も少し考えてから「あ〜……なんか言ってたな……」と記憶をたどるように視線を虚空に投げた。

「そうそう！　美術の沢渡が木葉の絵のファンなんだよ。なんか、この絵がどうしても好きだから飾らせてくれって頼みこまれたとか言ってたな」

「へぇ……」

沢渡の気持ちがわからなくもない。それだけ、見る者の心に訴えかけてくる絵だった。

「これ、どこの神社なんですか？　岩永さんちの？」

「いや、うちじゃなくて、叔母さんの実家の近くにある神社。弥彦《やひこ》神社だったかな？　弥彦山っていう山の麓《ふもと》にある神社でさ。中学の頃、夏休みに絵を描くって、ほぼ一ヶ月泊まり込んで描いてたんだよ」

絵画に対する審美眼が、自分にあるとは思っていない。そんな咲那でも、この絵が賞を受賞することには納得がいった。

「近くに蛍の見える川辺があるって言ってたな……」

「そうなんですね」

「ああ、一緒に行く約束もしてたけど、結局、行かないままだったな……」

朝司は苦笑しながら肩をすくめた。

「……本当にすごい絵ですね」

朝司は嬉しそうに「だろ？」と微笑んでいた。なんだかんだ言って、木葉のことを嫌ってはいないのだろう。それを理解した瞬間、自分の表情が一瞬だけ固くなった気がした。だが、その違和感はすぐに霧散する。

「この絵に感動したってのは説得力があるからさ。さっき言った方法で沢渡に頼んでみてよ」

簡単に言ってくれるな、と思いつつも「わかりましたよ」と絵を眺めながら咲那はうなずいた。

次の日、咲那は朝司に言われたとおり、沢渡にコンタクトを取った。

美術室の前に飾られている絵に感動した云々から、いろいろ話を聞きたいので、沢渡から木葉の親御さんに声をかけてくれないか？　と頼んだのだ。

咲那の話を聞いた沢渡は、予想外なことに大喜びして「わかってくれたか！　あの絵の良さが!!」とはしゃいでいた。美術大学出身の沢渡の目から見ても、木葉の絵はすばらしいモノらしい。

「岩永は天才なんだよ。ああいう絵は描こうと思って描けるモノじゃないんだ。天性のセンスや色彩感覚が無いと、あの表現はできないんだよ」

その熱意に気おされつつも咲那は「わかります」とうなずいておいた。

「会えるかどうかはわからないが……俺のほうからも岩永の親御さんに聞いてみるよ」

「えっと……よろしくおねがいします」

沢渡は「むしろ、お願いしたいのは俺のほうだよ」と視線を落とした。

「岩永にもいろいろあったからな。彼女の力になってほしい」

重さすら感じる期待に、応えられる気がしなかった。咲那としては「白澤裕とつきあっていたのか？」ということと「本当に呪いはあるのか？」ということを知りたいだけだ。朝司に頼まれているとはいえ、客観的に見て野次馬根性であることは否定できない。

「なにかあれば、なんでも言ってくれ。協力はする」

その声と表情から沢渡が「都合がいい」と思っている雰囲気を感じた。おそらく本気で木葉を復帰させたいのだろう。咲那の申し出は渡りに船だったようだ。だが、少しばかり引っかかるところがある。

「……どうしてそこまで？」

違和感の赴くままに問いかけてしまい、失敗したと思った。沢渡は遠くを見るような目で咲那から視線を外す。

「天才を生み出すのに必要な要素はなんだと思う？」

「え？　遺伝子ですか？」

「その前に運だ。親が同じでも同じ天才が生まれるわけじゃない。いわゆるギフテッドと呼ばれる天才は人口の二パーセントほどだ。残りの九八パーセントは、どんなにあがいても天才にはかなわない」

「そういうものなんですかね……」

「そういうものだよ。特に芸術の分野はね。しかも、いくら才能を持っていたとしても、出会う人の運や、時流の運なんかもからんできて、歴史に残るような人物になる確率は更に低くなる」

沢渡は自嘲気味な苦笑を浮かべた。

「俺は岩永の絵に二パーセントの可能性を感じたんだ。なら、教師としてその才能が最大限活かせるようにしてやらなくちゃいけない」

怒りや悲しみ、それに恥じるような表情だった。

要するに、沢渡は美術大学を出たが芸術家になることを諦め、高校教師になった自分と、才能を持つ木葉を比べているのだろう。嫉妬も多少はあるようだが、それ以上に憧憬があった。沢渡の言葉に嘘はない。

パッとそんなところまで推察してしまい、逃げるように「できる限りがんばります」と頭を下げ、その場から離れた。

この読心術は勝手に発動し、人の隠したい気持ちを自動的に暴いてしまうから、嫌になる。対象を知れば知るほど、推理の深度が深くなり、的中率があがっていく。望んですらいないのに。

(ほんと、人と話すの、めんどくさい……)

他人の感情や思考などわからないほうがいいに決まっている。朝司と話すようになって、その想いはより一層強くなった。

例えば、両親と会話をしている時など、咲那にとってはカギかっこ付きの台詞に、別の言葉がルビで振られているようなものだ。耳に届く言葉とは別の言葉を脳が勝手に出力してしまう。それを止めたくても止められないから始末に困る。

（私のシャットアイもある種の才能なんだろうけど……捨てられるなら捨てたいよ……）

などと考えながら咲那は猫背のまま教室へと入っていった。

その日の放課後、沢渡から声をかけられた。木葉の母親に連絡したところ、是非来て欲しいという返答だったそうだ。その旨を朝司に伝えたところ「家までは案内するよ」と言われたので、一緒に帰ることになった。

岩永家は千葉県船橋《ふなばし》市にある。

総武線快速が停まるため、交通の便がいい。朝司が言うには「駅の周りは栄えてるけど、少し歩くと何も無かったりする」そうだ。

電車の中では一切朝司と会話をせずに、咲那はずっと下を向いていた。無言のまま船橋駅で下車し、改札を出る。駅前はたしかに栄えているが、少し歩くと閑静な住宅街になった。

ひと気が無くなったところで咲那はスマートフォンを取り出し、地図アプリを立ち上げた。沢渡から教えてもらった住所を打ちこみつつ朝司に「ご自宅は神社だと聞きましたけど」と小声で尋ねる。

「別に俺が教えるのに」

「いいから話しかけないでください。目立ちたくないんです」

「はいはい」

そのまま地図アプリを見ていたら、不意に電話がかかってきた。非通知設定だ。思わず出てしまった瞬間「もしもし、俺だよ」と朝司の声が電話口から聞こえてくる。ぎょっとして辺りを見回せば、後ろのほうで朝司が手を振っていた。

「どうしてこんなことを？」

『電話越しなら怪しまれないで済むだろ？』

かなり驚きはしたものの、電話をしながら喋る分には問題ない。

「それで、岩永さんのご自宅は神社でいいんですよね？」

『そうだね。でも、家は神社から離れてるし、専業でできるほど儲かってないみたい。叔父さんは市役所で働いてるよ』

「……公務員って副業禁止なのでは？」

『神主は仕事じゃなくて奉仕に当たるから公務員でも大丈夫なんだって言ってた。どのみち、本当に儲かってないみたいでさ。神社の維持費やら人件費やらで、お賽銭《さいせん》とかも全部消えてくって愚痴ってたね』

「でも、恋愛成就で有名だって聞きましたよ」

『中学の時に御朱印帖とかが流行ったんだよ。それで、テレビに穴場神社ってことで紹介されたんだ。一時、参拝客が増えたけど、もともと兼業だからね。営業に力を入れられず、ブームの終焉と共に客足も減っていったってわけ』

「世知辛いですね……」

『残ったのは恋愛の神様とかいうふざけた噂と役割だけだよ』

辟易したような口調だった。

「嫌そうなくせに、どうして恋愛の神様を続けるんですか？　しかも、私に相談者の問題を解決させようとしてるし……矛盾してます」

『俺は俺でいろいろ試したいことがあるんだよ』

「なんですか、それ」

『今は秘密かな』

「秘密ですか……まあ、かまいませんけど、もうすぐ岩永さんのご自宅ですよ」

『俺は少し時間を潰しているよ。小井塚さんも俺がいないほうが話しやすいんじゃない？』

「そんなことはないですけど……」

むしろ一緒のほうが安心する、とまで言うと負けた気がするので「わかりました」とうなずいておいた。二階建ての一軒家の前に来たところで、いつの間にか背後にまできていた朝司に「ここだよ」と言われた。表札には家族四人の名前が並んでいた。

「それじゃあ、木葉を頼むよ」

と言って朝司は微笑みかけてくる。咲那はなにも答えずにインターフォンのブザーを押した。

出迎えてくれたのは、木葉の母親と思われる中年の女性だ。化粧をしていない、というわけではないが、どこか荒廃した雰囲気があった。ショートカットの髪の毛には、白髪が少し混じっており、そのせいで全体的に疲れているように見えた。咲那の母親と同世代なら、歳の頃は四十代くらいだと思われるが、五十代だと言われても納得できる。

「あ、小井塚咲那です。沢渡先生から連絡が行っていると思いますが……」

滲《にじ》むような微笑を浮かべながら木葉の母親は「ええ、聞いてます。どうぞ、入って」と招き入れてくれた。本心からの言葉に思えた。咲那の来訪になんらかの希望を抱いているのだろう。

娘が引きこもっていることで、心労を重ねているようだ。木葉が学校に行かなくなったのは去年の七月から。一年近く引きこもっていることになる。このまま引きこもり続けるのかもしれない、母親としてどうしたらいい？　誰か助けてほしい、といった心情だろう。

ノリと勢いでここまで来たことに対する罪悪感が生じてしまった。

「わざわざありがとうね……」

木葉の母親にはまず客間と思しき部屋に通された。ソファーに座っていたら、茶菓子と飲み物が運ばれてくる。

「あ、おかまいなく、その、こちらが無理にお願いしたことなので」

「いいのいいの。木葉に会いに来てくれる人も久しぶりだから」

咲那は恐縮しつつもお茶をいただいた。すぐさま木葉の母親に矢継ぎ早に質問をされる。最近の学校はどうなのか？　とか、咲那は部活に所属しているのか？　とか、いろいろだ。警戒というより、今になって木葉を訪ねてきた咲那に対する疑問だろう。それがわかるから、咲那は先んじて問いを潰すように答えていった。

「木葉さんの絵に感動して……えっと、その……いろいろ聞きたくて……」

「あの子、絵を描くのが本当に好きだったから……」

今ではない過去を懐かしむかのような視線だった。

「それで、ご本人と直接話すことはできますか？」

木葉の母親の表情が微《かす》かに翳《かげ》る。

「ドア越しになるけどいい？　あの子、事故があってから、部屋の鍵、かけるようになっちゃって……」

「そうなんですね……」

「話しかけても、もしかしたら、なんの反応も無いかもしれないけど……それでも大丈夫？」

「はい。かまいません。その……えっと、また、木葉さんの描く絵を見たいだけなので……」

ということにしておいた。実際、嘘ではない。

木葉の絵に感動したのは事実だし、もし新作を描くというなら応援する。推しの動画配信者に投げ銭するくらいなら、今は木葉に投げ銭してもいいとさえ思えた。

「じゃあ、ついてきて」と言って木葉の母親は立ち上がり、咲那はその後を歩いた。二階にあがり、廊下の左側奥の部屋の前で木葉の母親が立ち止まる。扉を軽く三回ほどノックする。

「木葉、ほら、昨日言ったでしょ？　あなたの絵が好きだって言ってる子。小井塚さん、来てくれたよ」

反応は無い。木葉の母親はもう一度ノックし「木葉」と声をかけるも、何の返答も無かった。大きなため息をつき、咲那のほうへと視線を向けてくる。

「ごめんなさい。こんな感じなの。もしかしたら寝てるのかもしれないけど……」

「あ、大丈夫です。その、私のほうで、とりあえず話しかけてみます」

「ありがとう、小井塚さん」

そう言って木葉の母親は一階へと戻っていった。残られたらどうしようか、と思っていたが、取り越し苦労だったようだ。

「あの……岩永木葉さん……その……小井塚咲那です。はじめまして」

声をかけるが、返答は無い。想定内の反応だった。

「私、木葉さんの絵を見てとても感動しました。弥彦山って直接見たことないんだけど、その土地の霊峰なんだなってすぐにわかったんです。すごいとしか言いようが無くて」

誰かを説得したり、意見を訴えるのには熱量というものが必要だ。

そして一定のリズムと抑揚。プレゼンや演説のやり方の本は読んでいる。それこそ有名政治家の演説の調子も頭に叩き込んであった。

あとはネタだ。

木葉の興味を惹くような話を提供する必要がある。

「木葉さんは美術史についてご存知ですか？　例えば、空気の表現を取り入れたことで有名なのは、かの天才レオナルド・ダ・ヴィンチです。空気遠近法と呼ばれる手法なのですが、これは木葉さんの描かれた絵にも色濃く影響を与えているんだとわかったんです!!」

木本が一番の友達な咲那にとって、雑学ネタは腐るほどあった。美術史に関する知識だって例外ではない。

（どうせ反応が無いならエンタメに全振りする）

強引にでも、咲那自身に興味を持ってもらうしかなかった。

たしかに咲那は面と向かっての対話は苦手だが、一方的に話したりするのは嫌いではない。話したいことがあるのに、人と話すのが苦手だから小説を書いている節さえある。

その後、小一時間ほどルネッサンス期の美術史に関する講義を続けた。これからレオナルド・ダ・ヴィンチに関する話題に入るというところで話を止める。

「長々とすみませんでした。今日は失礼します」

それだけ言って、ドアの前で頭を下げた。

確かに反応は無いのだが、扉越しになんとなく気配を感じた。起きて話を聞いていたと思いたい。でなければ、ただ壁に向かって話していただけになってしまう。

咲那は一階へと降りていき、木葉の母親に礼を言ってから「また明日も来ていいですか？」と尋ねる。一瞬、驚かれたが、すぐに笑顔で「ええ、ありがとう」と手を握られた。親戚からもらったお菓子をお土産に持っていけと言われたが、固辞しつつ岩永家を後にする。道路に出たところで盛大なため息をついた。

「おつかれ。けっこう滞在してたね」

振り返れば、朝司が立っていた。

「どこ行ってたんですか？」

「途中、見たりしたけど、小井塚さんの講演に熱が入ってたからさ、邪魔しちゃ悪いと思ってね」

朝司は苦笑を浮かべつつ「それで、収穫はあった？」と尋ねてきた。咲那はスマートフォンの地図アプリを立ち上げながら小声で答える。

「ありませんよ。当然でしょう？　考えてみてくださいよ。話したことのないクラスメートがいきなり家に押しかけてきたんですよ？　しかも引きこもってるのに。私なら無視します。だから、一方的に話すことにしたんです」

咲那は地図アプリを見ながら駅へと向かって歩きはじめる。駅まで咲那を送るつもりなのか、朝司もついてきた。

「とりあえず興味を持ってもらうことから始めます。これをしばらく続けるんです。心理学で言うところの単純接触効果ってやつですね。定期的に接触することで親近感を持ってもらえます。嫌がられたら嫌がられたで、もう来ないことを条件に質問に答えてもらうだけです」

「君って本当、詐欺師みたいだよね……」

「誰のためにやってるって思ってるんですか？」

「え？　小説のためでしょ？」

言われて「それはそうですけど」と口ごもる。たしかにそうなのだが、なんだか釈然としない。

「天岩戸《あめのいわと》作戦ならぬ毎日動画配信作戦です。こちらのキャラクター感を把握してもらい、単純接触効果で親近感をゲット。できれば、親和性も作り上げたいので、木葉さんが好きな分野とかモノとか教えてください。興味を惹ける話をします」

「アニメとか漫画とか好きだったね。俺が買った漫画とかもよく読んでたし」

「なら、ネタはたくさんありますね……乙女ゲーの話なら十時間くらい喋れる自信あります」

「乙女ゲーとかはやってないと思う……たぶん」

「まあ、美術から漫画の話に持っていき、乙女ゲーのプレゼンに話を振ります。木葉さんを乙女ゲー沼にハメてやりましょう」

「まあ、やりすぎないように頼むよ」

朝司を横目で見つつ、やはり何を考えているのかわからないことに安堵する咲那だった。


あれから、一週間ほど木葉の元を訪れ続けた。

初日はルネッサンス期の美術史から入り、二日目はレオナルド・ダ・ヴィンチの生涯と謎について。三日目は日本の美術史から入り、四日目には漫画と手塚治虫についての講義。そして五日目にはオタク文化と乙女ゲー村の話など、話題は多岐に渡った。途中、土日を挟んだりはしたが、平日は木葉の部屋の前で小一時間ほど雑学の講義をする。

今や、講義内容をスマートフォンのメモアプリに準備する徹底ぶりだった。なんのためにこんなことをしているのか自分でもわからないが「明日はどんな講義をしよう？」などと考えながらお風呂に入るのは悪くない。

「では、今日は乙女ゲーと声優村から二・五次元界隈の講義を――」

「あなたいったいなんなの？」

講義の準備をしようとしていたら、扉越しに声が聞こえてきた。

「やっと反応してくれましたね」

「そりゃあ、するよ。だって、毎日毎日、頼んでもないのに、わけわからない話をしてくるし……」

「え？　少しは楽しんでくれてたんじゃないんですか？　微妙にショックなんですけど」

あんなに事前準備したのに、と落ち込んでしまう。

「面白い話もあったけど……」

最初は抗議の色合いのあった声も、勢いを無くしていた。優しい性格なのだろうと当たりをつける。

「どうして？　たかが絵のためにそこまでするの？」

さすがに別の目的があるとは言えない。

「これまでの講義を聞いていたならわかるかと思いますが、私はディレッタントに憧れています。ですから、木葉さんにとって、たかが絵だとしても、私にとっては価値のあるモノなんですよ」

文学や芸術を愛好しているし、可能なら就職をせずに印税だけで生きていきたいとは思っているので、嘘ではない。

「話したことも無いのに……」

「話したことが無くても声優やアニメキャラを推すじゃないですか。推し活に物理的接触は不要です。私は画家としての木葉さんを推しているというわけです」

「変な人……」

「かもしれません」

不意に鍵の開く音が聞こえた。数センチほど扉が開く。

扉の隙間から「入れば……」という声だけが、スルリと聞こえてきた。咲那はドアノブを握りながら「おじゃまします」と扉を開く。

木葉は淡いブルーのパジャマを着ていた。引きこもっていただけあって髪の毛は伸びており、真ん中分けのワンレングスだ。元の髪質がいいのか、そこまで傷んではいないのだが、それでも長すぎるという印象を受けた。肌も日の光を浴びていないせいか、真っ白だ。

分けた前髪の間から見える両目は、パッチリと開いた二重瞼《ふたえまぶた》であり、目力がある。やや退廃的な雰囲気をまとっているが、それさえ魅力的に見える程度に、容姿が整っていた。

(岩永さんと並べば、まあ、確かに禁断の愛とか妄想されてもおかしくないか……)

たしかに美少女と同居する男子ともなれば、完全にラブコメ漫画だった。

「なに？　じろじろと見て……」

「え、いや、その……」

とっさに目を伏せてしまった。表情や佇まいから、人となりを頭が勝手に推測してしまう。脳の暴走を止める意味も込めて、視線をそらした。

「さっきまで喋ってたのに、いきなり静かにならないでよ……」

「いえ、その、人と面と向かって話すのは苦手なんです……気にしないでください……」

言いながら木葉を見ないように部屋の中を見回した。

引きこもりという割には綺麗に片づいた部屋だった。いや、片づきすぎていると言っていい。ベッドがあって、学習机と本棚がある。それ以外は何もない。あの絵を描いた人物とは思えない簡素な部屋だった。まるで、自分の中のいろんなモノを削ぎ落としていったかのように無個性を主張してくる。そんな中でも様々な色彩が並んでいるところに目が行った。本棚には漫画本が並んでおり、その中に見慣れた背表紙を見つけてしまう。

（え？　私の本がある⁉）

恋塚咲夜著『君の背中で涙する』があった。

「……きみせな、読むんですか？」

「え？　うん。あなたも？」

「え？　へへへ……いや、へへへ……」

「え？　なに？　その笑い方……」

「いえ、なんでもないです。へへへ……」

頬が緩んでしまった。

ベッドの縁に腰かけた木葉が「座ったら？」と言うので、咲那はちょこんと床に腰を下ろす。とたんに困ってしまった。

（あれ？　なにを話せばいいんだろう？）

好き勝手に喋るのは得意だ。湯水のごとく溢れ出てくる言葉を垂れ流せばいいのだし、これまで読んできた本の知識はいくらでもそらんじられる。だが、それはコミュニケーションではないことくらい、咲那にだってわかっていた。

「で、私に何の用なの？」

「あ、えっと……その、木葉さんの描いた絵に感動しまして……」

「それは聞いたけど、それを言うために一週間も通い詰めたの？」

「まあ、はい……」

「正気？」

正気を疑われるのも無理は無い。

「いえ、その、ざっくり仲良くなりたいなぁと思いまして……」

「一週間も通い詰めてくる人と仲良くできる気がしないんだけど。ちょっと怖いよ？」

本気で訝しんでいるような視線だった。

一瞬、人間不信なのかな？　と思ったが、そんな自分の考えに引っかかった。誰かに傷つけられたり、裏切られた経験から人間不信になり、引きこもりになる、という流れは割とオーソドックスではある。だが、それとは木葉が携えている雰囲気は少し毛色が違う気がした。

（人間不信というより……自分に自信が無い？　着飾ったり、部屋に装飾を施したりしないのは、そうする意味が無いと思ってるから？　生粋のミニマリストなら本棚の本だって無いはず。いろいろ捨ててった結果、本とか自分の内面に関わるモノだけが残った？　この何も無い部屋は自傷行為の代替かな？　どうしてそんなことを？　自分に価値が無いと思ってるから？　あ、だから、価値の無い自分のために一週間も通い詰めた私の行動を訝しんでいるのか……）

そこまで類推してから、勝手なプロファイリングをしたことに自己嫌悪を感じてしまう。だが、そのおかげで木葉の攻略には、わかりやすい動機の開示が必要なのだとわかった。

「……実は知人に調べてほしいと頼まれたことがありまして」

咲那の言葉を受けて、木葉は腕と足を組んだ。心理的な防御姿勢を表している。

「白澤裕という方はご存知ですか？」

木葉は目を大きく開いてから「白澤君？」と聞き返してきた。どうやら、予想外の話題だったらしい。防御姿勢が幾分和らいでいる。

「はい。美術部で一緒だった白澤裕です。二年生の」

「知ってるけど、それが？」

「おつきあいなさったりしてましたか？」

「私が？　白澤君と？」

驚いたように目を見開いてから「無い無い」と呆れたように否定した。嘘をついているように は見えない。どうやら本当のことのようだ。

「本当におつきあいは無いのですか？　これっぽっちも？」

「あるわけないでしょ？　まさか、私がつきあってるとか噂になってたの？」

「はい」

「……よく話したりはしてたよ。同じ美術部だったし。でも、それだけ」

ジッと木葉を見つめるが、やはり表情に違和感は無かった。

（木葉さんが引きこもってるのは呪いのせいというわけではないのか……）

木葉が引きこもってしまったのは、とある交通事故が原因だと噂されているのだが、事故に関することを木葉に尋ねるのは、朝司に止められている。

ここに来るまでは、白澤とつきあったせいで事故が起こり、木葉が引きこもってしまったというロジックが成り立つ、と思っていた。

「聞きたかったのはそれだけ？」

「あ、はい。その……聞きたかったのはそれだけです。あ、でも、あと、その……言いたいことというか、伝えてほしいこととみたいなことはあります」

「なにそれ?」

「えっと……学校に来るのは無理でも、部屋を出たほうがいいのでは? というやつです」

木葉は眉根をかすかに寄せながら視線をそらし「それは……」と口ごもる。不快感を察した咲那は慌ててまくしたてた。

「あ、すみません! その……差し出がましいことを言いました! そうですよね、いろいろありますもんね!! 私も、その、えっと、友達少ないですし!」

言いながら立ち上がる。

「えっと、その、なにか木葉さんの興味のある分野ってありますか? 次の講義は、それにしようと思うので」

「まさか、また来るつもりなの?」

「はい、また来るつもりです。頼まれているので」

「誰に?」

朝司に、とは言えない。

「それは秘密です」

と言いながら鞄を持つ。

「では、今日は失礼します」

咲那は逃げるように木葉の部屋を後にした。

◆

「――というわけで、木葉さんは白澤裕とおつきあいはしてませんでした」

岩永朝司の前で、咲那はこれまでの経緯を掻い摘んで説明した。全て話し終えたところで、深いため息をつき、椅子に腰かける。夕日が差し込む中、教室には朝司と咲那の二人だけだ。ギシリと咲那が座る椅子の背もたれだけが鳴った。

「君はすごいな。まさか、木葉の部屋にまで上がり込むなんて」

「根負けしただけだと思いますよ」

「この調子で学校にまで連れてきてくれると助かるな」

「それは本人次第だと思いますが。私がとやかく言ったところで、どうにかなるとは思えません」

「でも、用がすんだらさようならってのは、少し寂しくない？」

「そもそも呪いの件が主目的で、木葉さんの問題は別じゃないですか」

呆れたように言いながらも「まあ、いきなり関係を切る気はありませんけど」と不機嫌そうに言う。なんだかんだ言って、咲那は面倒見がいいのだ。人づきあいが嫌いだと言う割に、本当は人と関わっていたいと思っているのではないだろうか？　そんなことを言えば、ヘソを曲げられてしまいそうなので、口には出さないのだが。

「木葉さんが呪いとは無関係なのはわかりましたけど、同時に手がかりが無くなりました。あとは、元カノを探して接触するしかないんですが……」

咲那は腕を組みながら口をへの字に結んだ。関わりたくないらしい。朝司としても、危険な人間には近づくべきだとは思わないし、本当に不幸になってしまった人の傷痕をほじくり返すようなことをすべきではないと思っている。

となれば——

「今の彼女に接触するしかないんじゃないかな？」

「でも、不幸になってないじゃないですか。中庭で仲良さげに二人でお弁当食べてましたよ」

「それっていつの話？」

「一週間以上前の話ですけど」

どうやら咲那は最近の白澤裕と佐藤鈴奈のことを追いかけてはいないようだ。

「人が話してるのを聞いただけなんだけどさ……」

朝司は前置きして言葉を続ける。

「佐藤鈴奈だっけ？　今の彼女、学校休んでるみたいだよ」

「別に珍しくないですよね？」

「どうやら、今日で三日目になるらしい。なんか、家出みたいで学校にも親から問い合わせが来たんだってさ」

「……本当ですか？」

「教師が言ってたから本当じゃない？」

教師たちが雑談しているのを、偶然聞いたのだ。それに加えて、朝司も白澤と鈴奈には注意を向けていた。三日前から鈴奈は学校に来ていないことは確認済みだ。

咲那は口元に手を添えながら虚空を睨むように沈思する。不意に眉間のシワが濃くなった。

「……呪いが発動したってことですか？」

「家出が呪いの結果なのかどうかはわからないけど、まあ、白澤裕の恋人にトラブルが起きたのは事実なんじゃないかな？」

ただの家出なら、珍しくもない。だが、家出の途中で事件や事故に巻き込まれる可能性はある。特に女子高生の家出少女となれば、汚い大人の食い物にされかねない。

「佐藤鈴奈が家出をしたなら、友達の家とかにいるんですかね？」

「さあ？　あの子、友達、いなそうだったよ？　君みたいに、いつも一人だし」

「私は孤高であろうと思っているだけです。一人で完結してるので他人がいらないんです。有象無象のぼっちの方々と一緒にしないでください」

「……ま、そういうことにしておくよ」

苦笑で誤魔化し、続ける。

「俺が調べた範囲だと、佐藤鈴奈に友人らしい子はいなかったな。白澤裕に依存していた感がある」

「じゃあ、呪いの張本人に聞くんですか？　あなた、つきあった子を呪ってるんですか？　って……」

「それで答えが得られるんならいいけど、仮に本当に呪ってたとしたら、素直に認めるかな？」

「認めないでしょうね。もし、本人が認めたとしても、どういう理屈で、つきあってきた恋人たちが不幸になったのか？　その答えを得られるとも思いません」

科学的に説明がつかないから、呪いと言われるのはわかるのだが、せめて論理的に納得できる答えが欲しい。咲那はため息をつきながら肩をすくめた。

「それに変なことばかり言って噂にでもなったら困ります。私は目立ちたくないんです」

「木葉のとこには通い詰めたのに？」

「木葉さん、引きこもりだから、学校で噂になる可能性ゼロですので」

などと、しれっと言った。何気にひどいことを言っているが、咲那なりの線引きなのだろう。

咲那はしばらく黙考してから「しかたがありませんね」と立ち上がる。

「たしか、佐藤鈴奈さんも美術部でしたよね？」

「うん」

「だったら同じ美術部の人に聞くしかありませんね」

そう言って咲那は教室を出ていった。

◆

小井塚咲那は教室で朝司と別れた後、その足で岩永家へと向かった。着いたのはちょうど夕飯時で「しまった」と思ったが、木葉の母親に笑顔で歓迎され、そのままお盆に載った二人分のカレーライスを手渡されることになった。その流れのまま、木葉の部屋でカレーを食べることになる。

折り畳み式の机を出され、咲那は木葉と向かい合うようにして座った。咲那が「いただきます」と手を合わせたら「どういうこと？」と木葉につっこまれた。

「なぜか、ご相伴《しょうばん》にあずかることになりまして……あの、すみません、断わり切れず……」

「別にいいんだけど……小井塚さん、変な人って言われたりしない？」

「そういう人物評をいただけるほど友達いないです」

「あ、そう……ごめんなさい」

心底、気の毒そうに視線をそらされてしまった。咲那としても謝られると、少しばかり傷ついてしまう。改めて、咲那は「いただきます」と言い、木葉もつられて「いただきます」と手を合わせた。揃ってカレーを口に運んでいく。

カレーの味付けは家庭によって違う。咲那の家のカレーは、カレーのルーをそのまま使うので、いつもどこかで食べたことがあるような味だったが、岩永家のカレーにはコクがあった。牛肉も、口の中に入れた途端ほぐれるほどに柔らかい。

「あの、木葉さん家のカレー、とてもおいしいですね……」

「うちのお母さん、料理上手だから。カレーは特にこだわってるんだよね」

などと会話をしていたら、木葉が「で、今日はなんの用なの？」と尋ねてきた。

「あの……えっと……呪いって本当にあると思いますか？」

「いきなりなんなの？」

「えっと、その……気を悪くされたら謝罪しますけど、ご存知のとおり白澤裕について調べておりまして……」

白澤裕とつきあっていた人が例外なく不幸になっているという噂を伝えた。木葉は不機嫌そうに眉根を寄せただけで黙って聞いている。

「それで、今、つきあっている彼女さんもですね、家出をしてしまいまして。佐藤鈴奈という方なのですが、ご存知でしょうか？」

「佐藤さん？　美術部の？」

「はい。お知り合いですか？」

「それほど仲がいいってわけじゃなかったけど、知ってはいるかな……」

「どういう人なんですか？」

「本人はすごく大人しい子だよ。中学も同じでさ、美術部の後輩なんだよね」

「家出の理由に心当たりなんて……ありませんよね？」

「あるよ」

思わず「え？　あるんですか？」と尋ね返してしまった。

「佐藤さんって中学の頃、有名だったからね……」

ため息まじりに「本人というより、お母さんがだけど」とボヤいた。咲那は「詳しく」と先を促す。

「いわゆるモンスターペアレントってやつかな？　なにかと学校にやってきていろいろ文句を言ってさ。中学の時、私の絵がコンクールで賞をもらってね。学園祭で飾ることになったんだけど、それが差別だって」

「え？　どういうことですか？」

「なんか、うちの娘の絵も目立つ場所に飾れとか、そういう感じのこと。佐藤さん、本当に困った顔してたなぁ……」

昔のことを思いだしているのか、木葉は呆れたようにため息をついた。すかさず咲那は質問を投げかける。

「要するに、中学の頃から佐藤さんは家庭に問題を抱えていたということですか？」

「あのお母さんが変わってなければね。家出の理由もそれじゃないかな？」

「なるほど……」

言いながら咲那はカレーを口に運ぶ。カレーの味を噛み締めながら熟考し、不意にコップに入った水を飲んだ。

「……私の中でなんとなく呪いの答えが出ました」

「ふーん……どんな答えなの？」

木葉の問いかけに咲那はチラリと視線を向ける。

「知りたいですか？」

「まあ、せっかくだし」

「でしたら、学校に来てくれたらお教えします」

「はあ？　なにそれ？」

不機嫌そうに言った木葉を無視し、咲那は「ごちそうさまでした」と合掌する。そんな咲那を木葉はムッと眉間にシワを作りながら見ていたが、すぐにふて腐れたように視線をそらした。

「……今さら無理だよ。私、留年してるんだよ？　めちゃくちゃ目立つじゃん」

「保健室登校という手段もあります。それに、その……木葉さんは私より、コミュ力高そうですし、どうにかなるんじゃないかなと……」

「あなた、人の目、見て、喋らないものね……」

目をそらしながら「苦手なので」とつぶやいてから、改めて木葉を見た。

「不安なら、朝、迎えに来るくらいのサービスをしてもかまいませんが……」

木葉は、一瞬、面食らったように固まってから、改めて探るような視線を投げてくる。

「どうして、そこまでしてくれるの？　いくら絵が好きだからって、さすがに……」

理由を聞かれても困る。朝司の名前を出すわけにもいかないので「とにかくですね」と強引に話を切り替えることにした。

「これは、ある種、最後のチャンスかもしれません。あとは、木葉さんの勇気次第です」

言いながら咲那は立ち上がる。

「では、明日、迎えに来ますね」

「明日はちょっと……無理……だと思う……」

「とりあえず、毎日来ます……え？　私、毎日来るんですか？　早起き辛いんですが？」

「自分で言ったんでしょ？」

「えっと、その……私もがんばるので、木葉さんもがんばってください。ただ、その……私のがんばりにも限界というものがあるので、もう無理ってなる前に勇気出していただけると助かります」

木葉は視線を落とした。まだ踏ん切りがつかないのだろう。これ以上の説得は逆効果だと判断し、咲那は空いた食器を手に持ち「では、失礼します」と咲那の部屋を後にした。そのまま、夕飯をごちそうになったことの礼を木葉の母親に言い、岩永家を後にした。

次の日の朝、咲那は、宣言どおり木葉を迎えに行ったのだが、本人は起きてくれなかった。起きたところで、学校まで来られるかと尋ねられれば、それは難しかっただろう。

また顔を出す、と木葉の母親に告げ、咲那は学校へと向かった。「どうして、こんなことをしているのだろう？」と少なからず疑問を覚えはするものの「小説を書くためだ」と自分に言い聞かせる。

（でも、小説関係ないような気が……）

とはいえ、中途半端なところで木葉を見捨てるのも違う気がした。

「待ってよ、小井塚さん」

その声に立ち止まって振り返れば、木葉ではなく朝司が、こちらへ小走りで駆け寄ってくるところだった。咲那はため息まじりにスマートフォンを取り出し、地図アプリを開いた。

「なんの用ですか？」

「一緒に学校に行こうと思ってね」

「人に見られると面倒なので、話しかけないでくださいよ」

「ごめんごめん」

と、謝罪しながらも並んで歩くことをやめる気は無いようだ。

「呪いの件、なにかわかった？」

「呪いなんて無いということがわかりました」

ぼそぼそとつぶやくように咲那は答える。

「どういうこと？」

「まだ確証が持てないので、もう少し調べる必要があります。それがわかり次第、報告しますよ」

「あ、それと、木葉のこと、迎えにきてくれてありがとう。あいつ、朝、弱いから……でも、本人もいろいろ思うところはあるみたいだったよ」

「……そうですか。ま、乗りかかった船なので、しばらくはつきあいますよ」

それだけ言って、咲那はイヤホンを耳につける。これ以上、話しかけるなという意思表示だ。

朝司は肩をすくめて、なにも言わずに駅まで咲那と並んで歩いていった。

◆

蒸し暑い日が続いているらしい。

そろそろ関東でも梅雨《つゆ》入りしそうだという話を岩永朝司は小耳にはさんだ。

ここ数日、咲那とは話していない。ついでに木葉も、まだ学校には来ていなかった。ともあれ、ほぼ毎日のように咲那は木葉を迎えに行っているようではある。朝司としては、咲那に迷惑ばかりかけて、罪悪感と感謝しかないのだが、今の自分が咲那にしてあげられることは限られているだろう。

コイバナを教えてあげることくらいだ。

それだって、咲那を逃がさないために出し惜しみせざるを得ない。

（ほんと、俺ってどうしようもない奴だよな……）

そんなことを考えていたら、足音が近づいて来るのが聞こえてきた。小柄な咲那の歩き方は、音だけでわかる。トタトタと恐る恐る歩く癖があるのだ。朝司は机に肘をつけて頬杖をつき、来訪者に微笑みかけた。

「やあ、久しぶりだね、小井塚さん」

咲那は一瞬、朝司を見てからムッとしたように目を細めた。

「来るのがわかっていたような感じですね」

「足音でわかったよ。何度も聞いてるからね」

「来ないかもしれないのに？」

「その時は、こっちから話を聞きにいってただろうね」

そう言ったら咲那は更に眉間のシワを濃くした。

「それで、呪いの件は？」

「そっちが知りたいなら、岩永さんのほうから聞きに来るべきでは？」

「君が話しかけるなって言うから、遠慮してたんだけど」

「時と場所を選べばいいじゃないですか。こっちは、木葉さんを学校に連れてこれないから、なんというか、不甲斐なさに会いに行く気になれなかったんです」

「そこまで責任感じる必要無いのに……」

「木葉さんのことを頼んできたのは、岩永さんですよね？」

「うん、感謝してる」

「感謝の気持ちは態度で表してくださいよ」

咲那は乱暴に向かいの椅子を引くと、ドンと音を立てるように腰を下ろした。

「気配りが足りなかったなら謝るよ。本当に小井塚さんには感謝してるんだ」

「まあ、別にいいんですけどね……」

プイッとそっぽを向く。

「で、なにかわかったの？」

咲那は盛大なため息をついてから、諦めたように肩をすくめる。

「やっぱり呪いなんてものはありませんでした」

ハッキリと咲那は言い切った。

「でも、実際に白澤裕とつきあった子はみんな不幸になってるんだろ？　家出していた佐藤鈴奈も、まだ家には帰ってきてないみたいだし」

「……実は、白澤裕の元カノさんたちを改めて可能な限り調べました。結果、みなさん、本当に不幸になってました。一人の例外も無く」

「三人連続だろ？　佐藤鈴奈を入れれば四人だ。偶然で片づけるのはちょっと無理があるんじゃないかな？」

「はい、偶然ではありません」

「じゃあ、やっぱり呪いじゃないか。それとも、白澤裕が恋人たちに直接不幸になるような何かをしてるとか？」

　そこまで行くと、犯罪の臭いさえしてくる。

「元カノさんの中には別れた後に不幸になってる方もいるので、白澤裕が直接何かをしたということでもありません」

「なら、どういうことだよ？　もったいぶらずに答えを教えてくれないかな？」

　咲那は不機嫌そうに口をへの字に結んでから視線をそらした。

「元カノさん方の不幸になった事件を確認してみましょう。先ずは陸上部の女性。この人は全国大会を控えている練習中に転んでケガをしたそうです。なにも無い場所で」

「なにも無い場所で転ぶなんて、ますます呪いっぽいじゃないか」

「二人目は自殺未遂した先輩です。ただこの行為は白澤裕と別れた後に行われています。三人目は、白澤裕と別れた後、半グレな感じの人とつきあって身を持ち崩していきました。そして、佐藤鈴奈は家出中です」

　列挙された事実だけなら、呪いだと言われたほうが納得できる。

「でも、呪いじゃありません」

　そう言ってから咲那は朝司をジッと見据えてきた。

「岩永さん、握りこぶしを作ってください」

「え？　あ、うん」

言われてグーを作る。咲那も同じようにグーを作って、差し出してきた。

「では、私のグーの上に手を乗せてください！　早く!!」

言われて、そのままグーをグーの上に乗せたら、咲那が「なるほど」とうなずいた。朝司が「これなに？」と尋ねたら、咲那は「あまり意味の無い遊びですが」と言葉を続ける。

「いわゆる、サディストとマゾヒストの傾向を知るためのお遊びですね。グーの上にグーを乗せる人はSの気があり、パーを乗せてくる人はM気質だそうです。まあ、なんの根拠も無いので、この遊び自体に意味はありません」

「じゃあ、なんでさせたのさ？」

「ですが、この世には明確にサディストとマゾヒストが存在します。例えば、マゾヒスト的傾向にある人を自己敗北性パーソナリティ障害などと呼ぶことがあります」

「マゾヒストって人格障害なの？」

「ぶっちゃけ、一昔前の定義づけで、今は診断基準から削除されている項目なんですが、まあ、そういう人はいるみたいですね。傾向としましては、自ら楽しい体験を避けたり、途中でやめたり、自ら苦しむような立場や人間関係に引き込まれ、他人が自分を助けられないような選択をする。本人が自覚してる場合と自覚してない場合があるそうですが」

「えっと、つまり、自己敗北性パーソナリティ障害ってのは、自ら不幸になりたがる人ってこと？」

「そのとおりです」

ビシッと指を差された。

「具体的な例としましては、ＤＶかます恋人との関係をやめなかったり、ブラック企業とかで献身的に喜んで働いたり、他人には献身的なのに自分のことは雑に扱うなどですね」

「日本人は、けっこうあてはまりそうだね」

「だから、割といるんですよね。不幸であることに安心してしまうタイプって。で、白澤裕の恋人たちは、この自己敗北性パーソナリティ障害の傾向にあるんです。例えば陸上部の元カノさんは、全国大会という舞台を前にしてケガをしましたが、目撃者によると自ら進んで転んだようにも見えたそうです。自殺未遂をした人も、不良彼氏から逃れられないのも、呪いではなく、元からそういう選択をする傾向にあったんです」

「でも、どうしてそうだとわかるのさ？」

「自己敗北性パーソナリティ障害の人は、社会的な自傷行為などを繰り返す傾向にあるんです。ＳＮＳで出しちゃいけない写真を流出させたりとか、人にバレたら人間性を疑われるような発言を本人とバレるように匂わせながら言ったりとか……とにかく破滅願望があって、それを抑えられないんですよ。で、木葉さんから学校裏サイト的な場所を教えてもらい、調べた結果、お三方のアレっぷりがわかるモノがいろいろ出てきたんです」

「アレっぷりってなに？」

「その……アレな動画が流出してたり、そういう配信でなんかギリギリ攻めてたり……なんで、こういうことしちゃうんだろ？　と思うようなことをですね、してらっしゃったのですよ！　三人が三人、型にハマっちゃうくらい破滅的な言動をしているので、もう、これはそういうことだろうと……」

顔を赤くしながら言っていたので、細かい追及はしないことにする。

「……もしかして佐藤鈴奈も？」

「その傾向があるかもしれませんね。家出なさったそうですが、破滅衝動に飲まれないことを祈るばかりです」

ため息まじりに言ってから咲那は更に話を進める。

「つまり、白澤裕は破滅願望を持つ女性とのみつきあってきた。結果、彼とつきあった女性は不幸になるという噂が立ったということになるかと。なので、元カノさんたちは、白澤裕とつきあわなくても、同じような結果になっていた可能性が非常に高いです」

「……自ら不幸になりたがるんだろ？　なら、どうして白澤とつきあったりするんだろう？　普通、彼氏ができることって幸せなことでは？」

「一人目は知りませんけど、二人目、三人目となれば不幸になるという噂があるからじゃないでしょうか。この手の人は自分によくしてくれる人より、自分を傷つけたり辱めてくる人を選ぶ傾向にあるので」

「あ、なるほど……」

「まあ、それは言いすぎだとしても、不幸になりたがる人が惹かれる雰囲気があるんじゃないですかね？　なんか最期は入水自殺しちゃいそうな雰囲気と言いますか……」

言われてみれば、たしかにそういう幽霊のような雰囲気が白澤裕にはあった。

「そして、おそらく白澤裕も、その手の女性をあえて狙っている可能性は高いです。趣味なのか性癖なのか知りませんけど……」

「ちょっと待ってくれ。木葉もそういうことなの？」

「結局つきあってないですし、木葉さんが自己敗北性パーソナリティ障害とは限りませんが、まあ、ＳかＭかで言えば、Ｍ気質なんじゃないですか？　押しに弱そうでしたし」

実際、咲那がズケズケと踏み込んでいき、その流れで部屋の鍵を開けてしまっている。少しばかり複雑ではあるが、不幸気質なのは心配ではある。

「というわけで、相談者さんが白澤裕とつきあっても不幸になるとは限りません。まあ、自ら不幸になりたがる人なら、相談する前に噂に惹かれてつきあってるんじゃないですか？　相談に来る時点で一般的な嗜好の持ち主かと」

「白澤裕がその手の女子を選んでるなら、つきあえないんじゃない？」

「かもしれませんけど、無意識に選んでる可能性もありますしね」

そう言いながら咲那は背筋を伸ばして朝司を見た。

「というわけで、誰かが不幸になる呪いなんて存在しない。これにてハッピーエンドということでよろしいでしょうか？」

「ハッピーエンドとは言えないけど、まあ、うん。呪いは無かったから、自由に恋愛してもらえばいいか……」

「どのみち、今、彼女さんがいるので、相談者さんはつきあえないと思いますしね……」

「そこから先は当事者次第だよ」

朝司は呆れたようにため息をついた。

◆

今日はお礼を言いに来ました。

覚えてらっしゃるでしょうか？　三峰凜音です。

『ああ、呪いの件の……』

私、白澤先輩とおつきあいできることになったんです。

『え？　でも、他に彼女が……』

今、つきあっている人がいるのは知ってます。

でも、本当に好きなら、そんなの関係ないですよね？

『でも、それって二股……』

先輩、今、とても落ち込んでて……私が支えないといけないって思うんです。

呪いの噂も、私が幸せになれば、全部帳消しになるじゃないですか。

もし不幸になったとしても、先輩と一緒なら、きっと我慢できると思うんです。

いろいろ聞いていただき、ありがとうございました。

『あ、はい』

◆

「――というようなお礼を言われたんだ」

小井塚咲那は朝司の報告を聞いて、眉間に力がこもってしまった。

「結局、呪いがどうとか関係ないじゃないですか」

「あ、うん、そうだね……あの子も不幸体質なのかもしれないね……」

朝司は遠くを見る目になり、咲那は更に眉間に力を込めた。

「ま、要するにお似合いの二人ってことでいいんじゃないかな?」

「二股ですよね?」

「バレて修羅場。進んで修羅場。でも、不幸になるのが、彼女たちのハッピーエンド……ってことなんじゃないかな?」

乾いた笑みを浮かべる朝司を咲那は据わった目で睨む。

「岩永さん、そんな恋愛小説、読みたいと思いますか?」

「いや、読みたくないし、売れる気がしない」

咲那は盛大なため息をついた。

「結局、今回も何の参考にもなりませんでしたね」

朝司は目を閉じ、両手を合わせて頭をさげた。

「ごめん。まさか、こうなるとは思ってなかったからさ」

「ネタになるコイバナを教えてくださいよ!!」

咲那の叫びが放課後の教室にこだました。

第三話

小井塚咲那には自負がある。深い洞察力と論理的思考力を持っており、他人より正解を導き出す能力が高いという点だ。そのうえで、自分の行いが愚行だと客観的に把握している。それでも、なぜ続けてしまうのか、自分でも自分がよくわからなかった。

「――というわけで、呪いの正体はある種のパーソナリティ障害。もっとざっくり言うと性癖のようなものだったんです」

咲那は、ここ最近見慣れてきた部屋の扉の前で説明を終えた。扉越しに「入って話せばいいのに」と木葉の声が返ってきたが「人の顔を見ながら話すのが不得意なんです」と答える。

「木葉さんが学校に来ないので、こうして事の顚末《てんまつ》を説明しました。ほら、明日は学校に行きましょう」

今度は何の返答も無い。

「私もいつまでもここに通い詰めるとは限りませんからね」

言いながらも、どうしてここまで親身になっているのか、自分で自分が理解できなかった。

己の性格を客観的に描写すると、合理主義者の人間嫌いだと思っている。義理人情は理解するし、恩義や契約を反故にはしない。確かに朝司に木葉のことを頼まれはしたが、それは、恋愛相談に関する謎を調べるためだった。

答えが出た今となっては、木葉の部屋に来る理由は無い。

「夏休みになったら私もここに来る理由が無くなります。新学期には来なくなる可能性もありますからね」

「それは少し寂しいね……」

と木葉に言われる程度には、友好的な関係は構築できていた。

「小井塚さん、ＬＩＮＥとかやってる？」

「まあ、一応……」

友人がいないので、担当編集者や家族とのやり取りでしか使っていない。不意に扉が数センチ開き、ＱＲコードの表示されたスマートフォンが出てきた。

「登録よろしく」

「お断りします。木葉さん、ＬＩＮＥで友達になって学校には行かないって流れにするつもりじゃないでしょうね？」

「ていうか、どうして引きこもりの私より小井塚さんのほうがコミュ障なの？　部屋の中に入ればいいじゃん。あと、引きこもりの私が勇気出してＩＤ交換しようって言ったの、普通、断わらないよ。私、一応、年上だよ？」

「年上なら年上らしく振る舞ってくださいよ。あ、ドア、開けないでください！」

開きかかったドアを咲那は押さえる。

「ちょっ！　痛っ！　腕、挟まってるからっ！」

「ああ！　ごめんなさいっ！」

「ＬＩＮＥの交換……」

腕を挟んでしまった手前、断わりづらくなった。

「……学校来るならいいですよ」

「……それは嫌」

「どうしてですか?」

一瞬、木葉が言葉を詰まらせるのを肌で感じる。

「……いろいろ思い出すから」

なにを?　と問うてはいけないことくらい、コミュ障な自分にだってわかっている。

「……とりあえず、明日、また来ます」

「ＩＤは?」

「それも明日ですね」

「え～……」

「え～じゃありませんよ!　それじゃあ、また明日」

どうして、こんな面倒くさい人の面倒を見ようとしているのか、自分でも皆目見当がつかない咲那だった。

◆

春と夏の夕暮れは、空に昼の顔が残っている。秋の夕暮れは、最も夕暮れらしい。冬はすぐさま夜になる。

ここ一年ほど、恋愛の神様として空を眺め続けてきた岩永朝司には、夕暮れの趣《おもむき》というものがなんとなくわかってきた。影と日差しのコントラストが一番綺麗なのは、当然、秋だ。オレンジ色と黒がハッキリとした境界模様を教室に描いていくからだ。

夏は昼の色が濃いため、影と日差しの境界が曖昧《あいまい》になる。影同士が重なっても尚明るい。はためくカーテンの影が、床の上で灰色のオーロラのように舞うと、夏の風を感じられる。

下校時刻を告げるチャイムが鳴った。既に野球部の掛け声は聞こえなくなっており、窓から見えるグラウンドでは部活動を終えた生徒たちが、片づけに勤しんでいる。

(やっと終われるかもしれない)

不意に人の気配を感じて、扉のほうへと視線を向けた。朝司は微笑を浮かべながら「やあ、小井塚さん」と手をあげる。

咲那は薄《うっす》らと眉間にシワを寄せながら、こちらに歩み寄ってきた。そのまま眼前まで距離を詰められたので、思わず、椅子の上で後ろにのけぞってしまった。

「えっと……なに?」

至近距離で凝視されるのは、さすがの朝司も慣れていない。咲那は、しばらく無言のまま朝司を睨んでから距離を取り、向かいの椅子に座った。

「どうして私は木葉さんの面倒を見ているのか? と疑問を感じたんです」

「君がいい人だからじゃない?」

実際、朝司はそう思う。

「まあ、動物は好きですけど、人間は苦手です。そんな私が、なぜ? と考えたら、岩永さんに頼まれたからでは? と思いました」

朝司は「はあ」と曖昧な相槌《あいづち》を打つことしかできない。

「そう考えてみれば、これまでの相談事の解決なども、そこまでがんばる必要があったのだろうか？　と思ったんです。ものすごく流されていたので」

「君の小説のためだろ？」

「そうなんですけど、これっぽっちも役に立ってないじゃないですか。ぶっちゃけ、いろいろ調べてる時から、あ、これもう絶対使えないって思ってるんです。なのに、調べてしまうんですよね……」

「単純にいろんな謎を解きたいからじゃないの？」

「それはあるかもですが……って、そうやって原因を私の中に作ろうと誘導しないでくださ い！」

「いや、誘導なんてしてないよ。てか、きちんとしたコイバナは君に毎日伝えてるし、約束は守ってるじゃないか」

白澤裕の呪いの一件以降、よくある相談内容の話を教えているのだ。それこそ、告白すべきかどうか？　とか、彼氏と喧嘩してしまったのだけどどうしたらいいか？　とか、そこら中に転がっている量産型の悩みである。

「まだ小説は書けないの？」

咲那は決まり悪そうにそっぽを向きながら小さくぼやく。

「なんか嘘っぽくなっちゃうんですよね……人を好きになるってどういうことなんでしょうか？」

「そんなこと俺に聞かれても」

「こういう話できるの、岩永さんだけなんですよ」

「君もいろいろ難儀だなぁ……」

「ええ、難儀ですとも。それはいいですから、岩永さんなりの好きってどういうことなのか教えてください」

と言われても、非常に照れ臭い。だが、今後のことを考えれば、いろいろ助力はしておいたほうがいいだろう。咲那は人がいい。そして、恩義には報いてくれる。

「まあ、気づけば好きな人のことを考えてたりとか、好きな人の一挙手一投足でなんかこうメンタルがグチャグチャになったりとか……」

「その人のことばかり考えちゃうって、勉強とかできるんですか？」

「いや、普通にできるだろ。でも、まあ、失恋とかしたり、好きな人が自分以外の男子と仲良くしてたりすると、なんか、へこんでやる気が出なかったりとかするな」

「デバフしかないじゃないですか！」

「デバフってなに？」

「悪い影響を与える効果みたいな意味です」

「だったら、逆に好きな子と同じ高校に進みたいから勉強をがんばったりとか、筋肉つけるために筋トレしたりとか、わけもわからずに走りたくなったりもする」

「わけもわからず走りたくなるのは、もう正気ではないのでは？」

「でも、なんか、そうなるんだよね。ある種の精神疾患と言えなくもないけど、まあ、充実はするよ」

「ぜんぜん充実する気がしないのですが」

「人を好きになると人生の意味がわかる」

咲那が眉間に深いシワを刻み込む。言葉の意味を咀嚼《そしゃく》しているようだ。

「本気でその人のためならなんでもできるって思うんだよ。その人のためなら死んだっていいとさえ思う。俺は思った」

「……そんな状態、恐怖しか感じません」

「でもさ、明確な目標が一つできると、生き易くないかな？　生きる意味とか生きる目的みたいなモノが、見つかるんだよ」

「でも、それ、恋愛が終わったら終わりじゃないですか」

「その延長線上で結婚して子供を作るとかじゃない？　そしたら、愛する子供のために生きる目的ができるってのがよくあるパターン。そこまでは、体験してないから想像でしかないけどさ……」

「前時代的ですね」

「でも、俺はそういう幸せが理想だったかな」

咲那は口ごもり「すみません、理想は人それぞれですよね」と決まり悪そうに視線をそらした。

「実際、人を好きにならないことには、その辺のことはわからないんじゃないかな？　いつか、小井塚さんにも好きな人はできるよ」

「まともに顔見て話せませんし、無理な気がしますけど」

とため息をついた。

「恋愛感情がわからない分、参考になりそうなコイバナとかありませんか？」

朝司はここぞとばかりに「参考になるかはわからないけど」と前置きして話をはじめた。

◆

ここで相談すればいいんだよね……。

って、なんか変な感じだな。

えっと、俺は三年二組の辰吉隆史《たつよしたかし》です。その、相談っていうか、なんていうか……。

『知ってるよ。同じ中学だったしね。ま、あんまり話したことないけど……』

あ～……その、好きな子がいるんです。

中学の頃から好きな子で、勇気が出なくて告白とかできなかったんだけど、今も好きで……。

『………』

結果、こうして同じ高校にまで入学しちゃって……。

なんかストーカーみたいだな……。

『そうだな。ま、俺も似たようなもんだし、いいんじゃない？』

その俺の好きな子が今、学校に来てないんですよ。

それが心配で……。

『………』

でも、その……別に仲がよかったわけじゃないから、俺、なにもできなくて……。

恋愛の神様に相談したら、こういう悩みも解決するって聞いたから……。

『なんでもってわけじゃないけどさ、相手の名前くらいは言ってもらわないと……』

その……いや、相手の名前なんだけど……。

恋愛の神様っていうか岩永君もよく知ってるというか……。

『なるほどね……』

岩永木葉さんなんだ。

すみません。

『もしかして君なのか？』

ずっと好きだった。

だから、俺になにかできることってないかな？

『………』

無いよね……。

わかってるんだ、そんなことくらい……。

◆

小井塚咲那は淡々としゃべる朝司の話を聞き終えたところで「そう来ましたか……」とつぶやいた。

「この問題を解決するには、木葉さんを復帰させなければいけないってことですよね？」

「まあ、普通に考えればそうなるよね」

なにか含みのある言い方だった。怪訝《けげん》そうに朝司を見たら、朝司は小さく肩をすくめた。

「義理の兄としては、むしろ辰吉が信用できるかどうかのほうが心配だな」

「……シスコンですか？」

「……そりゃあ、心配もするよ。家族なんだから」

なにか引っかかりを覚えたが、違和感の正体まではわからなかった。

「そんなに気になるなら、自分で調べたらいいんじゃないですか？　それくらいできますよね？」

「俺にできる範囲で辰吉のことは調べてるよ。ただ、びっくりするほど隙が無い。イケメンだし、成績も優秀だし、性格もいい。そのうえ、どうやら木葉を一途に想っているみたいで、他の女子に告られても、全員お断りしてる」

「だったらいいじゃないですか」

「完璧超人って逆にあやしくない？」

「醜い嫉妬ですね」

「……そうですね。ただ、まあ、今回の相談をハッピーエンドにするには、二つの問題を解決しなくちゃいけない」

そう言って朝司はVサインするように指を二本立てた。

「一つは木葉が学校に来るようになること。でなくちゃ、辰吉は告白すらできない。もう一つは、その辰吉が本当に信用に足る人物かどうかを調べる必要がある」

「一つ目はともかく二つ目は大丈夫じゃないですか？　というか、信用に足る人物であろうとなかろうと、決めるのは木葉さんだと思います」

「……そりゃまあそうなんだけど」

朝司は決まり悪そうに視線をそらしてから、微笑《ほほえ》みながら咲那を見てくる。

「最近、木葉と仲良くやってるんだろう？　ＬＩＮＥのＩＤも交換したとかしてないとか……」

「流れで……」

「これは君にとってもチャンスだと思う。今までのコイバナは俺からのまた聞きだ。でも、もし、今回のことがうまくいけば、君は友人である木葉から、新鮮でピッチピチのコイバナを摂取できるようになる！　恋愛リアリティーショーも目じゃないぞ‼」

「別に木葉さんは友達ではないのですが……」

「向こうは友達だと思ってそうだけど？」

咲那は「そういうもんなんですかね」とため息まじりにつぶやいた。

「ま、木葉が恋愛相談できる相手と言えば、君だけだ。臨場感たっぷりのリアルな恋愛をめっちゃ近くから知ることができる」

「たしかに生のコイバナは資料として使える気がしますけど……」

「じゃあ、今回も手伝ってくれるかな？」

「どのみちもうしばらくは木葉さんの社会復帰を応援するつもりでしたし……」

「ありがとう。助かるよ」

微笑む朝司を見ていたら、咲那の眉間と目元に力がこもってしまった。なぜだか険しい顔をしなければ負けな気がしたのだ。

「なにそのしかめっ面？」

「また岩永さんの思うように動いている自分がちょっとムカついただけです」

「安心しなよ、うまくいけば、これで最後だから」

思わず、込めていた力が抜けてしまった。

「そろそろ恋愛の神様をやめる時も近いかもね」

◆

小井塚咲那は自室のPCを前にして、悩んでいた。

小説を書いては削除し書いては削除し、を続けていたのだが、やはりどうにもならないので、データごと全削除してしまった。書けないのは恋心がわからないからだけではない。

今日の別れ際に朝司が言った「恋愛の神様をやめる」発言だ。

本人に直接「やめるんですか？」と尋ねたら「そういうことも考えてるんだよ」と、いつもの柔和な微笑みで答えられた。

そのことがずっと頭の中に残っている。

「あ〜……！」

うめきながら椅子にもたれかかりつつ、天井を見上げた。

（岩永さんが恋愛の神様をやめる……そしたら、もう……）

今までのように恋愛相談に関する話を聞くことができなくなってしまう。朝司にとって咲那と関わる理由がなくなってしまうのだ。それは咲那にとっても同様だ。協力関係が成り立っていたから、毎日のように話を聞きにいっていた。

（それが終わるのか……）

いつか終わりが来ることは理解していた。要するに、朝司と話すようになった前の状態に戻るだけだ。だが、心は元の有様には戻らない。咲那が相手の嘘を見抜いたり、隠したい感情を読み取ったりせずに会話できるのは朝司だけだ。

一切のストレスなく穏やかな気持ちで人と話せるのが、こんなに心地いいものだと咲那は知らなかった。

（お別れか……嫌だな……）

朝司には朝司の理由がある。それを自分のエゴで阻止する気にはなれない。

かつての自分なら、そう考えて、全て割り切れていたはずだ。こんなに悩まないで済んだ。自分に直接の害さえなければ、いくらでも尊重できた。誰かを自分の思いどおりに動かしたいと思ったことなど一度も無い。

（執着……？　なんで……？　岩永さんに……？）

咲那はうなりながら目を閉じる。しばらくしてから立ち上がり、ストレッチをはじめてみた。脳に血液が巡っていないのかもしれない。

（なんだろう？　頭にバグでも生じてるのかな？　かつての私を取り戻すためには、かつての私どおりに動くべきだ）

と判断する。以前の自分ならば、木葉に関わる問題を解決すると契約を結んだら、目的達成のために動くはずである。その先に朝司との別れがあろうと、私情よりも約束を優先していたはずだ。

方針が決まったので、咲那は机の上に置いてあったスマートフォンを拾い、ＬＩＮＥアプリを立ち上げた。木葉への個人メッセージを送る。

『学校に来れないなら、先ずは外に出ましょう。今度の休みに一緒に遊びに行きませんか？』

と打ち込んで送信した。

すぐに既読がついたが返信は来なかった。

ストレッチで軽く汗を流した頃に、了解を意味するスタンプが送られてくる。

(誘ったはいいけど、遊ぶってなにをしたらいいんだろう?)

小学生の頃を最後に友人らしい友人がいなかったため、誰かと遊びに行くときのセオリーを咲那は知らない。

(かつての私なら――)

咲那はすぐさま椅子に座り、ブラウザを開くと検索エンジンに『JK 休日 遊び』と打ち込んだ。

インターネットで調べた結果、女子高生が友人と遊ぶ場合、主に家で過ごすらしい。家でゲームしたり雑談したりするそうだ。たしかにお金もかからない。

だが、咲那は相手の顔を見ながらの雑談が苦手だ。苦痛と言ってもいい。

それならと、顔を見ずにどうにかできる方法を模索した。

結果、映画を見に行くしかないという結論に至る。映画なら、一時間から二時間ほど会話をしなくても済むはずだ。それに見たい恋愛映画もあったし、一挙両得だと思い、木葉に提案したのだ。木葉からも『別にいいよ』という返答が来る。「別に」というのはどういうことだろう? それほど乗り気ではないのか? まあ、引きこもっているから外に出ることに乗り気ではないという意味かもしれない、と、いろいろ考えたりしたが、そんな時でさえ、朝司の顔が脳裏をチラついてしまう。

木葉が乗り気じゃないなら行かなくてもいい。努力した結果、ダメならしかたがないという逃げの思考になっているのに、なぜだか結果的に朝司との関係続行について考えている。それは違う。かつての自分ではない。脳のバグだ、と自分に言い聞かせ、映画のチケット予約なども咲那が準備した。

（どうして私は岩永さんとの別れが嫌なのか？　まあ、普通に話せる唯一の人だからであって、ああいう会話が無くなるのは寂しい。それが理由……）

ということを考えながら煩悶《はんもん》しているうちに、木葉との約束の土曜日になった。

午前中から映画を見る予定だ。

木葉の希望で買い物にも行きたいと言われたので、それにつきあうことにもなっている。こうやって外出を繰り返すことで、外に出ることに慣れさせていき、その延長線上で学校に連れ出すという作戦だった。精神医学では不安障害の治療のために、あえて不安を感じる状況や場所に放り込み、不安に慣れさせる手法がある。曝露療法と呼ぶらしい。そういった知識を利用したアプローチでもあった。

駅での待ち合わせは今の木葉にとってハードルが高いため、咲那は岩永家に迎えに行くことにした。

インターフォンのブザーを押し、マイク越しに「小井塚です。木葉さんはいらっしゃいますか？」と声をかけたら、木葉の母親が「少し待ってね」と言い、しばらくしてから玄関の扉が開いた。

ゆっくりと扉が開き、おっかなびっくり辺りを探るように美少女が顔を出してくる。咲那も思わず目を見開いてしまった。

長かった髪の毛は、肩にかかる程度の長さに切りそろえられている。軽く化粧も施されているようで、可憐さに拍車がかかっていた。もともと顔立ちは整っていると思っていたが、こうして準備されると、目を見張るものがあった。

「なに？　どうしたの？」

固まる咲那を見て、木葉が尋ねてくる。咲那は目を伏せ「えっと、その、髪型、素敵ですね」と挙動不審になりながら褒めた。対する木葉も顔を赤くし「ありがとう」と語尾をしぼませてうつむく。そんな二人を見て、木葉の母親は苦笑を浮かべた。

「咲那ちゃん、木葉をお願いね」

「あ、はい。がんばります」

「そんな子守りみたいに言わないでも……一応、私のほうが年上なんだし……」

ぶつくさ言いつつ木葉は咲那のほうへと近づいていく。咲那は「では、行きましょうか」と歩き出した。駅に向かって歩きながら、今回見る映画についての事前情報を伝えることにする。顔を見なければ、挙動不審になることは無かった。そんな風に会話をしながら目的地のシネコンに到着する。

事前に予約しておいたチケットを発券機で取り出し、木葉に手渡す。木葉は咲那が立て替えていたチケット代を返し、口を開いた。

「小井塚さんってこういう映画、好きなんだ？」

最近、話題になっている邦画だ。若手の女性俳優が主演で、少女漫画が原作となっている。一応、プロの恋愛小説家として押さえておかなければならないと思い、この映画をチョイスしたのだ。

「えっと……もしかして、お嫌いでしたか？」

「ううん。好きだけど……小井塚さんって、もっと、なんていうのか、難しい映画とか好きなのかと思った」

「いえ、私はこういうエンタメ全開で嘘っぽいくらい現実逃避をブチこんでくれる麻酔みたいなコンテンツが好きです」

「微妙に毒吐いてない？」

「原作漫画のスパダリがいるじゃないですか。純也君、最高じゃないですか？」

「わかる」

と食い気味にうなずいた瞬間、木葉は悲しげに表情を翳《かげ》らせた。一瞬、泣きそうな顔になったが、すぐに取り繕うように笑みを浮かべ「ポップコーンは何味派？」と尋ねてきた。咲那も気づかない振りをして笑顔を返す。

「キャラメルと塩を交互に行きたい派ですが、ハーフ&ハーフとかだと食べきれません」

「わかる。けっこうすぐお腹いっぱいになるよね」

「では、塩味とキャラメル味の小さいのを一つずつ買って二人でシェアしますか？」

「いいね。それでいこ」

ニコリと屈託なく笑うが、その笑顔が無理をしていることくらい、咲那には見抜けてしまうのだ。

木葉が悲しみと罪悪感を押し殺しているのがわかる。映画館に来るまでは、そんなことは無かったのだから、映画のチョイスに失敗してしまったのかもしれない。

朝司は木葉が引きこもってしまった主な原因は自分にあると言っていた。恋愛映画とスパダリに関する話題、そして朝司という点を結んでいくと、二人の間に恋愛関係のイザコザがあったのだろうと推測できてしまう。

朝司は木葉との間に恋愛感情は無いと言っていたが、木葉のほうに無かったかはわからない。

（人の心に土足で踏み込むみたいで嫌だな……）

自己嫌悪に陥るが、木葉がやったように咲那も自分の感情を笑顔で偽り続ける。嘘は必要だ。コミュニケーションの潤滑剤であり、時に自分を守るための鎧にもなる。だから、嘘の通用しない人間は他人とうまくやれない。

人と交わる度に、そう思ってしまう。同時に、自意識過剰なのでは？　という自分からのツッコミも入る。思考がグルグル回って不快になっていき、そんな風に心が乱されるなら、誰かと深い関係を築かないほうが楽だと思うのだ。

とはいえ、今さら「帰りませんか？」と木葉に言うことはできないので、笑顔を作ったまま、バレない嘘をつく。

「では、行きましょう」

咲那は木葉の顔を見ないように歩き出し、指定された席へと向かっていく。

その後、咲那たちは映画を見た。端的に言って、映画はつまらなかった。原作漫画は十巻を越えているし、未完だ。そんな作品を一時間半に押し込めるのが土台無理な話だったのだろう。

咲那と木葉は無言のまま映画館を出て、シネコンから移動する。同じ映画を見た人がいなくなったと思われるタイミングで、咲那はポツリと口を開いた。

「解釈違いですね」

「だね」

木葉もため息まじりにうなずいた。

「……みんな顔はいいんですが、演技が……」

「若手イケメン俳優に演技を求めても、なところはある。顔がいいというだけで天才なんだし、演技は今後に期待する」

木葉の言うことも一理あるな、と思った。顔がいいというだけで確かに天才だ。

「原作改変はいいんですよ。でも、せめて押さえて欲しいところを……」

「それはある。なんか全部がかみ合ってなかった……」

「モヤモヤします」

などと会話をしながら「お昼でも食べましょうか」と言って、ファミリーレストランに入った。土曜の昼時ということもあって混雑していたが、座ることができた。

二人掛けのテーブル席に座り、咲那はメニューに目を落としながら会話を始める。

「なんかすみませんでした。ハズレの映画に誘ってしまって」

「見たいと思ってたし、気にしないでいいよ。こういうの、久しぶりで楽しかったし。私、スープパスタ」

「私も同じのでいきます」

と言いつつも咲那は顔をあげなかった。そんな咲那の前で木葉は下から覗き込むように顔を近づけてくる。

「……小井塚さん、本当に人の顔見て話すの苦手なんだね」

「すみません。特に、こういう対面はどうにも……」

木葉は咲那から離れ「理由、尋ねてもいい？」と聞いてきた。

「えっと、その……すみません」

咲那が作り笑いを浮かべたところで、女性の店員がやってきた。咲那が注文を言おうとした瞬間、店員と目が合う。店員が怪訝そうに目を細めた。

「もしかして小井塚……？」

すぐさま咲那はアルバイトと思われる店員の名札を見る。馬原《うまはら》と書かれた名前に覚えがあり、呼吸が止まった。同じ小学校に通っていた同級生だ。

「あ、えっと……」

「へえ、元気にしてるんだ……」

嘲るような笑みに咲那は固まってしまった。そんな二人に割り込むように木葉が「あ、注文いいですか？」と口を挟む。動悸の音を聞きながら咲那はうつむいた。二人のやり取りもどこか遠くに聞こえた。しばらくして「小井塚さん、大丈夫？」と木葉が声をかけてきたので顔をあげれば、既に馬原はいなくなっていた。

「あ、はい……大丈夫です……」

「行こっか？」

「え？」

「注文やめたの。なんか具合悪そうだし、別の店にしよう」

咲那は言われるがまま木葉に手を引かれ、ファミリーレストランを後にした。木葉は歩きながらスマートフォンで検索し「近くに喫茶店とかあるよ。ここにする？」と尋ねてくる。咲那は「はい、それで」とうなずいた。

「それとも今日は帰る？　具合、悪そうだし」

「すみません……」

「いいよ、別に。じゃ、帰ろっか」

穏やかな笑みを浮かべる木葉の嘘も咲那は見抜いてしまう。この笑顔は作り笑いで、この場を取り繕うためのものだ。その裏にあるのは、本気で咲那を心配しているという事実だった。それなのに、自分はいろいろ隠して逃げて、一人でへこんでいる。だからと言って、こうなってしまった理由を口にする勇気は無い。

二人は無言のまま駅へと向かって歩いていく。咲那は私鉄に乗るし、木葉はＪＲだ。別れ際に木葉が立ち止まった。

「月曜も迎えに来る？」

「え？　あ、はい」

「じゃあ、私もがんばってみるよ」

「え？」

「だって、小井塚さん、私よりコミュ障でしょ？　なのに、偉いな～と思って……」

ニコリと笑った。引きこもりにコミュ障と言われても否定できないところが情けない。実際、木葉は引きこもってはいたが、コミュニケーション能力は咲那より高いのだ。

「だから、一応、がんばってみるけど、ダメだったらごめんね」

「いえ、その……今日はすみませんでした……」

「ううん、気にしないで。映画は微妙だったけど、嬉しかったから」

そう言って木葉は「じゃあね」と手を振り、ＪＲの改札口へと向かっていった。咲那は木葉の背中を眺めながら、温かいモノを感じていた。この感覚のまま、今すぐ家に帰って眠りたいと思った。

月曜日の朝は憂鬱《ゆううつ》なのに、今日は少しだけ緊張していた。

小井塚咲那は、岩永家の前まで来て、インターフォンのブザーを押した。木葉の母親がマイク越しに「少し待ってもらえる?」と言ってくる。それと同時に玄関から朝司が出てきた。

咲那は声をあげずに軽く会釈《えしやく》をする。朝司は笑顔を浮かべながら「まだ準備に時間がかかってるみたい。すぐに来るよ」と言って、すれ違った。

「一緒に行かないんですか?」

ぽつりと問いかけるが、朝司は立ち止まってから「俺がいないほうが小井塚さんも楽だろ?」とだけ言って歩いていく。その背中をなんとなく眺めていたら、玄関の扉越しに木葉と母親の話し声が聞こえてきた。「大丈夫だから」という木葉の声と、心配そうな母親の声。カギの開く音と同時に、制服姿の美少女が飛び出してくる。

「お、は……よう……」

木葉は耳まで真っ赤にしながらうつむいてしまった。咲那も咲那で小さな声で「おはようございます」と返す。

「お願いね、小井塚さん」

木葉の母親が咲那に頭を下げてくるのを、木葉がうっとうしそうに「大丈夫だから」と玄関の中へと押し込んでいた。一年近く引きこもっていた娘が学校に行くのだから、心配にもなるだろう。

「無理はしないでくださいね」

咲那の言葉に木葉は「うん」とうなずいた。そのまま二人で駅へと向かって歩いていく。ふと、咲那は木葉に言わなければならないことがあるのを思いだした。

「クラスで私のことを頼りにされても困ります」

並んで歩いている分には顔を見ないで済むため、ハキハキ喋れるからいい。

「え？　なんで？」

「言ってませんでしたっけ？　私、学校に友達いませんので。いろいろ自己責任でお願いします」

「ああ、そういうこと……それなら最初から諦めてるよ」

「……少々失礼では？」

「あ、そういう意味じゃなくて、私、一個上で留年してるしさ。そういう立場で友達とか作れるなんて思ってないよ。周りだって気を使うだろうし」

「……そうですかね？　木葉さん、引きこもる前は友達、たくさんいたのでは？」

「たくさんはいないよ。普通かな……」

「クラスカーストで上位にいたんじゃないですか？　パリピとかそういう……」

「そういうグループにはいなかったよ」

「男女混合のイケてる仲いいグループとか作ってたんじゃないですか⁉」

「え？　なんで怒ってるの？」

思わず声を荒らげてしまっていたようだ。深呼吸をしつつ「人の顔を見て喋れない私よりはマシですよ」と言う。

「それに、木葉さんはとてもお綺麗なので、いろいろ話しかけられると思います」

大概の女子は美少女が好きである。自分も綺麗になりたい願望は誰にだってあるし、美人の傍にいるだけで自分のランクもあがったように錯覚できるからだ。

「そんなうまくいくかな？」

「いきますよ、きっと。それに三年生にはお友達だっていらっしゃるんでしょう？　その人たちを頼るべきです」

「どうして小井塚さんを頼っちゃいけないの？」

「……ロケットを打ち上げるじゃないですか」

「いきなりなに？」

「重力の楔《くさび》を断ち切るには、多くのロケット燃料を必要とします。ですが、一定の高度まで到達した瞬間、空になった燃料タンクは切り捨てられるんです」

なにが言いたいのか木葉もわかっていないようで「はあ」と曖昧な相槌を打った。

「私はその燃料タンクみたいなモノです。木葉さんが部屋という地球から、学校という宇宙に飛び出した後は不要になります」

「それ、本気で言ってる？」

声にわずかばかりの怒気がこもっていた。

「……少しばかり本気です。私というコミュ障と一緒にいると木葉さんも同じくくりになりますし、なにより、いずれきっと私と一緒にいるのが嫌になると思います」

しばらく木葉は黙って歩いてから盛大なため息をついた。

「小井塚さんは強引に私を部屋から出したよね？」

「はい、燃料タンクなので」

「用が済んだらポイはひどくない？　むしろ、切り捨てられるのは私のほうって印象なんだけど」

「……そういう意図はありませんよ。ただ、いつかどうせ私に嫌気が……」

「そうなるかもしれないし、そうならないかもしれないでしょ？　それを決めるのは私であって小井塚さんじゃないよね？」

「それは、まあ……」

「ていうか、そんなこと言うなら今から引き返して、また引きこもってもいいんだけど」

「それは……困ります……」

「だったら、頼るよ。めちゃくちゃ頼る。頼って頼って頼りまくるから」

言い切られてしまった。

「私にはまだ燃料タンクは必要なの。復帰初日だよ？」

「……切り捨てたくなったら、気にせずに切り捨てて問題ありませんからね」

「……切り捨てないよ、絶対」

呆れたような口調でうなずく木葉を、咲那は見ることができなかった。

誰だって嘘をつく。

それを暴かれて喜ぶ者などいない。咲那自身、自分の能力について木葉に知られたいとは思っていなかった。だが、それを隠せば隠すだけ、バレた時、相手を傷つける。仮に言ったところで、気味悪がって離れていくだけだ。いや、離れていくだけならいい。

最悪、攻撃の対象になることだってある。

それが怖いから、木葉にだって言うことはできない。そんな想いを見抜かれたくないから、咲那は木葉のほうを見ることができないのだ。

無言のまま二人は学校へと向かう。校舎が近づくにつれ、生徒も増えてくるため、中には木葉のかつての級友だっていた。大概、驚いた顔で木葉を見たり、話しかけてきたりする。平静を装って「久しぶりじゃん」と言ってくる者もいれば、心配そうに「大丈夫なの？」と声をかけてくる者もいた。

その全てに木葉は苦笑まじりに受け答えをし、冗談として「よろしく先輩」と返していた。それに比べ、隣を歩く咲那は無言だ。空気になることに徹し、木葉と三年生が喋っている間に少しずつ距離を取って、燃料タンクらしく自らパージされようとするのだが、木葉は無言のまま咲那の歩調に合わせて歩くので、離れることができない。

そのまま二年三組に入る。咲那に対して誰も興味は示さなかったが、これまで存在しなかった謎の美少女が教室に入ってきたのだ。誰もが凝然と木葉の顔を見ていた。木葉も木葉でさすがに二年生の教室では緊張しているらしいが、咲那に「私の席ってどこ？」と尋ねてくる。ここで「目立ちたくない」という理由で無視するほど、咲那も人間性は腐ってなかったので、小声で「あそこです」と指さして教えた。そんなやりとりのせいで、木葉に対する注目が咲那にも流れてくるのを気配で感じる。

クラス内で常に一人でいる咲那が、噂の留年した先輩と連れ立っているのだから、気になるのも無理は無い。木葉は自分の席へと向かい、鞄を置いてすぐに咲那の席へと近づいてきた。咲那はすぐさまスマートフォンを弄《いじ》りだす。

「え？　なんでスマホ弄るの？」

「すみません。この空気に耐えられません」

咲那はうめくように答えた。そんな咲那の頭上でため息をつく音が聞こえる。

「燃料タンクなんでしょ？　まだ大気圏突破してないんだけど」

「もう充分仕事をしたと思いますが？」

「ここで話せる相手、小井塚さんしかいないんだよ」

「話してるじゃないですか」

「一方的に私が話してるみたいな風に見えて、逆に注目されてるんだけど」

などとお互いに小声で応酬していたら、木葉以外の別の誰かの気配がした。

「えっと、小井塚さん……」

最近、何かと話しかけてくる田代美玖だ。少しだけ顔をあげ、チラリと視線を向ける。田代は木葉にも視線を向け、うかがうように会釈をし、木葉も木葉で微笑みながら会釈していた。

「その……岩永さんでいいんですよね？」

「うん、まあ、そうだね」

木葉の返答に田代は小さな声で「よろしくお願いします」と言った。すぐさま視線を咲那へと流してくる。表情から「どういうこと？」という好奇心が溢れているのが見えた。

覚悟を決めるしかないようだ。

「田代さん、おはようございます」

「あ、うん、おはよう」

「こちらは岩永木葉さんです。本日より、学校に来ることになりました」

田代と木葉の顔を見ないように、虚空を眺めながら喋ったら、木葉に「どこ見てるの？」とつっこまれた。だからといって、スタンスを変える気はない。

「あ、田代美玖です。よろしくお願いします」

田代がペコリと頭を下げた。それに合わせて木葉も「よろしくお願いします」と会釈する。

「二人は知り合いなの？」

田代の問いかけに「はい」と咲那はうなずく。

「燃料タンクとロケットのような関係です」

「なにそれ意味わかんない」

困惑する田代に、木葉が苦笑を浮かべる。

「いろいろあったんだよね。全部話していいのかわかんないけど……」

チラリと咲那のほうを見てきたが、咲那は変わらず虚空を見つめた。今、クラス中の目が、この三人に向けられている。それが怖い。気持ち悪くなってきた。だが、ここで意味不明な行動を起こせば、更なる興味を惹いてしまう。

「早い話、友達だよね？」

「いえ、燃料タンクとロケットです」

「すごく特殊な関係みたいに聞こえるから、その言い方はやめよう、小井塚さん」

木葉の言葉に田代が「もしかして岩永さん、小井塚さんの連絡先とか知ってるんですか？」と尋ねてきた。「まあ、一応」とうなずく木葉に田代は「え〜、いいな〜」と声をあげる。

「小井塚さん、連絡先聞いても、頑《かたく》なに教えてくれなくて……」

「私の時も嫌がられたよ」

そんな二人の会話を傍観者のように聞いていたら、田代に圧力のある微笑みを浮かべられた。

「私ともＩＤの交換しようよ、小井塚さん」

「いえ、その、すみません……スマホ、忘れました……」

「今、手に持ってるそれはなに？」

逃げられない空気だった。ここで自分が空気を読まずに意固地になって断われば、木葉の引きこもり明けデビューに水を差してしまいかねない。

「……わかりました。ですが、その、私、すごく反応が悪いので……既読スルーとか平気でやるタイプだということを念頭に置いておいていただければと……思います」

「うん、気にしない。岩永さんも教えてくださいよ」

「うん、こっちからもお願い」

ニコニコと笑顔のまま交わされるコミュニケーションに、咲那は恐怖を感じていた。咲那も大概、人との距離の詰め方がおかしいと自覚している。だが、それは最初から仲良くならないことを前提にしているからだ。

木葉の家に通い詰めたのだって「友達になる」ことが目的ではなく「白澤裕に関することを調べる」ことが目的だった。だから、用件が済めば、適切なタイミングで他人に戻るつもりだった。だが、今、二人が交わしているコミュニケーションは親しくなることを目的としている。それは別にかまわない。だが、咲那は自分の特性上、必ず他者との関係に破綻を来すことは理解している。最初から壊れることをわかっていながら、他人と絆を育むのは無意味だ。傷つく未来しかない。

唯一の例外は、咲那の能力が効かない朝司だけだ。

朝司とだけは何も気にせず会話をすることができる。

それ以外のコミュニケーションは咲那にとって全て不安と恐怖の源でしかない。

(うまいこと二人の架け橋になって、自然な感じでフェードアウトしよう)

田代も木葉も悪くない。二人とも優しいし、いい人だと思う。

だが、その優しさが咲那には怖いのだ。

善意が裏返った時、それまで積み重ねられてきた優しさは、悪意の刃となって咲那を切り刻む。だったら、最初から優しくされないほうがマシだった。

（少しの間だけがんばろう。人の気持ちは読めるんだし、誘導もそれほど難しくない……）

友達と言ってくれた木葉に対して行うことではないとは思う。自分は人でなしだ。それでもいいから、一人でいたい。

そんなことを考えながら、咲那は作り笑いを浮かべて、二人の会話に適当に相槌を打っていた。


ブランクを感じさせない程度に木葉のコミュニケーション能力は高かった。近づきすぎず遠すぎず、適度な距離感を保ちながら、人と話している。

田代が斬り込み隊長のように咲那と木葉に話しかけたことで、触れていい存在だということがクラスの共通認識になったらしい。それでも、多少、気を使いつつも、クラスカーストの上位組など、性格のいい人たちが木葉に話しかけたりする。

木葉も木葉で持ち前の美しい顔立ちで柔和に対応するのだから、あっという間に二年三組の面面に好印象を与えた。それからはカースト上位組が、木葉にアドバイスやフォローをし始める。咲那からすると「ただのパリピ」程度にしか見えなかったが、きちんと観察すると皆、本当に性格がいい。

そんな光景を眺めながら、咲那は自分が燃料タンクとしての仕事を終えたのだと理解した。

（私が誘導する必要もなかったか……）

昼休みに木葉のほうから咲那に近づいてきたが、木葉は既に新しいグループに昼食を誘われていた。咲那も一緒に、という誘いだったが、「私は一人じゃないとご飯が食べられないんです」

と露骨な嘘をついて、木葉から離れた。木葉は咲那につきあってきそうだったので「本当に一人じゃないと無理なんです」と言って、彼女をパリピグループに押し付けた。燃料タンクにできるのは大気圏突破までのお手伝いであって、他の星に行くのはロケット自身の力なのだ。

そんなことを考えながら廊下を歩いていたら「小井塚」と声をかけられた。担任教師の沢渡だ。沢渡は微笑みながら咲那に近づいてくる。

「ありがとうな、小井塚」

「なにがですか?」

「岩永だよ。岩永のお母さんからも聞いてる。お前が通い詰めて説き伏せたんだってな」

「まあ、木葉さんの絵が好きなのは本当なので……」

他に目的があった手前、感謝されても素直には喜べない。

「岩永のこと、気に掛けてやってくれ」

「まあ、必要であれば」

目をそらしつつ頭を軽く下げる。これ以上会話をしたくない空気を醸しながら、強引にその場を離れた。購買部でメロンパンを買い、誰もいない場所を探して歩く。いつものように屋上の扉前には誰もいなかったので、階段に腰を下ろしてメロンパンを食べた。

寂しいとは思わない。

メロンパン片手にソーシャルゲームをしたり、読書をするだけで時間というのは勝手に過ぎていくのだから。

「また、こんなところで一人で食べてるの?」

その声に咲那はムッと眉根を寄せた。

「岩永さんには関係ありませんよ」

「関係はあるんじゃないかな？　だって、お互い知ってるんだし」

「踏み込むなって意味ですよ」

「木葉には、アレだけ踏み込んでた君がそれを言うんだ？」

苦笑を浮かべつつ朝司は咲那の隣に腰かけた。隣とはいっても、多少の距離はある。

「木葉さん、学校来ましたよ。これで、相談者の悩みは解決しました」

「うん、そうだね。ありがとう。君のおかげだ」

微笑む朝司の顔を見る。

やはりわからない。表情からは何も読み取れなかった。だから、安心する。朝司との会話には微塵も不安や恐怖を感じない。

「それはそれとして、新しい問題が発生してさ」

「また別の相談者ですか？　というか、私のこと頼り過ぎではありませんか？」

言いながらも、本当には嫌ではない自分に気づく。

そうだ。本当に嫌なら咲那は率先して距離を取るし、意思を提示する。

朝司が持ってくる問題を解決するのは、嫌ではない。もはや、そこに小説の続きを書くためという理由すら無いことに、咲那自身、気づいてもいる。

なにもわからない朝司といる時だけ、心の底から安心できるのだ。

「木葉にはストーカーがいるんだ」

真剣な表情で朝司がぽつりと言った。思わず「え？」と返してしまう。

「今回の相談者が、そのストーカーじゃないかって俺は思ってる」

「え？　ちょっと待ってください……相談者がストーカー……？　どういう意味ですか？」

なにを言っているのか、わからなかった。

「わかった。最初から説明するよ」

そう言って朝司は話し始めた。

◆

俺と木葉が十二歳くらいから一緒に暮らしてたのは知ってるよね？

『はい。従兄妹同士で義理の兄妹なんですよね？』

まあ、暮らし始めた頃は普通に仲が良かったんだよ。お互い、親戚づきあいが無かったわけじゃないしね。で、あいつってさ、顔がいいだろ？

『はい。美人だと思います』

そのくせ、陰キャ気質というか、押しに弱そうというか、その割に分け隔てなくいろんな奴に話しかけたりするからさ、誤解されやすいんだよ。天然のサークルクラッシャー気質というか……。

『悪くハマると、オタサーの姫とかになりそうですよね』

本人の名誉のために言っておくけど、そうやって狙ってチヤホヤされようって考えてはいないと思う。自分の興味ある話題となったら、相手が誰だろうと平気で何時間も話し込んじゃうんだよ。そんなの続けられてみろよ、自分のこと好きかもって勘違いしちゃうだろ？

『望まぬ相手にまで好かれちゃうとか、ほぼ呪いみたいなものじゃないですか……』

まあな……小学校の頃は、別に問題なかったんだけど、中学になれば、みんな思春期全開だろ？　誰々の好きな子を木葉が取ったとか、なんか、まあ、いろいろゴタゴタしたりしたんだよ。それで本人も学んでさ、なんか泣きながら「どうして好きなモノを語り合う友達さえ作れないのか？」って言ってたよ。同好の士がたまたま男子だったってだけで、人間関係が崩壊するとか、めんどくさいよね……。

『美人は大変ですね……』

そういう小井塚さんも整った顔立ちしてると思うよ。前髪切って顔を出せばモテるんじゃない？

『……私のことはいいんです！　人と関わらないので、そんな人間関係のゴタゴタに巻き込まれたりしないので！』

まあ、そういうこともあって、あいつなりに人間関係を壊さないように振る舞い始めたんだよ。それでも、元が気さくな奴だから、適度な距離感を保ちつつ男女関係なく話しかけたりしてたんだよね。

『それはさぞおモテになられたでしょうね……』

……告白はされてたみたいだけど、誰かとつきあったことは無かったよ。

でも、それが良くなかったのかもな……。

『どういうことですか？』

高校一年の頃かな。木葉に「相談がある」って言われてさ。その内容ってのが「最近、謎の嫌がらせを受けてる」って話だった。

『具体的には？』

スマートフォンに非通知の着信があったり、出てみたら無言だったり、なんか自分を隠し撮りした写真が下駄箱に入れられてたりしたんだってさ。まあ、その写真は気持ち悪いから破って捨てたとか言ってたけど……。

『なるほど、危険な感じがしますね。なんか、陰湿ですし』

だろ？　で、それまでは、俺も木葉とそんなに一緒にいたりはしなかったんだけど、登下校は時間を合わせるようにしたんだ。なにかあっても、最悪、盾にはなれるだろうって。

『なにかあったんですか？』

直接襲われるとか、そういうのは無かったけど、何回か誰かが尾行してるっていうのかな？　そんな気はした。あと、家の郵便受けに俺と木葉が歩いてるところを撮った写真とかが放り込まれてさ。

まあ、その写真は木葉に見せないで破って捨てたけど……。

『具体的にストーカー被害があったということですか……』

そうだよ。木葉のストーカーはたしかにいる。

だから、俺は恋愛の神様を続けてきたんだ。

『どういうことですか？』

ストーカーなんて、勝手に好きになって暴走してる奴がほとんどだろ？　自分の恋愛感情に酔ってるクソ野郎だ。そんなクソ野郎なら、自分の好意もただの恋愛だって思ってるはずだし、どうにか木葉と結ばれたいって思うはずだ。

『まあ、ストーカーになる人は自己愛が強いくせに自己評価は低い。でも、プライドだけは高いという……言ってて自分のことのように思えてへこんでくるんですが……』

自覚があるならいいんじゃない？　てか、小井塚さんは言うほど自己愛は強くないいんじゃないの？　プライドだって……。

『……私のことはいいんですよ。それで？』

恋愛の神様の噂が強まって広まれば、そのストーカーも頼りにしてくるかもしれない。

そしたら、木葉に関わる相談をしてくるかもしれない。

そう思って俺は今まで恋愛の神様を続けてきたんだ。

――木葉を守るために――

お願いがあるんだ、小井塚さん。

相談者である三年二組の辰吉隆史。俺もいろいろ調べたんだけど、なかなか尻尾をつかめなくてさ。

君は人の感情や嘘を見抜けるだろう？

その力を使って、こいつが木葉のストーカーか調べてほしいんだ。

◆

小井塚咲那は、話を聞き終え、固まったまま動けなかった。

目の前の状況を拒絶するための答えを求め、頭の中を「どういうこと？」という言葉が駆け巡っていた。

今まで、咲那が相談事を解決してきたのは、木葉のストーカーをあぶりだすためだったらしい。

それはいい。かまわない。いや、まったくかまわないわけではないのだが、それ以上に引っかかることがある。

どうして今まで黙っていたのか？

どうして隠していたのか？

どうして信じて言ってくれなかったのか？

そんな「どういうこと？」という想いだけが浮かび上がって、頭が動いてくれない。

「小井塚さん？」

朝司が心配そうに顔を覗き込んでくる。

（わからない……）

その事実が、今まで不安や恐怖を消してくれていた。だというのに、今は、わからない朝司のことが怖い。いや、朝司が怖いのではない。

この信頼関係が壊れそうなのが怖い。

そして、その決定権は自分にあるのが怖い。朝司には無いのだ。朝司に協力するもしないも咲那次第であり、朝司にはなにもできない。

「……どうして言ってくれなかったんですか？」

やっとのことで想いを言葉に変えられた。朝司は真剣な表情で咲那を見る。

「俺にとって君は大切な協力者だ。いきなり、ストーカーを探してるから協力してくれなんて言っても逃げられるだけだと思ったんだよ。実際、犯人の情報は乏しかったから、あぶりだそうと思っていたのは本当だ。それは君と会う前から考えてた」

「……なら、私は岩永さんの計画の駒みたいなモノだったんですね？」

「そうじゃない。協力者だよ」

「……なら、もっと早くに言うべきだと思います」

「それだと断わられるかと思ったんだよ。でも、今の君にとって木葉は友達だろ？　だから……」

「そういうことじゃありません!!」

思わず叫んでしまった。なぜだか涙が出てきてしまう。

「やる、やらないも……私の意思で決められるのが協力者じゃないですか……少なくとも、今まではそうだったはずです」

零《こぼ》れる涙に抗うように朝司を睨む。朝司は面食らったように目を見開き、すぐさま伏目がちに「ごめん」と謝った。

「復讐だと思われたくなかったんだ……」

「復讐ってなんの復讐ですか？」

「俺が神様になっちゃったことに対する復讐かな……」

「……復讐の意思は無いということでいいんですか？」

咲那の問いかけに朝司は答えない。

「……岩永さんのこと、信じられなくなりました」

自分の言葉に吐き気がする。

本心がわからないからこそ、朝司に対して安心していたのに、全て話してくれていなかったと知ると急に不安になった。勝手にこちらが誠意を求めていただけで、朝司には朝司の都合があっただけだ。こちらが理想を押し付けていただけだ。わかっている。

「私は……岩永さんのことを信じてました。だから、できる限りの協力をしました。最初は小説を書くためでしたけど、今はもう違って……」

正しい言葉が出てこない。どうして、ここまで傷ついているのか、自分で自分が理解できなかった。

「ごめん。自分のことしか考えてなかったよ……」

ぽつりと言う朝司に咲那はなにも返さずにうつむくだけだった。朝司が立ち上がる気配がした。更に一言「ごめん」と言って、階段を降りていく。咲那は泣きながら乱暴にメロンパンを食いちぎった。

甘いという情報だけが舌にまとわりついてきた。


咲那は自室のベッドの上に寝ころびながら、今日のことを振り返っていた。

咲那にとっても朝司の前で流した涙の意味は、わからなかった。

これまでの咲那ならば、この程度のことで泣いたりはしなかった。

では、いったいなぜ泣いてしまったのだろうか？

本に書いてあったことによれば、そもそも人が涙を流す理由は三つほどあるそうだ。一つは目の乾燥を防ぐための分泌液としての作用。二つ目は目を異物から守るための防護的作用。三つ目が感情の動きによって出てくる生理的作用。一般的に三つ目の涙は人間しか流さないと言われているらしい。そして、アドラー心理学をもとにした自己啓発書で三つ目の涙についてこう書かれているのを読んだことがある。

『悲しいから涙を流すのではない。相手を責め、同情や注目を引くために泣いているのだ』

全ての行動には目的がある、と考えるのがアドラー心理学だが、涙にも目的があるというのは実にシステマチックだなと咲那は思った。主観的には共感できるが、客観的にはロマンが足りないと思う。

だが、アドラーの言うとおり、あの時の涙には朝司への抗議の意味が確かにあった気がする。なぜなら、咲那は朝司に怒ったからだ。では、なぜ怒ったのだろうか？

自分の嫌っている能力を利用しようとされたのが嫌だったのか？

いや、違う気がする。

これまでの相談事でも、咲那が率先して使ってきたのだから、そこに怒る道理は無い。なら、単純に隠し事をされたことに怒りを覚えたのだろうか？

それも違う気がする。

そもそも二人の契約に「隠し事はしない」といった取り決めは無かった。常日頃から嘘や隠し事は場の空気のように存在しているのだし、隠し事の一つや二つで泣いていたら干からびて死んでしまうだろう。確かに信頼は損なわれたかもしれないが、それだけではないか。こちらを傷つけようとする意図のある裏切りではない。泣くほどの怒りを生み出すとは思えなかった。

（あの涙の理由は怒りだけじゃない？　なら、他にどんな理由があって私は泣いたのだろうか？）

今でも、昼休みに朝司と交わした会話を思い出すだけで、涙が滲《にじ》んでしまうのだ。どこに最も強い情動の鍵があるのか考えながら、改めてやり取りを思い出す。頭の中で映画を見るように記憶を流していく。

（あ、この言葉だ……！）

そのフレーズを頭の中で流す度に、胸がざわつき、涙がこみ上げてくる。

――木葉を守るために――

意味がわからなかった。どうして、この言葉にここまで傷つくのだろうか？　なにが悲しいのかわからない。義理とはいえ、兄なのだから、妹を守るというのは普通ではないか。

（そっか、普通じゃないってわかったんだ……）

朝司の感情は読みづらい。

それでも、本気で言っているんだろうな、というのは空気でわかる。

恋愛の神様をしているのも、咲那と一緒に相談事を解決していたのも、ストーカーを探しているのも、全て木葉のためだと気づいてしまったから傷ついたのだ。

（そっか、独占欲か……）

咲那は朝司を自分の延長線上にとらえているのかもしれない。秘密の関係であり、咲那が唯一まともに会話できる相手。完全な他者でありながら、少しずつ自分の一部になっていると錯覚していた。その錯覚の果てにあるのが――

（――恋というものなのか？）

自分の涙の理由は？　という問いかけの答えが「初恋」というのは実に陳腐だ。「あい」だとか「こい」だとか「すき」だとか、たった二文字の意味が咲那にはわからなかったし、今でも実感は無い。ただ、もしこれが本当に初恋ならば、泣いてもおかしくはないと思う。

この痛みが「恋」という言葉の持つ意味ならば、わかりたくなどなかった。

次の日の朝、咲那は一人、教室で考え込んでいた。

辰吉隆史が本当に木葉のストーカーなのか？　ということを調べるにあたり、どうアプローチをするべきか、整理しなければならない。

既に調査は決定事項だったが、なにも朝司への恋心を自覚したからではなかった。

「おはよう、小井塚さん」

木葉の挨拶に「あ、おはようございます」と返す。

咲那としても木葉がストーカー被害にあってほしいとは思えなかった。それが、場合によっては恋敵になるかもしれない相手だったとしても……。

「昨日のアシプリ見た？」

「実は、いろいろあって見れなくて……」

アシプリとはアシスタントプリンセスという漫画を原作としたアニメである。今期のアニメの中では、人気度や注目度から言って覇権アニメと称されていた。放映時間が深夜帯であるため、泣き疲れてそのまま寝てしまった咲那は見過ごしてしまったのだ。

「めっちゃ良かったよ。作画が神がかっててさ」

「ネットでも話題になってましたね」

答えながらも、咲那は別のことを考えていた。辰吉隆史について咲那が知っているのは、三年生だということ。そして、木葉と同じ美術部だということくらいだ。

いきなり、辰吉に接近し、「あなた、ストーカーですか？」と聞くわけにはいかない。頭のおかしい奴だと思われてしまう。ただでさえ、ここ最近、朝司と一緒に恋愛問題を解決していたせいで、周囲に変化が生じてきているのだ。目立たず、波風を立てずに処理していきたい。

「小井塚さん、聞いてる？」

「あ、すみません」

と頭を下げながらも「そういえば、部活は再開しないんですか?」と切り込んだ。そもそも咲那は、木葉の絵のファンだということから、接近を開始しているのだ。

「あ、うん。今日から顔を出そうと思ってる」

「では、えっと……その、ご一緒してもいいですか?」

「絵、描くの?」

「えっと……絵を描く……木葉さんを見ていたいと言いますか……」

木葉は一瞬、面食らってから、頬を赤らめ「なにそれ」と誤魔化すように笑った。その笑顔を見ながら、ふと、自分が朝司に対して言った言葉を思い出していた。

『……どうして言ってくれなかったんですか?』

朝司の隠し事をなじってしまった。自分も同じように木葉に嘘をついているというのに。

咲那が木葉に対して抱いているような微《かす》かな罪悪感を、朝司だって感じていたかもしれない。

だが、他の人の隠し事なら許せるのに、朝司の隠し事だけは許せなかった。

そんな狭量な自分が嫌いだ。

「って、小井塚さん、また、意識がどこか別の場所に行ってない?」

「え? あ、はい……すみません。それで、ご一緒してもよろしいでしょうか?」

「だから、見学って体裁ならいいんじゃないの? 他の部員もいるし、邪魔さえしなければ。本当になにも聞いてなかったの?」

「すみません」

「なんか、今日の小井塚さん、少し変じゃない? なにかあった?」

あなたの義理の兄を好きになりました、とは言えない。

「……いえ、別になんでもないです。放課後はよろしくお願いします」

そう言いながらも頭の中で考えているのは、昨日の朝司とのやり取りだった。

放課後、咲那は木葉と一緒に美術室へと向かった。

扉を開けるとテレピン油と油絵具の匂いが押し寄せてくる。夏場ということもあって、既にクーラーも稼働しているが、それ故に換気がされていないため、慣れない匂いに面食らってしまった。

美術部顧問であり担任教師の沢渡が咲那と木葉を笑顔で迎え入れた。その際も可能な限り、沢渡の顔を見ないようにしたのだが、チラリと視界に入ってしまう。木葉が沢渡とやり取りをしている横で、咲那は内心で辟易していた。

（やっぱり苦手だ……）

生徒の間で沢渡の評判はいい。芸術家気質があり、大人というより子供の側に立ってモノを言ってくれるからだ。だが、同時に性的な視線を女子生徒に向けることがあった。別にそれは、沢渡に限ったことではないのだが、沢渡はそれを巧妙に隠している。そこが人気の秘訣なのかもしれないし、高校教師としての理性なのかもしれないのだが、見抜いてしまう咲那にとっては苦手な相手だった。

それを言えば、思春期真っ盛りの男子生徒全般は、もっと苦手ではあるのだが……。

「岩永……」

声をかけてきた男子に木葉は振り返る。

「久しぶりだね、辰吉君」

メガネをかけた真面目そうな少年が、ストーカー疑惑のある辰吉隆史なのだろう。奥二重の目は柔和で、穏やかそうな印象を与える。ぱっと見は細いのだが、肩の辺りがガッシリしているし、背筋がピンと伸びている。美術部よりも運動部にいそうな体つきをしていた。そして何より引っかかるのが耳の形だ。いわゆる餃子耳と呼ばれる形をしていた。

「よかったよ、元気になって」

「まあね……その代わり、みんなの後輩になっちゃったけど」

「俺は岩永の代わりに部長をさせられた。ま、この夏で引退だけどさ」

「私がいても部長とか面倒な作業は辰吉君に任せてたよ」

「勘弁してくれ。岩永のほうが絶対に向いてるって……」

辰吉の表情を見て、咲那は「ああ、本当に木葉さんのことが好きなんだな」と思った。先ず、好意の表情が口元に現れている。笑顔に嘘が無いのだ。そして、同時にかすかな緊張も微表情として頬のあたりに出ていた。ただ、ネガティブな意味での緊張ではない。更に、性欲のこもった視線を一切向けていないのだ。

人を好きだと口ではいくらでも言えると思う。だが、本気で人を好きになっている男子がその対象に向ける情動は、性欲ではなくある種の崇拝に近い。穿《うが》った見方をすれば、自分の中で思い描いている理想を見ているのかもしれなかった。

(私も岩永さんの前では、こんな顔、してたのかな……恥ずいな……)

朝司は鈍感だから気づいていないだろう。こちらの気持ちに気づいていたら、信用して最初から全て話していたと思う。それが普通だ。自分のように他人の感情を読み取ってしまうのが異常なのだ。

「で、この子がいろいろお世話になってる小井塚さん」

「えっと……小井塚咲那です。あの、その……木葉さんの絵に憧れてます。あ、見学で来ました」

面と向かって話をするのはいつだって苦手だし、こうやって挙動不審に陥ると、大概の人は嘲りの表情を浮かべる。だが、辰吉の微笑みには咲那を小馬鹿にする色は皆無だった。

「よろしく、小井塚さん。俺も岩永の絵は好きだよ。わからないことがあったら、なんでも聞いてくれ。岩永にでもいいし、俺に聞いてくれてもかまわないから」

「お忙しいのでは？」

「この時期になると暇なんだよ。今は趣味の絵を描いてるだけだから気にしなくていいよ」

「辰吉君、美大には進まないの？」

木葉の問いかけに辰吉は肩をすくめた。

「絵を描くのは好きだけど、他にやりたいこともあるんだ。だから進学は普通の大学かな」

「そっか……みんな、そんな時期だもんね」

木葉の微かに悲しげな微笑に、辰吉はフォローするように苦笑を浮かべた。

「志望校の偏差値が高いから、今年合格できるかわからないけどね……落ちたら、岩永と大学入学は同じになるかも。浪人生なんてけっこう多いしさ」

「だったら、部活に来てないで勉強しないと。受験って夏が大事なんでしょ？」

「たまの息抜きくらい許してくれよ」

咲那にはどうしたって辰吉が木葉のストーカーには思えなかった。辰吉の言動や表情からは、木葉に対する思いやりが見て取れる。辰吉の慕情は一般的なモノと大差無い。

人の本質は表情に出てくる。自己愛が強い人間は、相手を見ているようで見ていないし、プライドの高い人間は視線が常に他者を見下している。

咲那のシャットアイによるプロファイリングからは、辰吉が自己愛もプライドも人並みだということがわかった。根っこの自己評価の低さは見受けられるが、それにしたって一般人レベルである。多少、臆病と言ったところだろう。

（ストーカーとか、そういう犯罪ができるタイプに見えない……）

良識があって優しいタイプだ。人を傷つけるより、傷つけられてしまう。

咲那はクロッキー帖に絵を描いている辰吉に背後から声をかけた。

「絵、うまいですね。美大とか行けそうなのに」

辰吉は振り返らずに答える。

「そうでもないさ。デッサンなんて数をこなせば、誰でもそこそこ描けるようになるよ。本当にうまい絵ってのは、表現力なんだ。本物は岩永みたいな奴だよ」

「先輩、好きな人の隠し撮りとかするタイプですか？」

予想外な質問を投げかけ、反応をうかがうことにした。

「え？　いきなりなに？」

「いえ、なんでもないです」

振り返った辰吉の顔には、驚きと怪訝そうな表情しか無かった。身に覚えのある人間なら、警戒や怖れを抱く傾向にあるはずだが、それが無い。

要するにストーカー行為はしていないということだ。

不思議そうに咲那を見る辰吉に咲那は「失礼しました」と頭を下げて離れることしかできなかった。

◆

岩永朝司がいつものように窓側最後尾の席に座っていたら、ここ数日聞かなかった足音が聞こえてきた。

「もうここには来ないと思ってたよ」

朝司は神妙な面持ちで咲那を見る。咲那は不機嫌そうに眉根を寄せながら、こちらに近づいてきて、そのまま向かいの椅子を乱暴に引いた。ドスンと音を立ててから、膝に手を置き、ジッと朝司を睨んでくる。

「ごめん。いろいろ黙っていたことは謝る」

「それは別にいいです。私も似たようなこと、木葉さんにしてましたので……」

咲那は視線を下に落としながら、小さなため息をついた。

「辰吉隆史さんについて調べてみました。本人にも直接会って話してみましたが、ストーカーだとは思えませんでした」

朝司は「そうか」と小さくこぼす。

「辰吉はさ、中学の頃、太ってたんだよ。漫画で描かれるようなステレオタイプなオタクみたいな奴でさ。高校に入ってから、一気に痩せたんだ。痩せるために筋トレしてたんだってさ」

「真面目そうな人ですから、そういうのも続くんでしょうね……」

「理由はたぶん、木葉に告白するためだったんじゃないかな？　そういう熱量とかってストーカーっぽくないかな？」

「筋トレにハマる人の中にはナルシズムの強い人がいるとは聞きますけど、辰吉さんはそういうタイプではないと思います」

「なら、辰吉は、単純に木葉のことが好きなだけってことか？」

「……だと思います」

深い交流があったわけではない。お互い所属しているグループが違ったし、辰吉のほうが朝司を避けている気配があった。

ただ、ここ数日、朝司も朝司で辰吉を調べてみたが、いい奴だということはわかっていた。それでも、何か裏の顔があるのではないか？　と思って咲那にも調査を頼んだが、咲那の判断も自分と同じだった。

「そうか……」

それしか言えない。

これで恋愛の神様も終わりにできると思っていたのに、もう少しだけ続くようだ。いや、このままストーカーが見つからない可能性すらある。

「本当にストーカーはいるのでしょうか？」

咲那の問いかけに朝司は「どういうこと？」と尋ね返す。

「こちらから話を振るわけにもいかないので聞いてはないんですけど、木葉さんがストーカーに怯えている様子とか無いんですよね……」

「君に心配かけないためじゃないのか？」

「かもしれませんけど……一般的に引きこもりは外に出たくないじゃないですか。外に出ない理由や言い訳を普通なら用意すると思うんですよ。ストーカーなんて外に出ないおあつらえ向きの理由です。でも、木葉さんは一言も口にしなかった」

「思い出したくないことなんだよ。あとは、木葉も外に出たいって思ってたとかさ」

咲那はジッと朝司を見てから腕を組みながら考え込み、ボソリと言葉を発した。

「あるいは、一年という引きこもり期間中にストーカーが木葉さんのことを諦めた可能性もあります」

「わからないだろ、そんなこと」

「仮にずっと木葉さんを追いかけていたとするなら、引きこもってる間も何かしらのアクションなり嫌がらせをしているはずです。もし、そうなら、今も木葉さんの中にストーカーに対する恐怖が無ければおかしいです。それが無いということは、ストーキング被害は既に無いという仮説が立ちます」

「だとしても、木葉が復帰したら、ストーカーだって復活するかもしれないじゃないか」

「仮にそうだとしても、辰吉さんではないと思います。あるいは、もう既に卒業してしまっていないとか？　生徒の中に犯人がいるとしたら、今の三年生ということになります。教師の中にいる可能性もゼロではありませんが……」

「それは無いよ。ストーカー被害が始まったのは中学からだって言ってたし。だから、同じ中学出身の辰吉があやしいんだ」

「他に同じ中学出身の同学年の人はいますか？」

「いるけど、他に恋人がいたり、あとは女子とか……女子の可能性もあるか……」

「まあ、無いとは言い切れませんけど……」

なにか言いたそうに咲那が朝司を見ていたので「なに？」と問いかける。咲那は微かに眉尻を下げながら口を開いた。

「気分を害されたら謝りますが……岩永さんは、まるで木葉さんにストーカーがいたほうがいいみたいな感じがするんです」

「そんなこと思ってないよ……いないならいないでいいんだ……でも、それならいったい誰が俺を——」

「すみません、誰か来ます。今日は失礼しますね」

言いながら咲那は立ち上がり、教室を出ていった。廊下のほうで咲那が人と話している声が聞こえてくる。声の主は辰吉だった。

「あれ？　小井塚さん、どうしたの？」

「あ、いえ、別に……特になんでもないです……」

「もしかして君も岩永君に？　ほら、恋愛の神様に相談でもあったの？」

「いや、えっと、私は……別に、その……」

「ごめん。野暮だったね……」

「先輩は、その……相談に？」

「いや、相談というか……野暮用かな……それじゃあ、またね、小井塚さん」

漏れてくる会話を聞きながら、朝司は考え込む。

（でも、まだわからない……）

ストーカーがいないと証明されたわけではない。

（だったら、俺が木葉を守らないと……）

それができるのは、咲那が協力してくれる間だけなのだから——

◆

その……岩永君、今日はお礼を言いに来たんだ。
『俺は別になにもやってない……』
岩永……木葉のほうだけど、彼女が学校に来てくれた。
元気そうで、すごく安心したよ。
『俺はお前があいつのストーカーだと思って不安だったよ』
もう会えないまま卒業するかもしれないって思ってたからさ……。
『お前がストーカーじゃないなら、誰があいつのストーカーだったんだよ？』
君にこんな相談というか、決意を述べるのは、どうかとも思うんだ。
『俺の話を……』
彼女に告白しようと思ってる。
『……聞けよ』
さすがに今すぐってわけじゃないよ。まだ、復帰して間も無いしさ……。
でも、岩永が本当の意味で、いろいろ忘れることができたら、その時は躊躇《ちゅうちょ》しない。
もう後悔はしたくないんだ。
『俺の話を聞けよっ!!』
ごめん、岩永君……。
僕は岩永木葉が好きなんだ。

◆

木葉が復帰してから十日が経った。

引きこもりつつも、勉強はやっていたらしく、特に授業に遅れることもなく、年齢が一つ上でありながらも、そういった個性も込みでクラスに受け入れられていた。

ともすれば、咲那よりも溶け込んでいると言っていい。

さすがにクラスカースト上位グループにはなじめなかったらしいが、一定の距離を保ちつつも関係は切らずにいた。

基本は田代などと話しているが、何かと咲那の側にいたがるのだ。年上の美少女に懐かれるというのも変な感覚だったし、当初は物珍しく見られていたが、十日も経てば「そういうものなんだ」と景色の一部となっていた。

ともあれ、である。

咲那は相手の感情を読み取ってしまう。その能力が暴走する時は、体調も悪くなるし、人と会話をするのも億劫になる。そういう日の昼休みは、木葉からも逃げるように誰もいない屋上へ続く階段で、一人で昼食を食べるのだ。

(落ち着く……)

他人の顔が視界に入ると、見たくもない情報が勝手に頭の中に流れ込んでくる。表情の動き、として処理するようにしているが、今日のように活発化していると、色として滲んで映る。それこそオーラのようにボヤけた色が浮かび上がってくるのだ。

結果、頭痛や吐き気に襲われる。

「具合悪そうだね」

朝司が階段を昇りながら話しかけてきた。能力が暴走している時は、朝司の顔もはっきりと見える。それでも、表情から感情を読み取れるわけではない。

だから、安心できる。

朝司は咲那の隣に座りながら「この前は、ここで泣かせちゃったね」と思い出したくないことを口にしてきた。

「そういうの、デリカシー無いです」

軽く抗議しつつもアンパンを食べる。

「辰吉、木葉に告白するって……」

「そうですか……」

「あいつがストーカーじゃないなら、誰がストーカーなんだろう？」

その横顔は、どこか遠くを眺めていた。まるで迷子が母親を探すような心もと無さがある。

「もう一度探してみましょうよ。岩永さんが恋愛の神様をしていれば、今度は本物のストーカーが相談に来るかもしれませんし。私も手伝いますから」

「……来ないかもしれない」

「それなら、それでいいじゃないですか……」

「ストーカーがいないなら、その証明が欲しいんだ。そうでなければ、俺は恋愛の神様をやめられない。君や木葉が卒業しても、俺は、ずっと――」

「あれ？　今、誰かと話してなかった？」

その声に朝司が固まる。

咲那も声の主へと視線を向けた。木葉が階段の手すりに手をかけながら、こちらを覗き込んでいた。木葉の顔に青紫色のオーラが見える。怪訝や不可思議、といった感情だろう。

「いえ、その……単純な独り言です」

朝司と話していたなどと言えるわけがなかった。

「小井塚さん、ひどくない？　何も言わずにいなくなるなんて……」

「いえ、その……時々、どうしても人混みがダメになることがあるんで……」

田代にバレていたことに驚く。どうして田代はそこまで咲那に興味を持つのか不思議でならない。木葉は咲那と朝司の間に腰かけた。朝司は泣きそうな顔で木葉を見るが、なにも言わない。

「田代さんから聞いた。どうせ、ここだろうって」

そんな顔を見るのが、咲那も辛かった。

（岩永さんは木葉さんのことが好きなんだ……）

そうだろうとは思っていた。だが、これまでは表情が読めなかった。

いつもよりハッキリ見える今日だから、朝司の感情を読み取ってしまった。見なければよかった。気づかなければよかった。それなら、まだ別の可能性を夢想できたから。

（別の可能性ってなんだ……？）

自分の思考に思わず、泣きそうになる。

（岩永さんはもう死んでるのに……）

咲那が見ている岩永朝司は、いわゆる浮遊霊と呼ばれる類の存在だろう。

もしくは、人の感情が読めるというストレスの結果、咲那の頭が勝手に作り上げた妄想か何かだ。

それでも安心して話せた。

恋をした。

肉体があろうと無かろうと、仮に妄想の産物だろうと、そこにいるという実感だけで、咲那にとっては大切な他人なのだ。

「小井塚さん、大丈夫？」

「え？　ああ、はい……すみません。体調が悪くて……」

一人にしてほしいと言いかけたところで朝司が「聞いてほしい」と声をあげる。咲那が木葉の向こうにいる朝司へと視線を向けた。

「ストーカーの件を直接聞いてほしい」

すぐには行動に移せなかった。

「小井塚さん？　どうしたの？」

まず、どうしてストーカーの件を咲那が知っているのか？　という疑問が生じてしまう。その場合の誤魔化す方法が無い。おそらく、近しい人間しか知らない情報だろう。場合によっては朝司にしか話していない可能性だってある。

「俺のことを言ってもいいから」

それを言えば、また頭のおかしい奴扱いをされかねない。

咲那自身、霊感があると大々的に言う人種は、ただのかまってちゃんだと思っている。自分のように見えなくてもいいモノを見てしまう人は、隠したがるはずだ。

こんなものが見えたところで、なんの得も無い。それどころか、警戒されてしまう。

咲那は未だに木葉への態度をどうするべきか決めかねていた。友人と認識するなら、自分の能力に関しても喋らなければならないし、それに付随《ふずい》して、朝司のことも話さなければならない。

木葉が引きこもってしまったのは朝司が死んでしまったからだ。

それは校内でもクラスでも有名な話である。

学校の生徒が死んだだけでもセンセーショナルな事件なのに、その義理の妹がそれ以降、学校に来ていないとなれば、感傷的な悲劇として噂になる。

だから、咲那も木葉には朝司に関する話を振ったことが無かった。

もし、今、咲那が死んでしまった朝司と話しているなどと言えば、木葉がどうなるかはわからない。せっかく引きこもりから脱したのに、ここでまた傷つけてしまうのか？　ダメだと思う。言うべきではない。

でも、朝司が懇願《こんがん》するような視線を咲那に向けてきている。

「頼むよ」

呼吸が止まる気がした。

「小井塚さん？　本当に大丈夫なの？」

咲那は盛大なため息を一つ吐く。得体の知れない焦燥感が咲那を急かしてきた。本来なら絶対に選ばない言葉が、咲那の口から押し出されてくる。

「……木葉さんにストーカーがいたって本当ですか？」

瞬間、木葉の表情が恐怖と罪悪感と驚きで塗り重ねられた。いろんな色が重なって、ほぼ真っ黒になってしまう。それでも、わかる。

ああ、傷つけてしまったのだと。

「どうして？　誰から聞いたの？」

言うべきではない。適当に誤魔化せば、全て有耶無耶《うやむや》にできる。それなら、きっと誰も傷つかないまま終われる。

「岩永朝司さんからです」

嫌悪と怒り、そして恐怖の感情を浮かべながら木葉は咲那を見た。

「そういうの、よくないよ」

静かに震える声で言って、木葉は立ち上がる。そのまま逃げるように階段を降りていった。絞り出すような声で朝司は「なにかわかった？」と尋ねてくる。

「嫌われたのはわかりました」

本当はもっといろいろわかった。

これまでの情報と、今の木葉の反応で咲那の中では答えが出ている。あとはその証拠を集めるだけでいい。だが、今はそんなことはどうでも良かった。意味もわからず咲那は打ちひしがれた気がした。

恋というのは恐ろしい。

人から正しさを奪っていく。

普段の自分ならやらない選択をさせようとする。その先に何も無いとわかっているのに……。

「ストーカーの件、岩永さんが納得できる答えを示します。でも、誰のためにもならないかもしれませんよ？」

「……そうかもしれないね。でも、いつまでも余裕があるわけじゃないよ」

「なにをそんなに焦っているんですか？」

咲那の問いかけに朝司は曖昧な苦笑を浮かべた。

「木葉がハッピーエンドを迎えるためには、多少強引にでも本人が変わらなきゃいけない」

ハッピーエンドの先にあるのはなんですか？　とは聞けなかった。

そんなことは聞かなくてもわかる。

エンドロールが流れて、朝司と木葉の物語が終わるだけだ。


次の日、木葉は学校を休んだ。

木葉が学校に来るようになってから、休み時間の度に「小井塚さん」と声をかけられていた。それが無くなるだけで、こんなに寂しくなるとは思わなかった。

だが、寂しいと思う資格など、咲那には無い。

咲那は木葉が傷つくとわかっていながら、朝司の願いを聞いたのだ。

（こうなるってわかってたのに……）

木葉が咲那に対して友人としての好意を抱いていることは知っていた。それに気づかないフリをして、遠ざけていたけど、傷つけたいわけではなかった。咲那だって木葉のことを決して嫌いではない。むしろ、好感を抱いていた。優しくていい人だと思う。

それに比べて自分はどうだろうか？

善意を向けてきてくれる友人に、ただ好きな人に嫌われたくないという想いだけで、傷つけるような言葉を投げてしまった。

（私はどうして、こんなにも醜いんだ……）

美醜は相対的なものだ。他人と触れ合うから、誰かと比べて自分の醜さを自覚してしまう。孤独は寂しいかもしれないが、高潔でいることができる。己一人なら、誰かと比べることもなく、ただ一人、自分だけの世界を完成させてしまえばいい。そこには醜さも嫉みも無い。自分がたった一人いるだけだった。

高校生で小説を書いてプロデビューだってしたし、成績は優秀だった。自分は特別だと錯覚しながら世俗に塗《まみ》れず、本の虫となって知恵と知識に耽溺《たんでき》した。本の世界には生身の人間も、その温もりもなかったが、嘘でも真実に迫る情と美しさと理性があった。

だが、朝司や木葉と出会い、咲那が抱えていたナルシズムは全て薄っぺらな嘘でしかなかったとつきつけられた。

自分は実らない恋に縋《すが》る俗物なのだ。

理性ではなく感情で動き、己の恋のために他人を傷つける卑しい人間なのだ。

そんな事実を認めた瞬間、羞恥《しゅうち》に身をすくめてしまう。孤独の中で育ててきたナルシズムで自分は特別だと自分自身に言い含め、他者を俗人だと切り捨て距離を置いてきた。そうすることで目の前の現実と折り合いをつけてきた。

その全てが、昨日の一件で崩壊した。

ただの独りよがりな中二病でしかないのだとつきつけられた。

（木葉さんを傷つけたことに勝手に傷ついて、傷ついたって事実にまた傷ついてる。どこまで行っても自分のことしか考えてない。そんな自分が嫌だ……前はこうじゃなかったのに……）

そんなことをずっと考えているうちに放課後になった。自分の席でうつむいていたら、誰かの気配が近くにあった。

「今日、岩永さん、休みなんだね。なにか聞いてる？」

田代に声をかけられたが「聞いてません」と答えた。田代は「そっか」と相槌を打ち、主のいない空席へと視線を向ける。そして振り返ってから咲那をジッと見た。

「あまり無理しないほうがいいよ」

「え？」

「別に悪意があるとかそういうわけじゃないんだろうけど、なんでも言うこと聞きすぎるのはよくないんじゃないかな？」

田代が何を言っているのか、よくわからなかった。

「小井塚さんも見えてるんでしょ？　二年二組の岩永先輩」

咲那は目を見開いて田代を見た。田代はため息まじりに「ちょっと来て」と咲那を連れて教室を出ていく。しばらく歩き、ひと気の無い場所に来たところで咲那は「田代さんも見えてるんですか？」と尋ねた。

「ぼんやりとだけどねぇ。私の場合は影とか煙？　そういう感じで見えてるの。小井塚さんみたいに話せたりまではしないよ」

「そうだったんですね……」

霊感があるという自分の特別さも、ここで一つ世俗に堕ちた。どんどんとナルシズムの薄皮をはがされている気がする。だが同時に、初めて自分と同類の人と出会えたという喜びも確かにあった。

「煙の色とか雰囲気で良し悪しはわかるからさ。これまでは特に悪い感じはしなかったけど、最近、色がくすんできてたから。で、岩永先輩と仲良さげな小井塚さんの雰囲気も落ちてきてるし……」

「知ってたんですね……」

「最初に小井塚さんが話しかけてきた時、なんか憑いてるなぁとは思ってたんだよ。だから、いろいろ声かけて確認してたの。大丈夫かなって」

田代が何かと話しかけてくる理由が、ここでやっとわかった。

「ついでに岩永さん……というか、木葉さんにも憑いてる。正確に言うと、岩永先輩が、じゃなくて、木葉さんが岩永先輩に、なんだけどね」

「……田代さんはそういう力持ってて嫌にならないんですか？」

咲那の問いかけに田代は「もう慣れちゃったかな」と苦笑する。

「小井塚さんは私より、いろいろ見えてる感じだよね？　なにが見えてるの？」

すぐに答えられなかった。

誰かに知られたら、また攻撃の対象にされてしまうかもしれない。

「……ま、無理には聞かないよ。なんか、私よりいろいろしんどい思いしてそうだし」

田代の言うとおり、傷ついてきた。咲那が孤独なのもなにもかも、全て自分のせいではなく、能力やそれによって生じる他人の悪意のせいだ。

そう思っていた。

だが、同じような力を持っていても、田代は他人とうまくやっている。問題があったのは、他人でも特異な能力でもなく、自分自身なのだ。

「一応、言いたいことは言ったから、それだけ」

と立ち去ろうとする田代に「あの……」と思わず声をかけてしまった。

「私、いろいろあって、その……でも、問題は私のほうにあるかもしれなくて……」

泣きそうになるのをこらえながら言葉を紡ぐ。

「どうしたらいいのか、わからなくて……」

「そのいろいろを聞かせてもらえるかな？　私も力になれるかもしれないしさ」

咲那は訥々《とつとつ》と自分のことを話し始めた。

◆

人の表情は毎日、いえ、毎秒違うのだと当たり前のことのように思っていました。

感情の色が表情の上に乗っかるんです。怒ってる時は赤とか黒。ただ、赤は赤で光るような赤だとやる気とか決意とか、黒は黒で落ち込んだりしている時にも見えてきます。

そういういろんな色が顔の上で混ざり合っているように見えるのが普通でした。

それにある種の感情の塊のようなモノ。幽霊も私には普通に見えていました。

だから、幼稚園の頃には、母や父は私が変なことを言う子供だと思っていたようです。

私が五歳の頃だったと思います。

ある日、私は父の笑顔の上に青とか黒とか、そういう罪悪感やネガティブな色が乗っかっていることに気づいたんです。普通、笑顔の時は、黄色とか薄い赤とか、明るい色になるのに、父は違ったんです。

なにか隠し事があると思って、私は父に「なにか隠してるの？」と尋ねました。その瞬間、父は怯えと驚愕の表情を浮かべて私を見たんです。その表情に母も何か気づいたようでした。まあ、その時の母は何も言わずに受け流していましたけどね。

それ以降、両親は私の前では笑顔なのですが、常に違う色を浮かべるようになりました。父は不倫していたんです。しかも、火遊びではなく本気の不倫。私という娘がいなければ、離婚するレベルの不倫です。

それを知ったのは、感情の色をもっと把握するようになってからなんですが……。今も表面上は仲のいい夫婦ですよ、私の前では良き父と母を取り繕っています。

私が成人するまでは仮面夫婦を続けるのでしょうね。

私があの時、父の感情を見抜かなければ、母も不倫には気づかなかったかもしれません。父は嘘のうまい人ですからね……。

それが、私の能力が最初に壊した人間関係です。

『小井塚さんのせいじゃないよ。小井塚さんが言わなくても、どこかでバレてただろうしかもしれません。でも、そうじゃないかもしれません。

ただ、幼い頃の私は、自分のせいだという自覚はありませんでした。みんな、自分と同じように世界を見ているのだと思っていたからです。

その認識が変わったのは小学二年生の時です。

帰りの会でとある女子のペンケースが無くなったという話になりました。当時の担任はけっこう歳を取った人で、昔気質《かたぎ》な人でした。よく言う「名乗り出るまでみんな帰さない」みたいな話になったんです。

私にはすぐに答えがわかりました。

とある女子たちが陰湿な嫌がらせをしていたんです。

私は「どうしてわからないのだろう?」と不思議に思いました。顔の色を見れば、わかるじゃないかと思ったんですが、誰も気づいている風じゃない。

そこで私は自分が他の人と違うのだと気づいたんです。

結果、誰も名乗り出ないまま先生は怒り続け、下校時間ギリギリまで拘束されました。まあ、次の日、保護者間で問題になってたようですがね……。

そこで私だけ違うモノを見ているのだと知り、これまでの齟齬や違和感が払拭されたんです。同時に、この力を役立てたいなと思いました。

だって、嘘を見抜けるんです。

自分はアニメに出てくる名探偵のようなものだと舞い上がってましたね。

それが、間違いの始まりでした。

私は自分の力を喧伝するようになったんです。

ちょっとした遊びですよね。嘘か本当か見抜くゲームみたいなやつです。

最初は人気者でしたよ。百発百中ですから。

そうやって遊んでいる間は良かったんですよ。

ただ、そうもいかなくなるんです。子供の社会でも、いろんな諍《いさか》いが生じます。誰かが悪口を言ったとか、何かを盗んだとか……。

その度に私は呼び出されるようになりました。

絶対正義の裁判官です。私は自分の能力を正しいことに使っていると思って、隠し事や嘘を全て暴いていきました。最初は感謝されましたよ。勝訴した側からは……。

その時は悪いことをした側から恨まれるなんて思ってもいなかったんです。愚かですよね。恨みの感情だって見えてたのに「それはあなたが悪いせいだ」と思ってたんですから。

それでも、公正な間は認められ、頼りにされてました。

四年生の頃、私には友達のアイちゃんという子がいました。アイちゃんは、大人しい女の子でした。私は嘘の無いアイちゃんが人として好きでした。

ですから、男子からはからかわれたりしてましたが、私は嘘の無いアイちゃんが人として好きでした。


そんなある日、イジメる男子からは守ってましたし、何かと世話を焼いていたんです。

う話になりました。クラスの中心グループの女子が、推してたアイドルのグッズを盗まれたとかいないモノでしたので、子供たちの間で犯人を捜すことになりました。当然、学校に持ってきてはいけ
そして、私は嘘を見抜く裁判官です。写真入りのキーホルダーみたいなモノです。当然、学校に持ってきてはいけないモノでしたので、子供たちの間で犯人を捜すことになりました。一種の魔女裁判ですね。

いつものように私の前で嘘かどうかを見抜く儀式が始まりました。

犯人はアイちゃんでした。

でも、私は言えなかった。だって、友達だったから。嘘の無い子だったから。

何かの間違いだと自分に言い聞かせて、アイちゃんを見逃したんです。

次の日にはアイちゃんが犯人だとバレました。アイちゃんの机の中からキーホルダーが見つかりました。アイちゃんは槍玉にあげられたんです。そしてアイちゃんは言いました。

「小井塚さんにやれって言われた」と。

なにがなんだかわかりませんでした。どうしてアイちゃんがそんなことを言うのかわかりませんでした。当然、必死で違うと訴えましたが、実際、私がアイちゃんの嘘を庇ったのは事実です。

それ以降、私は凄絶にイジメられるようになりました。口にしたくないレベルの内容なので、細かく言いませんが、大抵のイジメ内容はコンプしてると思います。

クラス中、みんな、楽しんでましたよ。それが私にはわかりました。これまで、裁判官として

クラスで一目置かれていた私が、今度は犯罪者として叩き落とされる。私をイジメる人たちの中には、ある種の正義感のようなものさえありました。

誰も助けてくれませんでしたね……。

不仲の両親にも言えなくて……。

ここから逃げるには中学受験で合格するしかないと思って、必死で勉強しましたよ。

『アイちゃんは、どうしてそんなこと言ったの？　だって、友達だったんでしょ？』

アイちゃんは嘘の無い子でした。

それは言い換えれば、自分の欲求や感情に素直だということです。欲しかったんでしょうね、キーホルダーが。で、それがバレたら助かりたいと思った。私に罪をおっかぶせようと思って、それを口にした。

嘘の無い人なんて、結局、自分に素直ってだけですからね。それは誠実とは違うんです。当時の私にはそれがわかっていませんでした。

私の能力はそうやっていろんなモノを壊してしまったんです。

家族の関係も友人関係も自分自身の立場も何もかも……。

どうにか、中学受験に成功して、地元の小学校から逃げ延びた私は、中学では友達を作りませんでした。理屈ではわかってるんですよ、アイちゃんが誠実な人ではなかっただけだって。それでも、嘘の飛び交う人間関係が私にはしんどかったんですよね……。

それに、その頃になれば、みんな思春期じゃないですか。

男子の性欲とか、好感とか、見たくなくても見えるんですよ。当時の私には、それもけっこうきつくて……。

どんどん人と交流しなくなっていきました。

でも、同時に、そんな自分に酔ってもいました。私は特別だから仕方がない、と。天才というのは衆愚に理解できない存在なのだと、自分に言い聞かせて、どうにか孤独に耐えていました。まあ、中二病ですよね……。

そんな私を救ってくれたのは、真実が描かれた嘘の世界です。漫画とかアニメとか映画とか、そこには私の目の前には無い綺麗なモノが描かれていました。そこに登場するキャラクターはみんな誠実で正しくてかっこよくて嘘が無くて、愛に溢れてた。

素直に大好きだと思えました。あっち側の世界に行きたいとさえ本気で考えました。まあ、無理なんですけどね……。

私は公正で誠実であろうと思いました。

現実の人間は正直大嫌いですけど、創作物の中のキャラクターは違う。なら、自分はそっち側に行くべきだと本気で思ったんです。他人と交わる気が無いからこそ、私は感情で誰かを贔屓《ひいき》したり、何かを決定したりはしない。全て理性と知恵でもって客観的に正しい判断をくだす。

それができる私はみんなとは違うんだ、と自分に言い聞かせて……。

なのに、できなかったんです。

私は自分の感情に流されて、木葉さんを傷つけてしまいました。

そんな自分がすごく嫌です。

そんな自分を嫌だと思う自分がもっと嫌です。

だって、木葉さんのことじゃなくて、自分のことしか考えていないから……。

木葉さんは私に優しかったのに、私はどこまでも自分のことしか考えてなくて……。

そんな感じで頭の中、ぐちゃぐちゃで……でも、どうしたらいいかわからなくて……。

◆

咲那は独白しているうちに、なにを言うべきなのかわからなくなっていた。

心の中の澱《おり》を吐露することで、感情は言葉に流され、どんどんと自縄自縛になっていく。こんな相談を持ちかけられて、田代も迷惑だろう、などといった思考まで生まれてきた。

「なにがあって小井塚さんが岩永さんを傷つけるに至ったかまではわからないけど……」

ぽつりと田代が口を開いた。

「そのことを後悔してるんでしょ？　でも、その後悔の根っこの感情は、自分が理想の自分じゃなくなったから傷ついたということでいいかな？」

改めて言語化されると、自分のナルシズムに耳まで熱くなる。

「……はい。そういうことです」

「そういう自己嫌悪って私もあるからさ、しんどさはわかるよ。自分が嫌になるし、死にたいって思ったりするよね」

「……はい」

「でも、私はね、人間、死にたいって思ってるうちは、まだやり直せると思ってるタイプの人間なんだ」

言葉の真意がわからず、咲那は田代の顔を観察してしまう。視線の動きから、言葉を正しく伝えようと思案していることがわかった。嘲りや嫌悪が無いことに安堵する。そんな小心な自分に気づいて、また気分が落ちる。

「小井塚さんは自分の理想どおりの振る舞いはできなかったし、結果、岩永さんを傷つけてしまったかもしれない。で、そのうえで自分のことしか考えてないのかもしれない。しかも、これまでの特別だった自分から変わってしまったかもしれない。でもさ、そこで終わりではないよね？」

田代は言葉を紡ぎながら咲那をジッと見つめてきた。

「でも、やらかしたことは消えてくれません」

いつだって自分は何かを壊すだけだ。

「小井塚さんってさ、壊れたモノはもう絶対に元には戻らないって思ってるの？」

その問いかけの答えに窮してしまった。

「全てのことが元通りになるとまでは言わないよ。でもさ、一回壊れて元に戻らないままなら、この世に仲直りという言葉は存在しないと思うんだよね」

「……理屈ではわかります」

ただ、田代の言葉を受け入れたら、これまでの不幸な結果は全て咲那自身のせいだということになってしまう。両親の仲が険悪なままなのも、自分のイジメが続いたのも、全て咲那が仲直りという問題解決の努力をしなかった結果だということになる。それを受け入れるのは、あまりにも辛すぎた。

「これまでのことが小井塚さんのせいだって言ってるわけじゃないんだよ。ていうか、小井塚さんの能力のせいでもないよね？」

「え？」

「不倫してたのは小井塚さんのお父さんが悪いし、イジメもアイちゃんって人や、小井塚さんのクラスメートが悪いよ。どこに小井塚さんの責任があるの？」

「でも、私の力が原因で……」

「原因と責任は別でしょ？」

「別……なんですか？」

「別だよ、別。お金持ちの老人が歩いていたら、ひったくりにあったとするでしょ？　お金持ちの老人がいなければ、ひったくりは起きなかったから、お金持ちの老人が悪いって理屈にはならないよね？　ものすごく変だよ。悪いのはひったくり犯でしょ？」

「……はい」

「だから、小井塚さんの能力云々と、岩永さんを傷つけたって話は関係ないよね？」

「まあ、そうなると思います」

「複雑に考えすぎなんだよ。自分の能力のせいでとか考えるから、自分が自分がって感じになっちゃうんだよ。とりあえず、それは脇に置いておこうよ」

「はい」

「シンプルに岩永さんを傷つけたことを後悔してるんだよね？」

「はい」

「だったら、仲直りしたらいいだけの話じゃない？」

理屈はわかる。田代の言うとおりだ。

自分の能力のせいで全てが壊れたわけではないのだろう。その責任だって自分には無いのかもしれない。全て切り離して、シンプルに考えれば、ただ仲直りしたらいいだけだ。

「それはそうなんですが……」

なのに、田代の慰めの言葉を良しとはしていない自分がいた。

受け入れたら、全てが崩壊してしまいそうな予感があった。

客観的に見て、自分の選択は間違っていたとわかっている。木葉を傷つけてしまったことを謝罪し、それまでの全てを無かったことにするのが正しいのだろう。仲直りとはやり直しとほぼ同義だ。だが、本当に仲直りで全て無かったことにしていいのだろうか？　あの時、咲那の中に生じた醜さが簡単に消えてくれるのだろうか？

（嫌だな……）

咲那は誤った選択をしてしまった自分自身を否定したくなかった。

木葉に対する好意はある。でも、嫉妬もある。そんな自分に対する嫌悪も、ナルシズムもある。田代の言葉を受け入れたら、今の咲那を構成する何かを殺すことになる。

そうなれば、本当の意味で、咲那自身が世俗に堕ちる気がした。

それが嫌なのだ。

（……私はとことんマトモにはなれない。マトモな言葉がぜんぜん刺さらない）

田代との間には埋めようの無い自我の溝があった。田代は誰かに合わせられるから、周りに合わせたほうがいいと言う。それが正しい。咲那も理解している。

「……ありがとうございます。田代さん、私、考えがまとまりました」

咲那の作った微笑みに田代も笑い返してくれる。田代もいい人だ。自分とは違う。

その違いが心地よかった。そう感じてしまう自分は、救いようがない。性根がひん曲がっている。でも、それでいい。

「また何かあったら相談に乗るよ。あ、誰にも言わないから安心してね」

心底、良かったと思っているのが、田代の表情から見て取れた。咲那は、わかりあえないという罪悪感を隠しながら微笑みを浮かべる。

「はい、ありがとうございます」

折り目正しく頭を下げ、田代と並んで教室へと戻っていった。

（私は人と違うままでいたいんだ。それがわかった……だから、どこかの誰かみたいに恋愛感情に流された自分が許せなかったんだ……うん、もういいよ、それで……）

恋に惑わされた己の俗物さを否定はしない。だが、開き直って許容することもできなかった。

咲那は特別で高潔な人間でありたいのだ。

真っ当な常識に染められた俗人になるくらいなら、排他の攻撃と孤独の苦痛を抱えて生きていきたい。そのためには、木葉に謝罪し、たとえ朝司を傷つけてでも真実をつまびらかにする必要があった。

（木葉さんに謝罪するって行動自体は同じなんだよね……）

だが、意味は違う。木葉に咲那の醜さと所業を許してもらうために謝るのではない。許容も理解も必要としない。ただ、曲げられない自分自身というエゴイズムを貫くためだけに謝罪するのだ。

そういう自分を受け入れていくし、そういう自分を誇りに思う。

心が決まれば、あとはやるべきことをやるだけだった。


放課後の二年二組では、いつものように朝司が窓際最後尾の席に座っていた。

頬杖をつきながら一人、夕焼け空を見つめる朝司を見ているだけで涙が出そうになる。生前に出会っていたら、どうだったのだろうか？　他の男子と同様に嫌悪と恐怖で距離を取っていたのだろうか？　そんな仮定の話が脳裏を過《よ》ぎった。

（言わない……）

恋に流され、自分の思いを吐露したら、それは普通に堕《だ》してしまう。きっと自分は傲慢《ごうまん》でナルシストで、特別な自分に酔っているだけの人間なのだろう。

それでもいいから、ハッピーエンドを目指すのだ。

それが恋愛の神様のやり方なのだから。

「岩永さん、木葉さんのところに行きましょう」

朝司が咲那のほうへと振り返る。

「今までのことを全て、木葉さんに喋ります。なので、一緒に来てください」

「……ああ、うん、わかったよ」

朝司はいつものように穏やかな微笑を浮かべながら立ち上がった。

「結果的に岩永さんを傷つけることになるかもしれません。それでもいいですか？」

「ああ、かまわない」

微かに悲しげな表情。そんな顔をされると決心が鈍ってしまう。咲那は覚悟を決めたように深呼吸をして「行きましょう」と踵《きびす》を返し、教室を出ていった。

そのまま朝司を連れて、咲那は岩永家へと向かう。事前に木葉の母親には訪問することを連絡しておいた。電話口で母親も、木葉が元に戻ったのではないか？　と心配していた。

電車を乗り継ぎ、船橋に到着。

人混みで朝司に話しかけられた時はスマートフォンを取り出し、誰かと通話しているかのように振る舞いながら会話をした。

岩永家に到着し、インターフォンのブザーを押すと木葉の母親が招き入れてくれた。そのまま軽い会話をするが、当然の如く、朝司の姿は見えていない。心配する木葉の母親に咲那は適当な嘘をでっちあげて安心させ、木葉の部屋の前に立った。隣には朝司も立っている。

軽く扉をノックしてから「小井塚です、話をしに来ました」と伝えた。

「私と話したくないのでしたら、以前のようにここで勝手に喋ります」

と言ったところで扉が開いた。木葉は悄然と視線を落としながらも、怒ったような顔はしている。だが、その表情は偽装だ。本当は怯えと罪悪感、そして不信を咲那に向けている。

「失礼します」

木葉の部屋に入ると、木葉はベッドに腰かけ、咲那は床に正座した。

「昨日は無神経なことを言ってすみませんでした」

頭を下げたが、木葉は曖昧な相槌を打ちながら咲那をうかがうように見ていた。

「……朝司と知り合いだったの？」

適当な嘘を言ってごまかすことはできるのだろう。だが、それではハッピーエンドを迎えることはできない。

「知り合ったのはつい最近です」

瞬間的に木葉の顔が怒りに燃える。

「なに言って……」

「岩永朝司さんが恋愛の神様として噂になってるのは知ってますよね？　生前からそう呼ばれて

いたようですが、死後は学校の七不思議のような噂になりました。二年二組の窓側の一番後ろの席に向けて、恋愛相談をすると、問題が解決するという内容です」

「それとなんの関係が――」

木葉の言葉を制するように口を開く。

「幽霊になってるんです。浮遊霊的なモノでしょうか？」

「はあ？」

「その岩永さんから聞いたんです。木葉さんがストーカー被害にあっていたと。今も心配してます。そのせいで、岩永さんは未だに成仏できないでいるようです」

木葉の動きが止まる。咲那を射殺すような鋭い視線をぶつけてきた。

「そんないい加減なこと……」

「もう一度、蛍を見に行く約束をしていたそうですね」

木葉が目を見開いた。

「あの、弥彦神社の絵。お母さまのご実家は新潟だそうですが、そこで蛍を見に行こうと約束をしていたと朝司さんから聞いてます」

「どうして知ってるの？」

「聞いたからです。岩永さんと木葉さんしか知らないことを教えてほしいと頼みました」

木葉は涙を流しながらうなだれる。まだ、咲那の言うことを受け入れきれないのだろう。無理も無い。

「……朝司は今も生きてるの？」

「死んでます。恋愛の神様として存在しているだけです」

「どういうこと？　どうして小井塚さんには見えるの？　どうして私には見えないの⁉」

「私に見えるのは、人には見えないいろんなモノが見える体質なだけです。木葉さんに見えないのは、そういう力が無いからです」

顔をあげた木葉は咲那に挑むような嫉妬するような視線を向けてから、決まり悪そうに視線をそらした。

「……私も話せるの？」

「私を介してなら話せます」

心が冷えていくのを感じた。今すぐ「全部嘘です」と言って無かったことにしたい。このまま再び木葉が引きこもってしまえば、朝司は恋愛の神様としてストーカーを探し続けるのだろう。

咲那の力を借りながら——

「朝司、今はどこにいるの？」

「私の隣にあぐらをかいて座ってます。席を外してほしいなら外してくれると思いますが……」

チラリと目だけで横を見たら、朝司は小さく肩をすくめていた。木葉は顔をあげ、ジッと朝司がいるであろう虚空を見つめる。対する朝司も悲しげな顔で木葉のことを見ていた。

胸の内で切なさが鳴る。ああ、二人だけの世界だ、と思った。

決して交わらない視線の応酬の中に、二人にだけしか伝わらない想いが乗っている。咲那は痛みから逃げるように目を背けた。

「朝司、本当にそこにいるの？」

「ああ、いるよ」

咲那は「頷いてます」と伝えた。

「どうして死んじゃったの？」

朝司は今にも泣き出しそうな顔で「ごめん」とうつむきながら「ストーカーのせいだ」と言った。咲那も朝司の言ったとおりに木葉に伝える。瞬間、木葉は罪悪感と自己嫌悪と悲しみの色を浮かべながら顔を覆うようにうつむき、むせび泣いた。

「木葉……大丈夫だから。俺が必ずストーカーを見つけ出して――」

「違うの……」

泣きながら木葉は首を横に振る。

「……ストーカーなんていないんだよ」

朝司が「え？」と固まる。

「全部……嘘だったの……」

涙でグシャグシャになりながら木葉は「ごめんなさい」とすすり泣く。

「どういうこと……？」

呆然とする朝司に代わり、咲那が口を開いた。

「木葉さん、朝司さんが混乱してます。ストーカーはいないと言いましたが、朝司さんに相談しましたよね？　実際、木葉さんも被害を――」

「だから……全部、嘘なの」

ストーカーという言葉への反応は罪悪感と恐怖だった。それは、嘘をついたという罪悪感と、嘘がバレるかもしれないという恐怖心だったのだろう。

「一から説明してください。岩永朝司さんのためにも……」

木葉はすすり泣きながら言葉を紡ぎ始めた。

ごめんなさい、朝司……私……本当にごめんなさい……。

『おちついてください、木葉さん、岩永朝司さんは別に怒ってません』

ごめんなさい……。

◆

『…………』

もう大丈夫。わかった。話す。

朝司と一緒に暮らし始めたのは、私が小学校六年生の頃だったんだ。その前から、お正月とかお盆に顔を合わせたりしてて、一緒に遊んだりしてた。

伯父さんと伯母さんが事故で亡くなったって聞いて、一緒に暮らすって言われても、特に嫌とか無くて……朝司のことがかわいそうだったし、兄妹に憧れたりしてたから、仲良くしたいなって思ってて……。

最初は朝司も事故のことがあって、すごく元気が無くて……だから、私が強引にいろいろ連れまわしたり、かまったりしてた。そのうち、朝司も笑うようになってさ……嬉しかったな……。

小学生くらいの頃は、そんな感じで本当の兄妹みたいに喧嘩したり、一緒にゲームしたりして遊んでた。

中学くらいからかな、朝司がさ、どんどんそっけなくなってったんだよね。

私が話しかけても、子供の頃みたいに話してくれなくなって、朝司の部屋で一緒にゲームしてても、夜になると「自分の部屋行けよ」とか嫌がるようになって……。

それがすごく悲しかったんだよね。

そんな時にさ、中学の友達に朝司のことが好きだって相談されたんだ。応援してほしいって。

私は「いいよ」って返事したけど、なんか、気持ち悪くて……。

でもさ、応援するって言った手前、朝司を連れて一緒に遊びに行ったりしてさ……。

結局、朝司はその子のこと振ったんだけど、その時嬉しいって思ってる私がいたんだよね。

なんでだろう？　って、ずっと考えてて……モヤモヤしてて……でも、朝司は私のこと避けてばかりで、会話も少なくなって……嫌われてるのかな？　ってずっと朝司のことばかり考えてて……。

ああ、好きなんだなって気づいた。

『…………』

義理でも戸籍上は兄妹だから、言えないなって思ったよ。

だって、もしそんなことがバレて問題になったら、朝司、行く場所なくなっちゃうかもしれないでしょ？　そんな風に思ってたんだけどさ、気持ちは抑えられなくて……。

『告白したんですか？』

ううん。言えなかったよ。だって、朝司に嫌われてると思ってたから……。

ある日さ、私、学校の帰り道に裸の男の人と会ってさ……変質者だよね。なにかされたわけじゃないんだよ、裸で話しかけられて、怖くて逃げたんだけど、そのことお母さんに言ったら、朝司と一緒に帰ってこいって言われて……。

部活終わってから一緒に帰るようになった。

それまでギクシャクしてたから、何話せばいいのかわからなくて、テンパってたけどさ、そのうちだんだん昔みたいに話せるようになってさ……。

子供の頃一緒に行ったおじいちゃんの家とか、花火大会とか、そんな話してるとさ、やっぱり好きだなって……大好きだなって……ずっと、こうやって一緒にいたいなって……ごめんなさい……。

『ゆっくりでいいので、無理はしないでください』

結局、その変質者は捕まったんだ。それで朝司と一緒に帰る理由が無くなっちゃった。

寂しかった。

でも、一緒に帰ろうなんて言えなかった。

だって、朝司はお母さんに言われたから、義務として私と一緒に帰ってただけなんだもん。

高校にあがってさ、朝司に好きな人がいるって噂を聞いたんだ。

嫌だった。どうしたらいいのかわからなくて……私、朝司を誰かに取られるかもしれないって思って……。

どうしたら朝司が私のこと気にしてくれるかって考えて……。

嘘ついたんだ。

変質者の時みたいな理由があれば、朝司は私を心配してくれるから……。

ダメだってわかってたけど、ストーカーに嫌がらせされてるって、嘘ついたの……。

朝司は私のこと、本気で心配してくれて……ダメなことだって、いけないことだってわかってたけど、誰かのところに行ってほしくなくて……。

ごめんなさい……。

嘘ついてごめんなさい……。

自分勝手でごめんなさい……。

◆

木葉は告白を終えると同時に泣き崩れてしまった。咲那はチラリと朝司の顔を見るが、朝司は驚きと狼狽の表情を浮かべている。

「岩永さん、どうしました？」

「いや、ストーカーがいないのはいいんだ。それならそれでいい。木葉に危険は無いってことなんだから……」

本心の言葉なのだろう。だが、それ以上に、うろたえている。

「……でも、なら、俺は誰に殺されたんだ？」

縋るような顔で咲那のほうを見てきた。

「どうして俺は死んだんだ？」

「覚えてないいんですか？」

朝司は不安そうに視線を泳がせながら考え込む。

「俺は気付いたら、二年二組の教室にいたんだ。自分が死んでるってことは、わかってた。死んだ瞬間のことは覚えてない。でも、木葉のストーカーのことは覚えてて、だから、俺はストーカーに殺されたんだって……」

「交通事故だと聞いてます」

「え？　犯人は？」

咲那も噂では聞いているが、木葉に尋ねることにした。

「木葉さん、岩永さんは自分が死んだ時のことを覚えてません。自分はストーカーに殺されたのだと思い込んでいたそうです。岩永さんは交通事故で亡くなったと聞いていますが、犯人は見つかったのでしょうか？」

「……犯人はまだ捕まってないよ。朝司は夜のジョギング中に車にはねられて、運悪く川に落ちたって……」

「そうなんだ……」

朝司は呆然とつぶやいてから、ホッと一安心したような表情で天井を見上げた。

「なら、俺はもう誰にも復讐しなくていいのか……」

「ひき逃げされたことはいいんですか？」

「木葉のストーカーに殺されたんなら、相手は危ない奴だろ？　だから、木葉を守らなきゃって思ったし、そのためならどんな手だって使おうって思ってたよ」

言いながらため息をつく。

「でも、木葉に関係ないなら、もういい。そりゃあ、殺された恨みはあるけどさ……今はそんなことより、木葉が安全だってことのほうが嬉しいよ」

胸が軋むように痛んだ。そんな咲那の気持ちなど知らない朝司は「そう木葉に伝えてほしい」と言ってきた。なんて残酷な人だと思ったが、表情には出さず、朝司の言葉を木葉に伝えた。

木葉は泣き顔の上に、更に滂沱《ぼうだ》の涙を流しながら朝司の名前を呼んでいた。傍にいるのに見えない朝司。そばにいるのに触れられない朝司。二人の間にはコミュニケーションの断絶があるのに、それ以上の繋がりが感じ取れた。

「木葉、俺も……」

何かを言おうとしてそっと口を閉じる。言葉の続きは咲那にはわかった。

本当にひどい人だと思う。一途で誠実で優しくて、穏やかで時々冗談を言ったりして、少しSっ気なんかもあった。

だから、咲那がどんなに「こっちを見て」と願ったって、絶対にこっちを見てくれないのだ。朝司の視線は木葉にだけ向けられている。

きっと咲那のことなど気にもかけずに、勝手に成仏して消えてしまうのだろう。

木葉は朝司の言葉を聞き入れて、嘘をついたという過ちを受け入れながら前を向いて歩いていくのだろう。なんて陳腐なハッピーエンドだ。本当にくだらないし、ありきたりな筋書きではないか。

でも、それでいいのだ。

それが朝司と木葉のハッピーエンドだった。

自分はエンドロールで三番目くらいに名前が出てくる脇役でしかない。

ほら、だって、やっぱり最後まで朝司は咲那のほうを見たりはしないのだから。

第四話

岩永朝司は窓側最後尾の席に座って外を眺めていた。

グラウンドでは野球部がトスバッティングをしていたり、陸上部の生徒がクラウチングスタートの姿勢から走りだしている。かつて、自分もあの中の一人だった。

朝司は、かつて陸上部に所属していた。種目は長距離だ。

これといって有望な選手ではなかったし、才能があったわけでもない。ただ、走っている時は余計なことを考えないで済んだ。両親の死も木葉との関係も、自分の将来や学校での人間関係のことも。

学校から帰ってからも夜に走るのが習慣だった。音楽を聴きながら自分のペースでひと気の無い場所を走る。

その時に事故に遭ったらしい。

咲那が言っていたが、普通、ひき逃げは、かなりの確率で犯人を特定できるそうだ。

だいたい目撃証言や死亡推定時刻から、近場にある監視カメラを調べ、車体を特定するらしい。

あるいは、犯人が事故車を修理に出すことで露見するのだとか。

だが、朝司の場合は、事故に遭ったのが夜ということもあって、運悪く目撃者がいなかったのだろう。更に、はねられた後、川に落ちて流されたため、正確な事故現場が特定しづらくなった。そのため、監視カメラを使った車の特定も難しくなる。そして、犯人が事故車を修理に出さなければ、特定は不可能だ。

（やっぱり、全然覚えてない……）

記憶に無いことを恨んだり怒ったりするのは困難だ。

自分が幽霊になっても覚えていたことは、ただ木葉のことが心配だという感情だった。その想いでここにいるのだと理解したから、ストーカーに殺されたのだと勝手に解釈していた。結局のところ、悪霊のように木葉に執着していただけなのだろう。

（ストーカーがいないなら木葉は安心だ……）

本気でそう思っている。

木葉が自分のことを好きだということは予想外だったし、嬉しいとは思う。だが、同時に後悔も生じてくる。

木葉が好きだった。

言えるはずがなかった。

両親の死で叔父叔母夫妻には世話になっていたし、もし木葉に手を出そうものなら、それは二人の信頼を裏切ることになる。それに、木葉に断わられたら、それまでの穏やかな日常を全て壊すことにもなってしまう。

それが怖かった。

（結局、ただのヘタレってことだよな……言っていれば……いや、そういうタラレバの話はやめよう……どうせ死んでるわけだし……）

後悔が執着となっているから、自分はまだ二年二組の教室にいるのかもしれない。

(俺がいる限り、木葉はきっと前には進めない……)

一緒にいたくないと言えば嘘になる。だが、このまま幽霊として木葉の傍にいてなんになるのだ？　とも思う。木葉には幸せになってほしい。だが、木葉が誰か他の男と恋をしたり、結婚したり、そうなる姿を見るのは嫌だった。そんなことを考えるだけで、叫びたくなる。実際、叫んでしまった。感情のコントロールが利かなくなっているような気がする。

(本当に悪霊だ……)

不意に人の気配がし、視線を向ける。咲那と木葉だった。

「朝司、いる?」

木葉が咲那に尋ねる前に朝司は「いないって言ってくれ！」と叫んだ。その声に驚いたのか、咲那は目を見開きながらも「今はいないみたいです」と小さな声でつぶやく。

「もう成仏したのかもしれないって伝えてほしい。もう俺はいないんだって」

「もう成仏したのかもしれません。あの日以降、私も岩永さんを見てないので……」

木葉は「そんなわけない」と首を横に振った。

「もしかしたら家にいるのかもしれない。小井塚さん、帰ろう」

朝司が幽霊として存在していると知ってから木葉の様子もおかしくなっていた。朝司に執着するようになっているのだ。朝起きる度に朝司の部屋に入り「朝司、おはよう」と言うようになったし、帰宅後は朝司の部屋にやってきて、まるで朝司がいるかのように語り掛けるようになっていた。その姿が痛々しい。

結局、まだ木葉の心の傷は癒えていないのだ。

（それを俺は……）

嬉しいと思ってしまう。

自分に執着している木葉の想いを、もっと受け入れたいと思っている自分がいる。

「……木葉さん、今日は一人で帰ってください。私はいろいろ調べないといけないことがあるので」

「調べるってなにを？」

「岩永さんが本当に成仏したのかどうかをです。木葉さんの言うとおり、今は家にいるのかもしれませんけど……」

「私も手伝おうか？」

「図書室で本を読むだけなので手伝えることは無いと思います。ご自宅で木葉さんの帰りを岩永さんが待ってるかもしれません。そちらを優先したほうがいいのでは？」

「うん、そうだね。わかった。じゃあ、また明日、小井塚さん」

溌剌《はつらつ》とした笑顔を浮かべながら木葉は二年二組の教室を後にした。咲那は廊下のほうを覗き込んでから「もう行ったみたいですね」とつぶやき、朝司のほうへと振り返る。

「どうして泣いてるんですか？」

「泣いてる？　俺が？」

気づかなかった。

「……木葉さん、ちょっと危険な気がします。元気なんですけど、空元気《から》と言いますか」

「どうしたらいいと思う？」

「……わかりませんよ」

ふて腐れたように言いながら、咲那は椅子に座った。

「……どうして俺は消えてないんだろう？」

「消えたいんですか？」

「……うん、消えたい」

咲那はなにも答えずにジッと朝司のことを見ていた。

「なに？」

「いえ、別に……好き勝手に人の前に現れて、好き勝手に巻き込んでおきながら、今度は好き勝手に消えたいって言うなんて、本当に勝手な人だなと思っただけです」

先に絡んできたのはそっちじゃないか、と言いかけてやめた。代わりに別のことを口にする。

「小説は書けるようになった？」

「……それどころじゃないので試してません」

「書けばいいのに」

「書きますよ。言われなくたって……」

フンと鼻を鳴らしながら、そっぽを向いてしまう。

「……別にこのままでもいいんじゃないですか？　寂しいなら私が話し相手になりますし」

「君や木葉だって再来年には卒業だろ？」

「……私にとり憑いてもいいですよ？　あ、お風呂とかそういうところはダメですけど」

「小井塚さんは俺以外の友達を作ったほうがいいよ」

「……別に友達だなんて思ってませんよ。なんか、未練ありそうだし、その辺、解消されるまでつきあってもいいって言ってるんです。それに、実は幽霊ネタとか小説的にもウケいい分野なんですよ」

「ありがとう、そう言ってくれて……」

朝司は苦笑を浮かべる。

「でも、自分がどんどん良くない感じになっているのはわかってるんだ。今はまだ生前とほとんど変わらないけどさ……いや、変われないんだろうな。君たちは変わっていくのに、俺は変われないいんだ……変わらないまま汚れていって、澱《おり》のようなモノだけが溜まっていく……悪いほうにどんどん落ちていく。最悪、悪霊になって木葉をとり殺すかもしれない」

そうならない自信が無かった。

「そうなる前に俺は消えたいんだ……小井塚さん、力を貸してくれないか？」

咲那はそっぽを向いたまま何も言わない。大きな深呼吸を一つだけしてから小さな声で「わかりました」とだけ言った。

◆

わかりたくなどなかった。

（岩永さんが消えちゃうのは嫌だ……）

咲那は自室のベッドでタオルケットにくるまりながら声を殺して泣いていた。失恋するのはいい。朝司が木葉のことを好きなままでもかまわない。この想いを朝司に伝えられなくたっていい。友達として、ただ傍にいたいだけなのだ。

叶うならば、このままずっと朝司と一緒に恋愛の神様として恋に関する問題を解決していたかった。自分の感情の赴《おもむ》くままに振る舞えたら、どれだけ楽だろうか。浮気をしたり、不倫をしたり、顔だとか経済力だとかステータスだけで恋愛対象を決められるような、自分のことだけ考えて生きていける人間でありたかった。

そうであれば、こんなに苦しまずに済んだはずだ。

(やっぱり無理だって、やめちゃえばいいんだ……やめちゃえば……)

悲しげに希《こいねが》うように咲那に頼んできた朝司の顔を忘れることができない。

朝司は心の底から自分が消えることを望んでいた。

明日から、朝司の願いそのものを誘導して変えてしまえばいい。

咲那がその気になれば可能だ。朝司の表情は読みづらいが、意識誘導は得意だし、最悪、朝司が悪霊になったってかまわなかった。朝司にならとり殺されたっていいし、朝司が誰かをとり殺したってかまわない。それでも、好きでいる自信がある。

でも、それを朝司自身が望んでいない。

(自分のことだけ考えてればいいんだ。好きだからって、岩永さんを尊重しないで自分のことだけ考えてれば……なんて、思えないよ……なんで？　どうして？　いいじゃん。自分勝手でさ！　騙し騙し生きていけばいいじゃん！　好きなんだよ！　消えてほしくないんだよ！　どうして……)

朝司が笑っている未来が想像できないのだろう?

咲那が朝司を誘導して、消えることを阻止できたとしても、その先にいる朝司は悲しんだり、怒ったりしている気がした。咲那のことを恨んだりするかもしれない。それでもいいと思う自分と、それじゃあダメだと思う自分の二人が存在していて、それじゃあダメだと思う自分が少しだけ優勢だった。

（ハッピーエンドにはならない……）

少なくとも朝司にとっては。

もし、朝司の願いを叶えることができたら、朝司は最後までいつものように微笑《ほほえ》みながら消えていく気がした。困ったように優しげに、時々いじわるな感じで。

（本当に残酷……）

好きな人に自分を殺してくれと頼まれたようなものだ。でも、きっと朝司の願いを叶えられるのは木葉でもなく咲那だけなのだろう。

それだけだ。

それだけが唯一、木葉には無い朝司と自分の絆だった。

（ずるいよ、ひどいよ……どうして私だけ、こんなこと……私だって岩永さんと普通に恋したかったよ……失恋でもなんでもいいよ……どうして私だけ……）

覚悟が決まらず、自分の境遇を嘆きながら泣くことしかできなかった。

それでも、きっと朝司の前ではもう泣かないのだとわかっている。

素直になれない自分のプライドとナルシズムが、心の底から嫌だった。

次の日の放課後、咲那は部活に行こうとする田代に「少し、お時間よろしいでしょうか？」と声をかけた。振り返った田代は、咲那を見て驚いたように目を見開く。

「大丈夫？　目の下のクマ、すごいけど……」

「ああ、ここ最近、考え事をしていて眠れなかっただけですので大丈夫です」

「悩み相談？」

「いえ……いや、そうですね。悩み相談といえば、悩み相談なのですが、人のいない場所で話せますか？」

田代は「いいよ」とうなずき、咲那についてくる。そのまま渡り廊下まで移動した。

「それでどんな話なの？」

「田代さんってお祓《はら》いとかできますか？」

「え？」

「そうなんだ……」

「二年二組で恋愛の神様をやってる岩永さんですが、成仏したいそうなんです」

「未練のようなモノもあったのですが、それも解消されました。なのに、まだ成仏ができないので、どうしたらいいものかと相談されまして……」

「私も霊感あるってだけで、霊能力者じゃないからなぁ……」

「親戚とかにそういう力を持ってる方はいませんか？」

「まあ、死んだおばあちゃんも私みたいな力を持ってたみたいだけど……」

考えこみながら「そうだなぁ」とうなっている。

「たしか、お祓いには二種類あるらしいんだよね。一つは、一般的なお祓い。清めたりして強引に調伏《ちょうぶく》したりするやつ。もう一つは浄化。霊感ある人間が霊を自分の中に取り込んで浄化する方法。一つ目のやつは私や小井塚さんとは違う別の才能が必要だと思う」

「なら、二つ目ですか？」

「それもさ、私から見るに小井塚さんがやってたって感じがするんだよね。ほら、時々、岩永先輩と一緒にいたでしょ？　正直、傍《はた》から見る分には浄化してたのかな？　って思っててさ……」

「え？　そうだったんですか？」

「もしかして無意識でやってたの？　それ危ないよ。霊の浄化って、悪い情を取り込むから、けっこうダメージ受けるみたい。最悪、命にかかわるっておばあちゃん言ってたし」

「でも、消えてませんよ。それに本人は、もう未練が無いって……」

「うん。そうなんだと思う。小井塚さんについてた煙とかも薄くなってるし……小井塚さんができる浄化はほぼ終わってると思う」

「では、どうして岩永さんは成仏できないんでしょうか？」

咲那の問いかけに田代は「うーん」とうなりながら考え込む。しばらくしてから「これは仮説なんだけど」と前置きして続ける。

「……岩永先輩が恋愛の神様だからじゃないかな？」

咲那は「どういうことですか？」と問い返した。

「私が見えるのは生霊とか死霊とか、なんか念みたいなモノなんだよね。でね、感情ってのは双方向でしょ？　幽霊から生きてる人への未練だったり、そういう執着が幽霊を存在させてるんだけど、逆もまたあってね。いわゆる神様とかがそうなんだけど、信仰とかも強い念として霊的なものを現世に縛るんだよ。特に神様なんてたくさんの人の念で縛られてるから、怒らせるとめっちゃ怖い。絶対に失礼なことはするなっておばあちゃんに言われたことある」

「では、恋愛の神様に関する噂が一種の信仰になっているため、それが岩永さんを縛ってるってことですか？」

「たぶん……本人の未練や執着が無いなら、その可能性があるんじゃないかな？　あとは、岩永先輩に消えてほしくないって強く願ってる人がいるとか？　まあ、そういうのでも縛られたりは

「……そうですか。幽霊ってそういう仕組みなんですね」

「いや、私もおばあちゃんに聞いた話を勝手にこねくり回して説明してるだけだから、本当にそうかはわからないよ。ただ、実際、岩永先輩にも、いろんな煙がまとわりついてる感じがあったしね。最近は怖くて近づけないレベルで……」

「今の岩永さんは怖いんですか？」

「私から見たらね。正直、あまり近づきたくないかな……もともとは、本当、ただの浮遊霊みたいな感じだったけど……」

あくまで仮説レベルではあるが、問題解決のための糸口はつかむことができた。

「小井塚さん、本気で岩永先輩を成仏させるの？」

「本人がそれを望んでますからね。乗りかかった船ですよ」

「……本当にいいの？」

不意に尋ねられたが、咲那は平静を装いながら「なにがですか？」と尋ね返した。

「いや、なんでもない。たしかに、あのまま放置しておくほうが危ないと思うし……」

霊能者である田代から見ると、朝司は危険な状態らしい。咲那にはわからないので、やはり見え方が違うのだろう。

「助かりました、田代さん。とりあえず、いろいろ試してみます」

「また何かあったら相談して。力になれることもあるかもしれないし」

「はい、ありがとうございます」

咲那はペコリと頭を下げる。

田代から話を聞いて、やるべきことがいくつか頭に浮かんでいた。

◆

執着や未練が無いといえば嘘になるのだろう。

岩永朝司は、目の前で一人喋り続ける木葉を見ながら、どうするのが正解なのかわからなくなっていた。

「それでね、美術部にも復帰したから、また絵を描こうと思うんだ」

放課後の二年二組の教室で木葉は、朝司が座っている誰もいない席に向かって一人で話し続けている。そんなことが、ここ数日続いていた。誰に見られようともおかまいなしに話しているため、一部では木葉がおかしくなったと噂されている。岩永朝司の祟りらしいと。

祟る気はなくとも、死者に縛られているため、呪いのようなものだ。

朝司は自分のことを言わなければ良かったと今になって後悔していた。ただ、あの時はストーカーに関する情報が知りたくて、その一心で木葉のことを考えている余裕が無かった。いや、少しはあった。朝司の死によって引きこもってしまった木葉が、朝司の幽霊が本当にいるのだと知れば、暴走したり感情的になることくらい予想できた。

それでも、自分の目的を選んでしまった。

どれだけマトモなフリをしたとて、自分は死者であり、執着と未練に縛られた悪霊なのだとつきつけられる。

(こうやって木葉が俺に話しかけてくれるのが切ないのに……少しだけ嬉しいと感じてる……)

日に日に木葉に対する独占欲が大きくなっている。付随《ふずい》して良くない考えが脳裏に浮かぶ。どんなにあがいても朝司が木葉に触れることはできない。生き返ることはできない。だが、もし、木葉が自分と同じように死んだら――

暗い衝動を拒絶するように目を閉じた。

(このままだとダメだ……)

今まではストーカーを見つけて木葉を守るということだけを考えてきた。その目的が無くなった瞬間、空虚になった心の器を別の何かで満たそうとしている自分がいる。しかも、激情だ。裸のエゴイズムだけが朝司の中で渦を巻いている。

不意に目の前の木葉が笑顔のまま固まり、顔が強張った。

「ねえ、なにか言ってよ」

「もう俺のことは忘れてくれ」

「どうしてなにも言ってくれないの？　どうして小井塚さんには見えて私には見えないの？」

泣きだしそうになる木葉を見ていると朝司も辛くなってくる。こんな辛い想いをさせるなら、いっそ自分と同じように――

「ダメだ!!」

朝司が叫んだ瞬間「また、ここにいたのか？」と声をかけながら男子生徒が入ってきた。木葉と同じ美術部に所属している辰吉隆史だ。

「なに？」

と、泣きそうだった顔に笑みを貼り付け、木葉が振り返る。辰吉は不機嫌そうに朝司のことを見ていた。正確には、生前、朝司がよく座っていた窓側最後尾の席を睨んでいる。

「……悲しいのはわかるよ。岩永君はさ、いい奴だったと思うし」

辰吉の言葉に木葉はなにも言わない。

「……俺が岩永にできることはなにかないかな？」

「できること……？」

「忘れられないのはわかるよ。たぶん、俺が岩永と同じ立場だったら、同じ感じになってたと思うし……」

「……私がおかしくなったと思ってる？」

辰吉は悲しげに「心配はしてる」とだけ言った。

「朝司はここにいるんだって言っても信じてくれないんだろうね……」

辰吉は「岩永……」と沈痛な面持ちで木葉を見た。

「岩永君はもういないんだ」

「……どうしてそういうこと言うの？」

「君のことが心配だからだよ」

「別に心配してなんて頼んでない。辰吉君には関係ない」

辰吉は、打ちひしがれたように視線を落とした。しばらくしてから覚悟を決めたように顔をあげる。

「俺は岩永のことが好きだ。だから、心配はする。岩永が嫌だって言うなら、もう口にはしないけど、心配はするよ」

木葉は無言のまま固まっていた。

「岩永が岩永君のこと、今も好きなのはわかるよ。たぶん、俺は絶対に勝てないんだと思う。それでもさ、俺は……」

木葉は鞄をひっつかむと、勢いよく教室を出ていった。残された辰吉は、茫然自失したまま、その場に立ちすくむ。

どう思うのが人として――もう木葉を幸せにできない男として、正しいのかわからない。ただ受け入れがたい感情が胸中に生じる。フラれた辰吉はざまあない。木葉は俺のモノだ。お前にはやらない。あいつは俺のことだけ好きでいればいい。

理性で感情を押し殺す。これは正しくない。この感情に流されれば、きっと良くない結末に至ってしまう。

辰吉は朝司に挑むような視線を投げてきた。

「俺は負けないよ、岩永君」

朝司は捨て鉢に短く笑ってから、辰吉を睨み返す。

「勝つとか負けるとかくだらないんだよ。ごちゃごちゃ言ってないで奪っていけよ。お前にそれができないなら――」

――俺がつれてくぞ。

とまでは口にできなかった。

◆

昼休みになると小井塚咲那は一人で、ふらりと屋上の扉前までやってくる。誰も来ない場所で、いつものように昼食のパンをかじっていたら、隣に誰かが座った。

「最近、来ないね」

朝司のほうは向かずに「木葉さんがいるからしかたがないじゃないですか」と答えた。

「……どうしたら俺は消えられると思う？」

その方法を咲那は考えてきた。

考えたくないし、実行にも移したくはない。だが、頼りにならないと朝司に思われるのも嫌だった。協力関係が自分と朝司の繋がりなのだから。

「私の知り合いに霊能者がいるんですが……」

「マジで？　すごいね。その人が俺を消してくれるとか？」

「いえ、その人にはそういう力は無いそうです。ただ、その人が言うには、今の岩永さんはいろんな人の思念やら情念やらで現世につなぎ留められてるそうです」

「木葉のこと？」

「それもあるかと思いますが、それ以上に『恋愛の神様』という噂のほうが影響力的には強いそうです。今でも相談者は来るんですよね？」

「まあ、最近は木葉がいるけど、そうじゃない時は来たりするね」

「要するに、みんなが噂を信じて、岩永さんに助けて欲しいと思ってるんです。ある種の信仰ですね。神様が消えないのは、信じている人がいるからです」

「てことは、噂が消えない限り、俺はこのままってこと？」

愕然とした表情をしていた。

「そうなりますが……しょせんは噂です。本当の信仰とまではいきませんよ。それに、方法は考えてます」

「どんな方法？」

「岩永さんの代わりに恋愛の神様をやってくれる人を作るんです」

「いや、無理だろ？　だって、あの噂って俺のいろんな要素が……」

「私がやります」

「え？」

「私の能力を知ってますよね？　人の感情を一瞬で見抜いて、その周辺情報を勝手に頭が推理して、いろいろわかっちゃう系の力です。このシャットアイがあれば、私は最強の占い師になれます」

　恋愛の神様の噂を信じる人々は、願いが叶うという御利益を求めている。あるいは、恋の悩みを吐露して楽になりたいのかもしれない。

「恋愛の神様以上に問題を解決する最強恋愛占いマスターが登場したら、もう誰も恋愛の神様に頼る必要は無くなります。それで、岩永さんを縛る力は弱まるはずです」

「いや、でも……君は嫌なんだろ？　人の感情を見抜くのが」

「そりゃ嫌ですよ」

　あなたが好きだから、嫌なことでもするんです、と言えたら、どれだけ楽だろうか。朝司はどんな顔をするだろうか？　どうして言わないのだろう？

　ああ、そうだ。言えば、きっと朝司は勝手に傷つく気がする。咲那に負い目を感じて、もう笑いかけてくれない気がする。それが嫌なのだ。

「私がやる以外、方法が思いつきません。それに、長くて卒業まで二年弱の苦痛で済みますが、岩永さんの場合、これから先、ずっと恋愛の神様として縛られ続けるかもしれません。どっちが不幸かと考えたら、私の不幸のほうが幾分マシってだけですよ」

「それは……」

「多少は気に掛けてくれるんですね」

「あたりまえだろ！　君には迷惑もかけたし、世話にもなった。嫌なことを強要したくはないよ……」

いい人アピールはやめてほしい。さり気ない言葉が咲那の胸に突き刺さって傷になる。

「それは卑怯です。そうやって優しいフリをするくらいなら、自分勝手に私にお願いしてくださいよ。そっちのほうが、まだがんばれます。だいたい、今までも目的のために私を利用していたじゃないですか」

「それは、そうだけど……協力って言ってほしいな。コイバナだって教えただろ」

「まったく役に立ってませんけどね」

朝司は苦笑を浮かべながらも、神妙な面持ちで咲那を見た。そんな顔で見ないでほしい。照れてしまうじゃないか。咲那は逃げるように昼食のメロンパンを頬張った。

「……小井塚さん、俺を助けてほしい」

「わかりました。助けてあげます。めちゃ感謝してください」

「ああ、感謝するよ。他に俺にできることがあるなら、なんでもする」

「岩永さんにできることなんて、私の前で笑ってることくらいですよ。いつものように胡散臭《うさん》い感じでニヤニヤしててください」

「ひどい言い方だな。そんなに胡散臭いか？」

不服そうに朝司は自分の顔を手で触っていた。そんな様子がおかしくて、切なくて、愛おしくて、メロンパンの甘さなんて忘れてしまう。

「それでも、木葉さんの執着のほうも大きいんですけどね。もういないって言っても信じてくれませんし……けっこうメンヘラ気質ありますよね、木葉さん」

「もう少し言い方ってものをだな……」

「メンヘラ同士お似合いだったと思いますよ。ただ、その未練と執着を断ち切らないと、岩永さんは成仏できないと思います」

「どうすればいいんだ？」

「さあ、そこは追って考えます」

咲那はメロンパンを包装していたビニール袋を折りたたみながら立ち上がる。

「安心してください。私が岩永さんたちのコイバナをハッピーエンドにしてあげます」

朝司は穏やかに微笑んだ。

「ああ、期待してるよ」

咲那は微笑んでから、階段を降りていく。

この関係はなんなのだろう？　と思った。ただの片思いだろうか？　友情だろうか？　どちらにせよ、恋愛という戦場では二つとも負け犬の烙印《らくいん》を押されるだろう。

だから、違うと思いたかった。

もっと尊いものだと思いたかった。

少なくとも、今の自分を誇れる何かではあるはずなのだから。

放課後、咲那は部活に行こうとする田代を捕まえた。

「あの……えっと、一つ頼みたいことがあるのですが」

田代はいつもの明るい笑顔で「いいよ、なに？」と尋ねてくる。咲那は田代に「ここでは、ちょっと」と言い、ひと気の無い渡り廊下まで連れ出した。周囲に人影が無いことを確認し、咲那はおずおずと口を開く。

「えっと……田代さんのご友人に噂好きで顔の広い方はいらっしゃいますか？」

「……いきなりどうしたの？」

「以前、お話ししたように岩永さんを成仏させるために頼みたいことがあるんです」

そう前置きして、咲那は自分が恋愛の神様になるための方法を伝えた。咲那の話を聞いているうちに田代の眉根が寄っていく。

「小井塚さん、人の表情を見るのは嫌なんでしょ？」

「……そうですけど、しかたがないと思います」

「まあ、じゃっかん、悪霊っぽくなってきてるしね……」

「そうなんですか⁉」

思わず大きな声をあげてしまった。田代は神妙な面持ちで話を続ける。

「モヤの色が黒くなってきてるって感じかな……それを言うと岩永木葉さんのほうにも関係ありそうだけど……」

悠長なことをしている余裕は無さそうだった。

「とにかく話はわかったよ。小井塚さんを恋愛占いで有名にするってことだよね？」

「……はい。そうです」

「うん、協力する。明日にでも友達に話を振るよ」

「……ありがとうございます」

田代は「じゃあね」といつもの明るい雰囲気のまま、咲那から離れていく。咲那は頭を下げつつも朝司が悪霊になっていっているという事実が、頭から離れなかった。

（岩永さんが消えたがってるのも、きっと、それがわかってるからなんだろうな……）

木葉に悪い影響を与えたくないと思っているのだろう。咲那に対しては自分勝手なことを言うくせに、木葉に対しては優しい。胸がうずくように痛む反面、そういう優しいところが好きなんだろうな、と思ってしまう自分がいた。

涙に変わりそうな胸の痛みを深呼吸とともに吐き出す。覚悟を決め、咲那は歩き出した。


「小井塚さん、占いが得意ってマジ？」

植草《うえくさ》加奈《かな》が興味津々の顔で咲那を見ている。

咲那が珍しく昼休みに教室にいたら木葉に声をかけられたのだ。その流れで田代のランチグループに放り込まれた。事前に田代と計画していたとおり、咲那が占いをしているという話題になり、加奈が食いついてきたという流れだ。

「あ、はい、最近、タロットカードにハマってまして。占ってみましょうか？」

「マジで？　いいの？」

「いいですよ」

ニコリと嘘の微笑みを貼り付けながら、咲那は鞄の中から通販で買ったばかりのタロットカードを取り出した。

タロットカードにもそれぞれ意味があるようだが、そんなものはどうでもよかった。だいたいがバーナム効果を使うためのとっかかりでしかない。

　バーナム効果とは、誰にでも当てはまるような事象を、さも個人に当てはまっているかのように捉えてしまう心理効果のことを言う。

　咲那はシャットアイという能力を持っているが、占い師というモノを信じていない。その多くはコールド・リーディングという技術で説明できるからだ。

「なにを占ってほしいですか？」

「もち恋愛」

　即答する加奈に周りが苦笑する。どうやら最近、彼氏と別れたらしい。咲那はタロットカードを机の上で混ぜるように置いていく。

「今回は大アルカナと呼ばれる二十二枚のカードで占います。小アルカナを含めると七十八枚で構成されるのですが、大アルカナのほうがわかりやすく、パワーがあるんです」

　正直、どんなカードが出ようとかまわないし、タロットカードさえ必要無い。だが、こういう雰囲気作りはコールド・リーディングの常套《じょうとう》手段だ。それは霊視だったり、手相だったり、姓名判断だったりする。ある種の権威付けのための作業だ。人は権威に弱い。権威への服従原理をミルグラム効果とも呼ぶ。

「タロットカードというのは常に全てのことがわかるわけじゃないんです。これは、あくまで暗示。私はその手助けをするだけです。私ではなく、植草さんのほうが気づくことも多いんです。そのことを忘れないでくださいね」

　加奈は「オッケー」と言いながら混ぜられていくカードを見ている。最初にやるのは信頼関係と協調関係の確立だ。一応、クラスメートということで信頼関係はある。協調関係の確立は、相談者に能動的に発言してもらうための布石である。「当たってる」とか「思い当たる」などという反応をしやすい空気に誘導するのだ。

咲那はシャッフルし終えたカードをまとめ、山にした。それを加奈に手渡し、カットするように頼む。

「恋愛のことを意識しながらカットしてください。込められる念が強ければ強いほど、暗示の精度もあがります」

加奈はカードをジッと見ながら切っていた。こちらの言うことを素直に聞いている時点で信頼関係も協調関係も成立している。占ってほしいと向こうから来る時点で、土台作りは簡単ではあるのだが。

「気が済むまでカットしてください。終わったら、カードを私に返してください」

カードの山を受け取り、更に何回か咲那がカードを切る。

「占いというのは暗示ですので、時にピンと来ないモノが出てくることもあります。私もまだ不慣れなので、そこのところご了承お願いします」

とミスした時の言い訳もしておく。そして、咲那は一番上のカードをオープンした。出てきたのは——

「ハングドマン、吊るされた男ですね」

「なんか怖いね」

「植草さんは優しい人なんですね。ハングドマンのカードは、見た目は怖いカードに見えますが、これは自己犠牲を表しています」

誰だって自己犠牲的な部分を持っている。咲那のシャットアイならば、今の言葉に共感しているか否定しているかが見抜ける。能力を使わなくても、加奈はうんうんとうなずいていたから、この流れで問題ないだろう。

方向性を得たら、そこから拡げていくだけだ。

「もしかしたら、植草さんは恋愛でも我慢してしまいがちなのかもしれません。例えば、相手に対して言いたくても言えないことがあったりするのではありませんか？」

完全なバーナム効果を狙った言葉だが「なんでわかるの⁉」と加奈は驚いた顔をしていた。こういう人が占いとか自称霊能者に騙されるんだろうな、と思いながら進めていく。

「最近、おつきあいされた人と別れたと聞きましたが、そういったすれ違いから生じたのでは？」

「うん、なんか相手の連絡とか雑でさ。既読スルーとかされまくって……」

「大切にされてないと思って悲しかったんですよね？」

「うん、そう」

過去のことを思いだしているのか、沈痛な面持ちでうつむいていた。カードの内容にかこつけて相手の感情や思考を公開するように誘導し、質問の中に思考の先取りや感情の言い換えを重ねていく。そういうことを続けていると――

「てか、どうしてそこまでわかるの？」

と驚かれるようになる。

コールド・リーディングの流れというのは、性格に関する要素、事実や出来事に関する要素、相手の情報を引き出す要素、未来の出来事に関する要素、の四つくらいに分類される。

ざっくりとした四つの要素を得るために様々なテクニックを使いながら、相手を心理的に誘導し、信じさせていくのだ。

例えば、性格に関する要素なら、バーナム効果で信じさせ、会話で情報を引き出しながら、次次とテクニックを駆使して相談者の事実や出来事を当てていく。その時点で、ほぼ信頼関係は構築できるし、あとはそれっぽい未来のことを伝えて、納得させればいい。

「辛い恋愛を経験なさいましたが、これから先は明るくなる暗示が出てますね」

今は苦しくても未来は明るいとポジティブに語る話術を「ポリアンナの真珠」と呼ぶ。典型的なテクニックであり、エレナ・ポーターが書いた小説に出てくる楽観的な少女ポリアンナにちなんでいるらしい。

更には曖昧な予言や事実に関する予言など、どう転んでも外れようがないが、相談者にとってこの場で納得できる言葉を並べていく。

予言前に信頼関係は築かれているし、今、この場ではわからない答えなので、この場で否定されることは無い。

なにより占いというのは、未来を言い当てるより、その前の準備段階で相談者に「この人は私のことを全て知っている」と思わせるためのテクニックと言っていいだろう。そこさえ構築してしまえば、外れようの無い予言を言えばいい。それで信者を作ることができる。

例えば「これから先は明るくなる」と言うのも、期限は設けないし、具体的になにが起きるかは言わない。聞かれれば答えるが「恋愛、あるいは生活に関することですね」と相手が聞きたい単語と一緒に全てのことに言える単語も放り込むのだ。こう言っておけば、その場では「いい恋愛が待ってる」と相談者の欲求を満たし、相談後になにかいいことがあれば「当たってる」となってくれる。

技術さえあれば、占いという手法で誰かを信じさせるのは楽だ。ましてや、咲那は他人の感情を読めるため、一般的な占い師より高い精度で、相手の心理を誘導することができる。

「以上で終了です」

「……小井塚さん、マジすごくない？　めっちゃビシバシ当てるし！」

「未来のことはまだ当たってませんよ。それに未来を占うというのは、待っていれば何かが起きるということじゃないんです。いい結果が出たなら、それをつかむために本人の努力も必要なんです」

と言っておけば、相談者が占い結果というゴールに向かって勝手に進んでくれる。

「わかった、私、がんばる！」

チョロいものだ、と思った。加奈以外のランチメンバーたちも興味津々となっており、一番驚いたのは、イカサマだと知っている田代まで「私も占って」と言い出したことだ。てっきりサクラ的言動かと思ったが、本気で信じているようだった。

そんな風に占っていたら、田代のグループとは違うクラスカースト上位勢も「なにしてるの？」と興味を示してきた。そんな発言権の強い人たちの前でも「当たってる⁉」「どうしてわかるの⁉」と相談者が叫べば、信用度は勝手にあがっていく。

とりあえず、昼休みが終わるまで占いを続けた。

「え〜、終わり〜？」

チャイムが鳴ると同時に、まだ占ってもらえていない人々が残念そうな声をあげた。

「放課後、占ってほしければ、やりますよ」

「マジ⁉」

と声をあげていた。咲那は「どうせですから」と前置きして続ける。

「恋愛の神様にもあやかりましょうか？　そうですね、放課後は二年二組の教室を借りましょう。霊的磁場があると、占いの精度もあがるので」

今日から自分が恋愛の神様になるのだと覚悟を決める咲那だった。

◆

ここ最近、うとうととしているうちに時間が過ぎていくことに岩永朝司は気付いていた。眠っている、というより意識が虚ろになるのだ。以前は夜だけだったのが、最近は昼間も、そうなることが増えた。

（消えかかってるのか……？）

確信は無いが、そう考えるのが妥当だった。

咲那は宣言どおり、放課後になると、朝司の特等席に座って占いを続けていた。最初は二年三組のクラスメートだけの賑わいだったが、二年二組の生徒にも波及し、恋愛の神様である朝司に相談しにきた者も咲那が占いで答えを出すようになっていった。

しかも、これが当たる。

咲那のシャットアイの能力もあるのだが、朝司が見聞きした秘密なども咲那に伝えることで真実味が増していくのだ。しかも、咲那は今までのコミュ障ぶりが嘘のように、相談者と信頼関係を構築し、占い結果に満足させていた。

咲那が言うには「占いなんて当たらなくていい。望んだ答えがほしいだけ」らしい。そんな具合に繁盛したため、咲那の評判は口コミで広がっていく。今や、学校中で咲那の占いが話題になっていた。

　そして、咲那の噂が広まれば広まるほど、朝司の恋愛の神様の噂は弱まっていく。少なくなった朝司への相談者も咲那が掻《か》っ攫《さら》っていくのだから無理も無い。しかも、ただ話を聞いてくれるだけの神様よりも、アドバイスをしたり悩みの本質をズバッと解明したりする占い師のほうが重宝されるのも無理は無かった。

（消えてもいいはずなのに……）

　それでも胸の中で何かが引っかかっているかのように、朝司はまだ存在していた。そんな朝司の前で咲那はタロットカードを切りながらため息をついている。

「今日の相談者もそろそろ終わりですかね……」

　二人だけの放課後の教室で、咲那はポツリと言った。朝司は相談者が座る向かいの席に座って、咲那に微笑みかける。

「大人気じゃないですか、小井塚先生」

「占いなんてテクニックさえ知ってれば、誰でもできますよ」

　なんでもないかのように言った。

「もう恋愛の神様への相談者なんてほとんどいないんだろうね」

「続けていけば、そうなると思います」

「でも、まだ消えない。なんでだと思う？」

「……可能性として考えられるのは」

　言いながら咲那がタロットカードを一枚めくった。ラバーズ。恋人のカードだ。

「岩永さんのことを好きな人の未練や執着でしょうね」

「木葉か……」

朝司は窓のほうへと視線を流した。あとは木葉の未練を断ち切るしかない。

「……ストーカー容疑者だった辰吉隆史って覚えてる？」

「はい、覚えてます」

「あいつ、ちょっと前に木葉に告白してフラれてる」

「……そうですか」

「……木葉は部活に出てる？」

「ええ、美術部には参加しているようですよ」

復帰後、改めて美術部に所属した木葉は、今も絵を描いているようだった。咲那が占いを始める前は、部活が終わった後に二年二組に顔を出し、朝司に声をかけていた。最近は、遅くまで咲那が居座っているのと、咲那が既に朝司は成仏したと言い続けていることもあって、以前のように話しかけてくることは少なくなった。

だが、それでも、時々、朝司のいる席を見ることがあった。目が合うのだ。

「木葉が辰吉のことを好きかどうかはわからないけど……次の恋に進ませるのは可能かな？」

「……人の気持ちは、そんな単純なモノじゃないと思いますよ。往々にして、この手のことは時間でしか解決できないことですから」

「それを速めることはできるだろ？　君ならさ」

「私をなんだと思ってるんですか？」

咲那は呆れながらタロットカードを切り始める。こなれた手つきになっていた。

「すごい人だとは思ってるよ。君は何の得も無いのに俺につきあってくれたし」

「……小説執筆のためです。それに、占い師というのはコイバナが集まってきますしね。ネタの宝庫なので、得が無いことはありませんよ」

「どうしたら木葉は俺を忘れてくれるかな？」

「……好きな人を忘れるなんて無理ですよ」

「でも、一般的に女性は恋愛の記憶を上書き保存していくって」

「……経験無いのでわかりませんけど、それは感情的な意味だと思います。だいたい好きな人を前にして昔の人のことを考えてるなんて不義理じゃないですか。男性の別フォルダに保存というほうがどうかと思います。好きは一人に絞ってください」

言いながらタロットカードをめくった。

「いずれ、別に好きな人はできると思います。でも、忘れることはありませんよ。絶対に。それは断言できます」

「そうか……」

「急ぐ必要はありませんよ。計画は順調に進んでるんですから……」

「怒りがあるんだ……」

朝司のつぶやきに咲那が視線を向けてくる。

「よくわからない怒りの感情がさ……そもそも俺がこんな状態になったのは、木葉を守りたいって想いより、きっとストーカーに復讐したいって想いだった気がする」

「そんなこと……」

「あるよ。今も理由のわからない怒りのようなモノが胸の中でくすぶってる。消えかかってるっていうのにさ。なにかに俺はまだ怒ってるんだ。それがわからないのに……」

咲那は悲しげな顔で朝司を見ていた。

「消えかかってるからこそ、この怒りに飲まれそうになる瞬間があるんだ……いないはずのストーカーに対する怒りなのかな？　この怒りのままに行動したら俺は木葉を傷つけてしまうかもしれない」

「岩永さんを忘れさせるなんて無理です……」

「忘れさせなくてもいい。次に進ませてやってくれ」

咲那は沈痛な面持ちで眉根を寄せてから、視線を落とす。

「……どうしてそこまでやるんですか？　岩永さん、木葉さんのこと好きなんですよね？　好きな人が別の人を好きになるのとか、それを見るのなんて辛いじゃないですか」

「辛くないって言えば嘘になるけど……」

朝司は苦笑を浮かべた。

「……木葉が不幸になったり悲しんでるのを見ているほうが辛いよ。それなら、どんな形であれ、笑っててほしいし、幸せになってほしい。俺がそうしたかったけど、無理だからさ」

咲那は大きく深呼吸をし、目を閉じた。そのまま「あーあ」と言いながらうなだれる。

「……わかります。わかりたくないけど」

と小さな声でポツリと言った。うなだれたまま咲那は言葉を続ける。

「いろいろやってみますよ。どこまでできるかわかりませんけど、岩永さんにとってのハッピーエンドは私が用意してあげます」

「ありがとう。君には本当に感謝してる」

朝司には感謝の言葉を伝えることしかできなかった。

◆

小井塚咲那がいつものように朝司の席で占い師をしていると、時間は勝手に過ぎていく。下校のチャイムが鳴り、そろそろ帰ろうかと思ったところで木葉がやってきた。

「おつかれさまです。部活、終わったんですか？」

「え？　あ、うん」

咲那の言葉に木葉は曖昧な笑みで返した。咲那に用があったというより、朝司に用があったのだろう。咲那はタロットカードを机の上で混ぜ始めた。

「そういえば、木葉さんは私の占い、受けてませんよね？」

「そうだね。ほら、他の子がやりたそうだったからさ」

「どうですか？　一度」

「私は……」

咲那はテキトーにタロットカードをめくる。死神のカードだったので、それを木葉に見せた。

「悩みがあるという顔をしてますよ？」

木葉は答えずに咲那のほうへと歩み寄ってくると、そのまま前の席に座り、咲那のことをジッと見つめてきた。

「小井塚さん、どうして占いなんて始めたの？　朝司の代わりみたいに、この席に座ってさ」

「それが成仏してしまった岩永さんとの約束だからです」

朝司は今も咲那の横に立って、木葉を見ていたが、下手に視線を向けようものなら木葉に感づかれそうなので、いないフリをしていた。

「……どんな約束?」

「木葉さんの背中を押してほしいという約束です。本当は岩永朝司さんが幽霊になって存在していたことを、木葉さんに言うべきではなかったんです。縛られてしまうから」

言いながら咲那は机の上に広げていたタロットカードをまとめ、カードの束を切っていく。

「実際、今もなお縛られてますよね? 無理もありません。それを見越して、岩永さんは私に頼んだんですよ」

「……本当に朝司はもういないの?」

「はい」

「最後になんて言ってた?」

その問いかけに朝司が答える。

「俺を忘れてくれ」

咲那は言われたとおり「自分を忘れてくれと言っていました」と答えた。言いながら「無理だってわかってるくせに」とも思った。

「無理だよ、そんなの……」

「ええ、わかります。大好きだった人が死んでしまって、忘れかけてたところに、実は幽霊となって、自分を助けようとしていた。そんなことを知らされれば、心の弱っていた木葉さんにとって衝撃になるのも無理はありません」

咲那はカードの山の上から一枚をめくって、木葉に見せる。

「そのカードは？」

「星のカードです。意味は希望、ひらめき、願いが叶う。絶望からの再生。逆位置になれば、失望、絶望、無気力、高望み、見損ない」

「本当に当たるんだね……」

続けてもう一枚、咲那はカードをめくった。運命の輪が出た。

「今は絶望や失望の中にいるのだと思います。ですが、同時に絶望からの再生の暗示もあります。そして、運命の輪には思いがけない幸運や偶然のチャンスなどの意味もあるんです」

「それは……小井塚さんのことじゃないかな？　小井塚さんがいなかったら、私はまだ一人、部屋で引きこもってたから……」

「それもあるかもしれませんね。ただ、未来の話をするなら、既に別のチャンスが来ている可能性があります。まあ、チャンスというか……そうですね、出会いでしょうか？」

木葉は視線を横にズラした。なにか隠したいことがあるのだろう。おそらく、辰吉のことだと当たりをつけた。タロットカードをまた一枚めくる。正義のカードだった。いろんな意味合いがあるが、なにが出ても強引に話に引っ張れるのがタロットカードのいいところだ。

「正義のカードの意味はいくつかありますが、公正、客観的判断……木葉さんを心配する人が私やご家族以外にもいるんじゃないですかね？　そんな気配がします」

驚いたように木葉は目を見開いた。やはり辰吉のことを考えていたのだと読み切る。

「タロット的にこれは先ほどの運命の輪とも繫がっていますね。その人が木葉さんにとっての運命の可能性があります」

「そんなこと……」

「否定したい程度に心当たりがありますか？」

「あるけど……」

「告白されたとか、そんなところでしょうか？」

「……どうしてわかるの？」

朝司から聞いたからだとは言わない。

「わかるわけではありません。全てはタロットカードが示してくれるだけですよ。ですので、まあ……外れることもありますけどね。その告白してきた方のことを、木葉さんはどう思ってらっしゃるんですか？」

「……別に普通だけど、好きだって言われても困るって言うか……」

「嫌いではなさそうですね」

「好き嫌いがわかるほど知らないだけだよ……」

「なにか迷いのようなモノがありますね？　それは岩永さんと関係があるようですけど……」

「……朝司のことを忘れることなんてできない。他の人に好きだとか言われても、私は朝司のことが今でも好き……」

「ですが、もう岩永さんはいません」

木葉は黙り込んでしまう。

「何度も言いますが、忘れる必要はありません。好きなら好きなままでいいんです。ですが、それに引きずられてはいけません。そのことを岩永さんは心配なさってました。だから、こうして私に占い師みたいなことをさせやがったんです」

咲那はため息をつく。

「ストーカーの嘘についても岩永さんは怒ってませんでしたよ。ただ、安心なさってました。だから、もう罪悪感に縛られる必要は無いんです」

「……それでも」

「そうですね、自分を許せないのだと思います。ただ、自分を許せるのは自分だけです。そして、岩永さんは、木葉さんが木葉さん自身を許してあげることを望んでいました」

木葉はうつむいてしまう。咲那は机の上に置かれていた木葉の手を両手で優しく包むように握った。

「好きな人を忘れる必要はありません。罪悪感だって簡単には消えないでしょう。そういうものを全部抱えて前に進んでいくしかないんです。及ばずながら私も力になります。いえ、私だけではありません。ご家族もそうですし、占いで出たような、木葉さんを大切に想う人はたくさんいます」

ギュッと力を込める。

「一緒にがんばっていきましょう」

うつむいたまま木葉は涙をこぼしはじめる。

「……どうして、そこまでしてくれるの……？」

「友達だからです」

嘘ではない。不思議なことに自分でも、木葉のことを友人だと認識している。恋敵なのに。

「……朝司に頼まれたんでしょう？」

「出会いはそうだったかもしれません。でも、今は木葉さんのこと、友達だと思ってます」

「……朝司は……もうなにも……言ってくれないの？」

「はい」

平気な顔で嘘をつける自分に驚いた。友人だと言っておきながら、綺麗に嘘をつける自分はまるでサイコパスだな、とも思う。

木葉はうつむきながらすすり泣いていた。ぎゅっと手を握りながら咲那は思う。

(好きな人のために私は詐欺師にまでなっちゃうのか……)

自分の変化に呆れる。誠実であることを望んでいた自分が、今やワイドショーを賑わすような恋に溺れて罪を犯した犯罪者のようだ。

こんな自分、知りたくなかったと思いながらチラリと横目で朝司を見た。

朝司は辛そうな顔で木葉を見ている。

せめて、朝司に笑ってほしいと願う自分がわからなかった。


木葉を前に進ませるためには、木葉自身の変化も必要だが、周りの手助けも重要だと咲那だって思う。

「辰吉の背中も押そう」

と、そんなことを朝司が言い出した。咲那は屋上扉の前の階段に座ったままジャムパンを食べていた。特に口を挟まず話の続きを促す。

「木葉が辰吉のことを好きかどうかはわからないけど、あいつ、どことなく雰囲気が俺に似てるし、可能性はゼロじゃないと思うんだ」

咲那はジャムパンを食べながら朝司の言葉に応えた。

「……似てますかね?」

「なんやかんやで木葉は面食いだからな……」

「さも自分がイケメンみたいな言い方ですよ？」

「中の上くらいにはいるはずだ」

朝司の見た目は爽やかなスポーツマンだ。顔立ちは整っているとは思うが、テレビに出るアイドルほどではない。だが、恋は主観だ。客観的判断など、どうでもいい。

「辰吉は悪い奴じゃないと思う。それに、オタク趣味的なところで木葉とも話が合いそうだし」

「そういうことは周りがどうこうする話じゃないと思いますよ。下手につついて逆効果になることだってありますし」

「無理にくっつけるつもりは俺にだって無いよ。最終的に決めるのは木葉だ。でもさ、アドバイスの一つでもあげたいんだよ」

「どうしてですか？」

「美人って放っておいても男が寄ってくるだろ？　まともじゃないのも寄ってくるし、そういうのは概して押しが強い」

「まあ、木葉さん、押しに弱いところありますしね……」

ズカズカ押しに押した結果、引きこもりをやめさせた咲那にも実感はあった。

「変な男に捕まって不幸になってほしくないんだよ。あいつ、そういうところあるからさ。男運、無いんだよ」

苦笑まじりに言っていた。咲那はため息をついてから尋ねる。

「本当に後悔はしませんね？　岩永さんの恋敵の背中を押すってことですよ？」

「俺のほうが恋敵にすらなってないと思うけどね」

その自嘲的な言葉に咲那も胸が痛くなった。お互い境遇が似ている。そんな繋がりに気づけば、痛みが痺れるような心地よさに変わってしまう。心がコロコロ変化する自分が滑稽だった。

やりたいかやりたくないかで言えば、感情的にはやりたくない。人の恋路に口を出すのは野暮だと思うし、木葉に頼まれたわけでもなかった。自分たちの都合のために木葉の心理を誘導するというのが、やはり引っかかる。

大義名分なんて無い。木葉からすれば、裏切りとも取られかねない行為だ。朝司のことを自分勝手な人だとさえ思う。こういうところが、悪霊なのかもしれない。

「頼むよ」

子犬のような顔で言われて、断われるわけがなかった。悪霊め、人の弱みにつけこんで。許せない。それでも断われない自分が情けない。

「……わかりました。なんかテキトーにアドバイスの一つでも送りますよ」

「ありがとう、助かるよ」

ホッとしたような微笑みだけで、胸が高鳴ってしまう。脳内麻薬が出ている気がした。心理的な条件付けだ。客観的に考えても、マトモではない。わかっている。そんな自分を誤魔化すように咲那はジャムパンのビニール袋をクシャクシャに丸めて、立ち上がった。

「……で、その辰吉さんはどこにいらっしゃるんですか?」

「いきなり行くの?」

「面倒事は可能な限り、早く片づけたい主義なんです」

「君らしいね」

苦笑を浮かべながら朝司も立ち上がる。

「たぶん、美術室だと思う」

部活に所属している生徒は、部の仲間と昼食を食べることが多い。おそらく美術部もそうなのだろう。咲那は階段を降りていき、途中置いてあったゴミ箱に丸めたビニール袋を捨て、美術室へと向かって歩いていった。

美術室の前はひと気が無く、相変わらず木葉の絵が飾られていた。辺りに誰もいないことを確認し、咲那は朝司に小声で話しかける。

「岩永さん、この絵の描かれた場所……たしか弥彦神社でしたっけ？」

「ああ、そうだけど……」

「そういえば、蛍がどうとか木葉さんと約束してたとか言ってませんでしたっけ？」

朝司は遠くを見るような目になってから、悲しげに苦笑を浮かべた。

「ああ、近くに蛍が見える場所があるって言っててさ、次の夏休みには一緒に行こうって誘われてたんだよ」

「なるほど……」

「行こう」

と言いながら朝司が美術室のほうへと歩いていくので、咲那は追いかけるように並び、扉をノックしてから開けた。美術室にいたのは男子生徒が一人だけだった。てっきり他にも部員がいるかと思っていたが、一人だったので驚く。

「なにか用ですか？」

立ち上がった辰吉に咲那は「いえ」と口ごもる。どう切り出すか考えていなかったのだ。とっさに――

「岩永木葉さんが、今、どんな絵を描いてるのか気になりまして」

と嘘をついた。

「ああ、この前、見学に来た……たしか……」

「えっと、その……小井塚です……」

「小井塚って、あの恋占いの？」

「いえ、まあ、はい……」

視線をそらしつつ答えた。やはり占い師としてのスイッチを入れないと、他人と話すことに忌避感はある。

「岩永の絵だけど、さすがに本人の許可なく見せられないんだ。ごめんね」

「あ、そうなんですね……えっと、どんな絵を描かれてるんですか？　木葉さんに聞いても教えてくれなくて」

実際、雑談時に尋ねても言葉を濁されてしまう。

「まだ、決まってないんじゃないかな？　いろいろ悩んでるみたいだったよ」

穏やかに微笑むところが、たしかに朝司と雰囲気が似ているのかもしれない。一部の男子特有のガツガツした感じがなく、物腰が柔らかかった。

「岩永さんは部活、元気にやってますか？」

「……変なこと聞くね」

「本人に聞いても、『まあ、テキトーに』くらいしか言わないので」

「もともと知り合いはいたからね。うまくやってると思うけど……」

表情に粉飾の気配があった。何かを隠そうとしている意図がある。無理も無い。朝司の発言が正しいならば、辰吉は木葉に告白しているのだから。不意に「そろそろ昼休み終わるよ」と朝司に言われたので、強引にでも切り込むことにした。

「あ、気のせいだったら申し訳ないんですけど、えっと、なにか悩み事とかありませんか？」

辰吉は驚いたように目を見開く。

「例えば恋愛関係とか。誰かに告白とかしましたか？」

「……岩永から聞いたの？」

「木葉さんに告白したんですか⁉」

とわざとらしく驚いたフリをしてみせた。

「あ、いいえ、すみません。本当に何も知らなくて……なんか、いろいろ悩んでる風だったので……」

「……本当に見抜くんだね」

噂というのは一種の権威付けだ。すんなり信じてもらえて助かる。

「まあ、ちょっとした違和感だったり雰囲気だったりで、なんとなくですよ。すごい力とかじゃないので……オーラとか、そういうのも見えませんし」

「……そうなんだ。なんか、自爆しちゃった感があるな」

辰吉は苦笑を浮かべていた。

「占いましょうか？」

「いや、いいよ。そういうのは、ちょっとね……」

「そうですか……では、木葉さんとの関係を築く上でのアドバイスを少々しましょうか」

「それは助かるけど……」

朝司が「一回程度で諦めるなと言ってくれ」と耳打ちしてくる。その距離感に顔が熱くなったが、誤魔化すように咳払いをした。

「今はまだ難しいでしょうけど、アレで押しに弱いところもありますので、友人としてのつきあいをがんばってください。あと、きちんと好きだということを意識させるのも重要です」

「……そういうもんなの？」

「まあ、あまりに何度も言われるとうっとうしくなるかと思いますが……それと好きな漫画とかアニメの話を振ると、けっこう多弁になります」

「そうなんだ……意外だな……」

「ＬＩＮＥの連絡先、交換しませんか？　いろいろご助言できるかと思いますよ？」

「……それはいいんだけど、どうしてそこまでしてくれるんだ？」

違和感を持たれてもしかたがない。好きな人のためだと言えたら、どれだけ楽だろうか？　だが、そんなことを言えるはずがない。

「……自分のためですよ。友人がグジグジ言ってるのを、いつまでも隣で見ていたくないんです。別に私は木葉さんが前向きになってくれるなら、相手が誰だっていいんです。私が信用ならないなら、私は他の候補の方をお手伝いするだけですので」

言いながら立ち去ろうとしたら「他のってどういうこと？」と呼び止められる。

「木葉さんモテますからね。告白してきたのはあなただけかもしれませんけど、クラスの男子もいろいろ気に掛けてますよ？　あ、私の知らないところで、既に告白されてるかもしれません」

と煽るだけ煽っておいた。

「連絡先、教えてくれないか？」

辰吉は勢いよくスマートフォンを突き出してきた。

咲那は、ここ最近、ますます朝司の表情が読み取れなくなっていた。

オカルト的な書籍を読んだところ、幽霊というのは、鏡などに映らないため、自分の顔を最初に忘れていくらしい。最終的には手と足だけが残るのだとか書いてあったが、それならなぜ昔の幽霊には足が無いと言われるのだろうか？　と疑問に思った。

朝司の顔がまったく見えないわけではない。薄《うっす》らとしていると言ったところだ。

期末テストも終わり、夏休みが近づいている。年々、猛暑日が増えていき、教室のクーラーの利きも悪くなっていた。それでも、咲那は放課後の二年二組に残り、新たな恋愛の神様として活動を続けている。

「そういえば、木葉さんと辰吉さんの仲はうまくいってるんですか？」

「それ、俺に聞く？」

朝司は少し呆れたような声で言った。今や、窓際最後尾の席には咲那が座り、朝司はその前の席に座っている。

「見てるのかと思いまして」

「……さあ、あまり見ないようにしてるから、俺にはわからないよ。小井塚さんこそ、友人として相談を受けたりしてないの？」

「……そういう話はしませんからねぇ」

木葉が二年二組に来ることは無くなった。咲那のインチキ占いによる心理誘導の効果があったのだろう。全て嘘っぱちだという自覚があるから、友人を騙したようで少なからずの罪悪感はある。

「……もう木葉さんは前を向いてると思います。岩永さんを縛るモノは無いかと」

「そうなんだろうね……ありがとう、君のおかげだ」

微笑みながら言う朝司のことをつねってやりたくなった。できはしないのだが。

「いきなり何の前触れもなく消えたりしないでくださいよ。消えるなら、消えるって一言くらいは欲しいですからね」

「そうだね……でも、消えるとしたら今日じゃないかな？」

「どうして今日なんですか？」

「七月二十日が俺の命日だからね」

その言葉に咲那は思わず絶句し、タロットカードを弄《いじ》っていた手が止まった。心音さえ聞こえる無言の空隙を、押しのけるように口を開く。

「……もう怒りとかそういうのは無いんですか？」

すぐに返答は無かった。

「……まだあるんだ。なにかが引っかかる気がしてて……まだ未練があるのかな？」

咲那は朝司にバレないようにホッと一息ついた。まだ、消えない。よかった。そんな言葉が脳裏を過《よ》ぎった瞬間、自分自身に対する嫌悪感が錐《きり》のように胸を突いた。だが、それさえ顔には出さず、なんでもないかのように咲那は表情を粉飾する。

「残りの可能性ですか……例えば、木葉さんとの約束とか、ひき逃げ犯に対する恨みとか……そういえば、亡くなった瞬間のことは覚えてないんですよね？」

「ああ、覚えてない……というか、なんだろう？　ずっとストーカーに殺されたと思ってたから、そういう偽の記憶？　みたいなのに縛られてたっていうか……」

「偽の記憶？」

「いや、本当の記憶じゃないって認識はあるんだよ。夢の記憶って実際の記憶と少し違うだろ？　あんな感じでさ」

「どんな内容なんですか？」

「光の中で誰かが俺を見下ろしてる。見下ろしてる奴の顔は黒くて見えない。俺はそいつを木葉のストーカーだと思い込んでた。だから、そいつに殺されたんだって」

「ひき逃げ犯が、岩永さんをはねた後に確認に来たのでは？　光は車とかのライトで、その後、川に投げこんだとか？」

「かもしれない」

　当時、朝司は木葉のストーカー対策で頭がいっぱいになっていたのだろう。事故に遭った瞬間、ひき逃げ犯をストーカーだと断定したのも無理は無い。

（いや、でも、本当にそうかな？　少なからずの理論の飛躍がある気がする……）

　不意に生じた違和感を整理するためにも、思考を言葉として変換していく。

「仮に、その光の中の人物がひき逃げ犯だとします。どうして、ストーカーだと思ったんですか？」

「いや、だって、木葉に相談されてたし、それにストーカーは俺のことも狙ってるかもって思ってたから」

「どうして岩永さんもターゲットになりうるって思ってたんですか？」

「そりゃあ、俺が木葉と一緒にいることが多かったし……それに、写真も送られてきただろ？

たしか……」

と言いながら朝司は何かを思い出そうと黙り込み「あ、そうだ」と声を発した。

「その写真の裏に俺の誕生日が書かれてたんだよ」

たしかに写真が岩永家の郵便受けに投函されていたという話は聞いていた。だが、それらも木葉による狂言だったはずだ。

「その写真に岩永さんの誕生日が記載されていたんですか？　その写真って、どんな写真だったんですか？　木葉さんの写真だったのでは？」

「ああ、何種類かあったよ。木葉だけの写真もあったし、俺と一緒に写ってる写真も」

「え？」

思考が一瞬、止まってしまった。

「あと、俺の誕生日って今日なんだよ。命日と誕生日が一緒だからさ、自分の死んだ日、嫌でも覚えてるっていうか……」

「ちょっと待ってください。その写真、どこの二人だったんですか？　例えば学校とかで撮られてたんですか？　それに、写っている二人はカメラの存在を把握してましたか？」

引っかかることが多すぎる。

「たしか、家の前で二人で歩いてるところだったかな？　制服だったたし。カメラなんて意識してるわけないだろ。隠し撮りだったんだか――」

朝司も気づいたようで、言葉を失っていた。咲那は鋭く切り込むように問いかける。

「その写真、誰が撮ったんですか？　制服で家の前ということは、おそらく登下校の時でしょう？　朝ですか昼ですか？」

「たぶん、朝だと思うけど……いや、でも……」

「朝一でわざわざ隠し撮りを友人に頼みますか？　仮に私が狂言を友人に手伝ってもらうとしたら、負担の少ない時に頼みます。例えば、学校とか、あるいは学校から最寄りの駅の途中とかです。家の前の隠し撮りは明らかにおかしいですよ」

「いや、待ってくれ。でも、木葉は狂言だって……」

「それに、岩永さんのご自宅の前は普通の住宅街ですし、隠れる場所は他人の家の敷地内くらいしかありません。わざわざ不法侵入の危険を冒してまでしますか？」

「いや、それを言ったら、写真撮ってた奴はどこにいたんだよ？　カメラ持ってたら気づくって」

「車の中。路上駐車なら見咎《みとが》められません」

いろいろなモノが繋がっていく。

「ちょっと待ってくれ。ストーカーはいないって……」

木葉が言っていたストーカーはいない。

だが、木葉が認識していなかっただけで、本当はストーカーがいたのではないか？　木葉がそれと気づく前に、狂言に振り回されていた朝司が、その証拠を処分してしまっていた。

それならば、木葉は気づきようがない。

「まだ確証は無いのですが、もう一つ質問です。写真は何種類かあるとおっしゃってましたよね？　他にはどんな写真があったんですか？」

「だいたい木葉が絵を描いてる写真だったよ」

「それは一緒に送られてきましたか？　例えば、一つの封筒に複数入っていたとか、別日に送られてきたとか」

「同じ封筒に入ってたよ。一枚だけじゃなくて……」

「誕生日の記載があったのは？」

「いや、俺が映った写真にだけだよ。待ってくれ、それって……」

「殺害予告……もしくは危害を加えるぞ、という意思表示かもしれません。ストーカーの中には、そういう歪んだ意思表示をする者もいると本で読んだことがあります」

「ちょっと待ってくれよ。じゃあ、人を殺すようなヤバいストーカーが本当にいるってことか？」

「直接本人に聞いてみるしかありません。狂言の写真だったという可能性も、まだあります」

言いながら咲那は立ち上がった。美術室にいるであろう木葉に聞くのが手っ取り早い。小走りで向かう咲那に朝司もついてくる。

「なあ、もし、あいつに協力者がいなかったらどういうことになるんだ？」

「ストーカー……いえ、正確には岩永さんに殺意を持っていた何者かがいた可能性があります。お二人が写っていた写真は何らかの警告と考えるべきでしょう。写真の裏に岩永さんの誕生日が記載されてて、そのうえ、命日と重なるなんて明らかに変です」

それだけの事実が繋がっているなら、朝司がひき逃げ犯をストーカーだと思ってもおかしくない。

「あと、もう一つ質問です。封筒に入っていたのは、きちんとした写真ですか？　それとも、スマホなどで撮った画像をプリンタなどで出力したモノですか？」

「写真だった」

咲那は勢いよく美術室の扉を開けた。活動中だった部員が一斉に視線を向けてくるが、その中に木葉の姿が無い。知っている顔は辰吉くらいだったので、勢いのまま辰吉のほうへと歩み寄っていく。

「木葉さんは？」

「ああ、岩永なら今日は休みだよ」

「どうして？」

「それは……ほら、今日が岩永君の命日だし……」

すぐさま墓参りに行ったのだと理解した。咲那はジッと辰吉を見ながら質問をする。

「あなたは木葉さんを隠し撮りしたことありますか？」

「はあ⁉　なんの話だよ？」

シャットアイで見えたのは、純粋な驚きと疑問だった。嘘をついているようには見えない。だとするなら――

「なら、写真を撮ってる……いえ、カメラを持っている人とかはいましたか？」

「いや、なんでカメラの話が？」

「答えてください」

咲那は辰吉に詰め寄る。

「別にカメラは珍しくないっていうか、コンクールの一次予選なんかは画像での審査だったりするから――」

「誰が持ってたんですか⁉」

「沢渡先生だけど……」

◆

岩永木葉は一人、「八島家」と書かれた墓石の前に立っていた。八島は朝司の旧姓だ。この墓の下に朝司が眠っているのだが、木葉には実感が無い。

墓前には献花があり、燃え残った線香と短くなった蠟燭《ろうそく》が立っていた。両親が午前中に来たのだろう。家族みんなで墓参りしようという話もあったのだが、木葉が学校帰りに一人で行くと言って、こうして下校ついでにやってきたのだ。

墓石に水をかけてから、花屋で買った献花を活けていく。鞄の中に入れておいた線香も新しく差して、火をつけた。線香の煙がユラユラと揺れている。

「来るの遅くなってごめんね……」

朝司が事故で亡くなったと聞いた時、木葉はショックのあまり意識を失ってしまった。通夜も葬式もなにもかも、まともに参加できず、納骨の時でさえ、部屋から出ることができなかった。朝司の死を認めたくなかったのだろう。

一周忌になってやっと墓前に立つことができた。

「全部、小井塚さんのおかげだね。ほんと……」

線香の香りが鼻孔を撫でる。かすかな刺激が痛みになって、涙に変わる予感を孕んだ。とっさに目を閉じ、呼吸を整える。

「私、朝司のこと、大好きだよ。今でも大好き……でも、もういないんだよね……」

現実は痛みばかりを押し付けてくる。いっそ自分も後を追って死んでしまえたら、どれだけ楽だろうか？　と思ったことだってあった。でも、結局、それは独りよがりな自己陶酔なのだと思い、踏みとどまった。

なぜなら、木葉が朝司を好きでも朝司が木葉を好きだったかはわからないからだ。咲那は朝司が木葉を心配していたと言っていたが、それは家族としての心配の可能性だってある。

「家族なのに好きになっちゃってごめんね……騙してごめんね……心配ばかりかけてごめんね……」

流すまいと思っていたのに涙が自然と溢れてしまう。木葉は指で涙を拭いながら、ジッと墓石を見つめた。声が聞きたいと思った。

咲那が朝司の幽霊から話を聞いたと言った時、木葉はすぐにその言葉を信じた。いや、縋《すが》った。自分も朝司と話ができるかもしれないと思ったからだ。だが、もう朝司は成仏してしまったらしい。

「一言くらい、声、聞きたかったな……」

言いながら手を合わせる。記憶の中の朝司を思い浮かべながら。

不意に背後で人の気配を感じた。もしかしたら朝司かと思い、勢いよく振り返る。そこに立っていたのは、見慣れた男性だった。

「岩永……君も墓参りか……？」

「先生……」

美術部顧問であり担任教師の沢渡卓だった。

「どうして、ここに？」

「ああ、岩永朝司が一年の頃、担任だったからな。まあ、初担任で、こういう別れはなかなかな

「……」

「そうなんですか……朝司とはよく話したんですか？」

「いや、まあ、普通だな。あいつは問題児というわけでもないし、教師と距離を詰めるタイプでもなかったからな。それでも、陸上をがんばってたのは知ってたよ。長距離だったか？」

言いながら沢渡は持っていたビニール袋からペットボトルに入ったスポーツドリンクを一つ、取り出し、墓前に置いた。

「毎日、走ってたのは知ってるよ。そのせいで事故にあったのは、とても不幸だったと思うが……」

木葉は沈痛な面持ちで視線を落とす。その横で沢渡が瞑目し、合掌していた。しばらくしてから目を開ける。

「帰りは電車か？」

「はい」

「俺は車で来た。家まで送っていこう」

「いいんですか？」

「ついでに、次の作品についても話しておかないといけないしな」

木葉は視線を落としながら「すみません」とだけ言った。沢渡は墓前に置いていたスポーツドリンクをひょいと手に取りキャップをひねりながら「飲むか？」と聞いてきた。思わず「え？」と返してしまう。

「供え物はお参りが終わったら持ち帰るらしいからな。地域によっては、墓前で食べたり飲んだりするところもあるそうだ」

「あ、でも……」

「俺は甘い飲み物が苦手なんだよ。岩永が飲まないなら、そのまま捨てることになる」

聞いたことの無い風習だったが、これまで墓参りの際、食べ物などを供えたことは無かった。ルールならしかたがないし、捨てるのももったいない。

「じゃあ、いただきます」

受け取りながら尋ねる。

「ここで飲んだほうがいいんですか？」

「そういうところもあるらしいぞ。墓前のお供えを代わりに食べるのも供養の一つだ。君の口を通して、岩永朝司もそのスポーツドリンクを飲むってわけだ」

そう言われると、朝司のためにも飲んであげなきゃなと木葉は思った。

◆

小井塚咲那は焦っていた。

先ほどから木葉のＬＩＮＥに連絡を入れているが、既読がつかないからだ。それどころか、電話をかけても反応が無い。

「木葉は？」

と朝司が心配そうな顔で咲那を見てくるが「ダメです、出てくれません」と歯嚙みする。そんな咲那を見ながら辰吉も怪訝《けげん》そうな顔をしていた。

「なにをそんなに慌ててるんだ？」

「岩永木葉さんにはストーカーがいます。岩永朝司さんの生前、嫌がらせの写真が送られてきました。その写真には、岩永朝司さんの誕生日が記載されてたそうです」

「なにそれ、マジで？」

「そして、その記載された日に岩永朝司さんは事故に遭って亡くなりました。その送られてきた写真の中には、木葉さんが絵を描いている光景などの写真もあったそうです」

「ちょっと待ってくれよ。岩永君の命日って……」

「七月二十日。今日です。ついでに、ストーカー加害者と思しき人が、今、この場にいません。更に木葉さんとは連絡がつきません」

咲那はすぐさま考える。

もし仮にストーカーがいたとして、その人物が朝司を殺害したとする。そして、今も尚、木葉に対して何らかの害意なりを持っていたとしよう。

（学校に復帰してからすぐ行動しなかったのはなぜか？）

気づかなかった。飽きていた。

どちらも無いとは言い切れない。だが、犯人が美術部にいたなら、当てはまりにくいだろう。飽きていたとするなら、完全なるサイコパスだし、別の被害者が存在していてもおかしくはない。

（待っていたということか……）

沢渡卓がストーカーだと仮定した場合、どういう理由で行動するのだろうか？　沢渡は木葉の復帰を望んでいた。ストーカーならば当然の動きだ。だが、今まで行動はしなかった。待っていたのだ。なにを？　朝司の命日を？　いや、違う。

木葉の絵を前にして沢渡が浮かべていた表情は——恋慕でも悪意でもなく憧憬だった。そして、自分を嘲笑うようなある種のコンプレックスも同時に感じていた。

「辰吉さん、木葉さんが復帰してから描いていた絵を見せてください」

「いや、でも、勝手に――」

「いいから！」

怒気を隠さずに詰めよれば、渋々といった表情でなにもない無地のキャンバスが置かれたイーゼルを指さした。

「ですから、木葉さんの作品を――」

「だから、まだなにも描けてないんだ……」

咲那は凝然とキャンバスを見据える。

「描きたいモノが無いんだってさ……」

嫌な予感がしてきた。その違和感の答えを手繰り寄せるように質問を重ねていく。

「たしか、美術室の前に飾られてる木葉さんの作品は中学の頃に描いたものですよね？」

「え？　ああ、うん」

「高校に入ってから描いた木葉さんの作品は残ってますか？」

「え？　いや、ここには無いけど……」

「要するに沢渡先生は、高校に入ってから木葉さんが描いた作品を残してないってことですよね？」

「いや、でも、普通は本人が持ち帰ったりするよ。コンクールで賞を獲ったりしたら、話は別だよ。校内に飾ったりするから」

「木葉さんは賞、獲ってないんですか？」

木葉から譲り受けてまで美術室の前に飾るなど、異常な行為だと思う。これはどういうことだろうか？

高校入学後も木葉は絵画で賞を獲っている。だが、その絵は飾らず、わざわざ中学の頃の絵を

「そういえば、特にそんなことは無かった気が……」

「その絵は飾られましたか？」

「いや、一年の頃に獲ったけど……」

咲那は朝司のほうをチラリと目で見た。

「木葉さんからストーカーの相談をされたのはいつ頃からですか？」

辰吉が「いや、知らんけど」と言っている横で朝司が「高校入ってすぐくらいだよ」と答える。

要するに、高校に入った頃の木葉の周りには、狂言に巻き込まれた朝司がいたということだ。

「辰吉さん、木葉さんの中学の頃の絵と高校に入ってからの絵って大きく変わりましたか？」

「まあ、少し変わったと思うよ。なんていうか、暗い色が増えた気はするけど、それはそれでいいと思う」

「変化があったんですね？」

「ああ、あったよ」

そこまで聞いたところで最悪の答えに行きついてしまった。

「まずいですよっ！」

美術室を出ていく咲那に辰吉もついてくる。

「ちょっと待ってよ！　なにがどうしたんだよ？　岩永になにかあったの？」

「……私の推測が当たってるなら、木葉さんは自殺に見せかけて殺されます」

「はあ⁉　誰に⁉」

「沢渡先生です」

答えながら咲那はスマートフォンを取り出した。スマートフォンをタップしながら朝司と辰吉に声をかける。

「一応聞いておきますけど、岩永さんのお墓の場所は知りませんよね？」

辰吉は「知らない」と首を横に振り、朝司は「思い出せない」と歯がみする。そんな中、咲那は木葉の母親にメッセージを送った。連絡がつかない旨を伝え、同時に朝司の墓を聞いたのだ。

「光羽《みつは》霊園ですね」

言いながらグーグルマップを開いて辰吉と朝司に尋ねる。朝司は「そこだ！」とうなずいた。

「最悪、現在、木葉さんは沢渡先生に拉致されてる可能性があります。更に最悪の場合、自殺に見せかけて殺されます。次善の場合は拉致監禁ですね。無理心中の可能性もゼロではありませんが、ストーカー気質の人間は自己愛が強いので当てはまりづらいです。どのみち、ひと気の無い場所に連れ出す必要があります。どこに連れていくと思いますか？」

朝司の「自分の家は……無いか……」という答えに続き、辰吉の「別荘とか？」と口にする。

「そんなお金持ちなんですか？」

咲那の圧のある問いかけに辰吉はたじろぎながら答える。

「いや、わかんないけどさ……」

「別荘や自分の家は無いと思います。足がつきますから。だから、おそらく……廃墟とかですかね？　あとは自殺の名所とか？　光羽霊園の近くで、そういう場所があるか調べるの手伝ってください」

辰吉も慌ててスマートフォンを取り出しながら「本当に先生が？」と尋ねてきた。

「ただの推測です。木葉さんと連絡がつけば、取り越し苦労ですみます」

言いつつアプリを調べるも、メッセージに既読はつかないし、電話をかけても電源が入っていないと言われてしまう。咲那の横で辰吉が「あった！」と声をあげる。

「光羽霊園の近くに廃病院がある！」

差し出してきたスマートフォンのディスプレイを確認。病院の名前を覚え、地図アプリに住所を打ち込んだ。

「行きましょう」

「え？　俺も⁉」

驚く辰吉に咲那は「あなたには言ってません！」と言いながら朝司と共に駆けだした。

◆

沢渡卓は廃病院の駐車場に車を停めた。小高い丘の上にあり、周囲は木々で囲まれている。渋江総合病院は十年前に経営破綻したため、今や誰も寄り付かない場所となっていた。来るとしたら、怪談スポット巡りをする一部の人間だけだ。

沢渡は助手席で寝息を立てる木葉へと視線を向ける。スポーツドリンクの中に入れた睡眠薬が効いているらしい。試しに「岩永？」と声をかけたが、起きる気配が無かった。深呼吸を一つする。心音ががなり声をあげるように鳴る。興奮、恐怖、不安、どの感情か自分にもわからない。

「君が悪いんだ……」

ぽつりと言いながら沢渡はシートベルトを外し、車外に出ると、車の後方へと回ってトランクを開ける。折り畳み式の車いすとボディバッグを取り出し、ボディバッグを肩に掛けると、車いすを乱暴に広げた。準備ができたところで、助手席へと向かう。ドアを開け、意識の無い木葉の肩を揺する。起きないと悟った沢渡は、シートベルトを外すと木葉の体を車いすに乗せた。

意識の無い人間を動かすのは大変だったが、その肢体の柔らかさと温もりが背徳感を喚起した。自分より優れた人間の生殺与奪の権利を持っているのだと思うと、脳髄が痺れるような全能感が奔《はし》る。勃起していた。そんな自分の卑しさに絶望する。そうではないのだ、と自分に言い聞かせた。

(岩永木葉を汚《けが》してはいけない。美しい天才として終わってもらわないと……)

沢渡は車いすを押しながら廃病院へと向かっていく。建物は野ざらしになり、雑草が好き勝手に生い茂っている。勝手な侵入者がいるせいか、窓ガラスで割れていないモノを探すほうが難しかったし、辺りにはゴミが散乱し、壁は埃やカビで黒ずんでいた。事前に調べておいた侵入経路から中へと入っていく。

「君が悪いんだよ、岩永」

沢渡は自分の才能に絶望していた。

幼い頃から絵を描くのが好きで、周りの人間よりもうまいという自負があった。絵で食っていこうと思ったのは高校の頃だったが、美大にはストレートで合格できず、二浪の結果、入りたかった油彩科には入れず、二流大学のデザイン科にどうにか入学することができた。

周りには自分より絵のうまい者たちがいた。沢渡も必死になって努力したが、何を描いても、どこかで見たことのあるモノにしかならない。沢渡が三年生の時、現役で合格した一年生が、コンクールで受賞したと知った。沢渡が一次選考で落ちたものだった。己の才能に見切りをつけた。親には教職課程だけは取ってくれと言われていたため、幸い、単位は足りており、美術の教師を目指すことになった。皮肉なことに教師にはストレートで就職することができた。

教員生活は激務で、自分の時間など作れなくなっていた。絵を描かなくなっても、平気で生きていけるのだから、なるほど自分は凡人なのだろう。かつての級友たちも、本物のアーティストにはなれず、企業に就職し、イラストを描いたり、デザインの仕事をしているらしい。自分を含めたほとんどの人間は、己が凡人だと納得しなければならない。凡人なりの小さな幸せを見つけなければならない。誰もが正しいと拍手するありきたりな幸福を手に入れ、意味の無い人生に意味を見出さねばならない。それができなければ、死ぬしかなくなる。

そんなころ、両親が事故で死んだ。漫然と繰り返されるのは無意味な日常だけなのに、たまに起きる特別なイベントは、そこらで見聞きするようなありきたりな悲劇だ。その両親との死別に、沢渡はうろたえ、心を痛めた。己の凡庸な反応に絶望した。

生きていて何が楽しいのか、沢渡にはわからなくなっていた。凡人はこうして心を擦り切れさせて生きていかねばならないと言うなら、もうこの世になんの未練も無かった。

木葉の絵を見たのは、そんな時だった。

新入生の中にコンクールで賞を獲った生徒がいると聞き、なんとなく調べたのだ。特に期待もしていなかったが、画像でしか残っていなかった絵を見て、度肝を抜かれた。色彩感覚が、一線を越えていた。技術はまだ拙《つたな》いが、それを補って余りあるセンスの塊だった。

自分が望んでも手にいれることのできない才能を持つ者が、目の前に現れたのだ。

岩永木葉という天才を世に出すのが、凡人である自分の役割なのだと思った。なんの取柄も無い凡人でも、天才が羽ばたくための風になれるなら、世界を変える歯車の一つになれる。それは、とても光栄なことではないか。

天才の恩師として後世に名を残せるなら、自分の才能全てを木葉に捧げてもいい。

木葉が沢渡にとっての生きる意味なのだと悟った。

「なのに、君は枯れてしまった」

沢渡は階段の前で車いすを停め、寝入った木葉の前に回る。そのまま意識の無い木葉を背負い、階段を昇っていった。終わりを飾るのは一階でも良かったが、絵を描く者として見晴らしのいい場所で眠らせてあげたかった。

三階まであがり、呼吸を整えながら目的の病室へと向かう。324と書かれた病室からは、街を見渡すことができた。少々埃っぽいのが難点だが、しかたがない。沢渡は置きっぱなしにされたベッドの上に木葉を横たえると、ボディバッグの中からナイフとペインティングナイフを取り出した。

天才の自殺を演出する上で、ただの剃刀《かみそり》で手首を切るより、ペインティングナイフで切ったほうがいいと思った。実際、使い古されたペインティングナイフは鋭くなっていく。沢渡は、木葉の右手にペインティングナイフを握らせて、左手首にナイフを添えた。

血管が青く浮かび上がるほどに白い手首には、十代にしかない瑞々《みずみず》しさがあった。沢渡は唾を飲む。呼吸が速くなっていく。天才を自分が終わらせる。その事実に頭の奥が明滅するように熱くなる。

木葉の手首に添えたナイフの刃を、沢渡は容赦なく引いた。

◆

小井塚咲那はタクシーの後部座席から渋江総合病院の駐車場へと目を向ける。

「車が停まってます！」

その声に辰吉が「あれ、沢渡先生の車だ」と驚きながら言った。運転手に「ここでいいの？」と聞かれたが、答える前に外へと飛び出す。背後で辰吉が「ちょっと待てよ！」と言っていたが、相手をしている暇は無い。

朝司と一緒に沢渡の車へと駆け寄った。咲那は車体後部のマフラーに指先でちょんと触れてみる。まだ熱い。停車して時間が経ってない証拠だ。

「急ぎましょう、岩永さん！」

言いながら咲那は駆けた。ガラスが割れたりしているため、病院の中には簡単に入れる。そのまま「木葉さん！」と声を張り上げながら辺りを探っていった。朝司も先行し、部屋の中を覗いていく。

「でも、どうして沢渡がこんなことをするんだ⁉」

朝司が苛立ったように声を張り上げた。

「そんなの簡単ですよ！　推しに裏切られたと思ったからです」

「なんだよ、それ⁉」

「沢渡先生は、木葉さんの絵に憧れてました。同時に自分の才能にコンプレックスを抱いていたんです」

実際、美術室の前に飾られた絵を見る沢渡の表情には、憧れと作品に対する愛情があった。

「どういうこと⁉」

叫びながら朝司は部屋を覗き込んでいく。

「美大に入れても、本物の芸術家になれるのは一握りです。沢渡先生は美術教師としての道を選びました。そこに忸怩《じくじ》たる思いがあったんでしょう。そんなところに自分には無い才能を持つ木葉さんが現れた」

木葉は見当たらない。

「沢渡先生は木葉さんの才能に惚れこみ、彼女を育てようと思ったのでしょう。でも、木葉さんの絵は変わってしまいました。たぶん、岩永さんへの恋心が、絵のタッチを変えたんです。それが、沢渡先生には許せなかった。わかりやすく言えば、清純派で売っていたアイドルがいきなりコメディ担当にキャラ変したといったところでしょうか」

「意味わかんねぇよ！」

吐き捨てるように言いながら朝司は部屋を探っていく。

「そんな路線変更はガチ恋勢には許せません。だから……」

「木葉の絵を変えた俺を殺したってこと？」

不快さを隠さず朝司が問いかけてくる。

「だと思います。そして、そこから復活したはずの木葉さんは……」

「絵を描くことさえできなくなってた」

無地のキャンバスを見て、沢渡も絶望したのだろう。

「だからって、どうして自殺に見せかけて殺すまで行くんだよ⁉」

「自分が好きだった頃から劣化して変わってしまうなら、美しいまま消えてほしいとでも思ったんでしょうね。憧れを憧れのままに終えてしまえれば、これ以上、失望しないで済むので」

「そんな自分勝手な！」

「世の中のガチ恋勢なんて、そんなものです。自分が思い描く理想に恋をして、そこからズレると烈火のごとく怒ります。だからって憧れの人の恋人を殺したり、本人を殺そうとするのは頭がおかしいと思いますけど……」

恋愛感情というのは、時に自分のエゴイズムに自分が傷つけられる。それでいいのだ。自分で自分を傷つけながら、好きな人との距離感を理解していく。だが、そのエゴをエゴのまま貫いてしまう者がいる。そういう輩がストーカーになったり、沢渡のような凶行に走るのだろう。どこまでも自分のことしか考えていない人種は、えてしてそうなる。

「小井塚さん！」

朝司の声に咲那は駆けだした。

「これ！」

階段の前には真新しい車いすが置かれていた。上だ。そのまま駆けあがりながら沢渡ならどうするか？　と思考をトレースする。

沢渡は自分の行為を木葉のためだと思っているはずだ。でなければ、ここまで迷いなく行動することはできない。それこそ、慈愛だとさえ思っているのではないだろうか？

だとしたら、自分勝手な思いやりを木葉に向けている。

それこそ、殺す瞬間まで「木葉のためだ」と思い込んでいる。そんな認知の歪みを抱えているなら、どう考え、行動するか？

咲那は二階で立ち止まり、窓の外を眺めた。廊下からは駐車場が見えるし、病室からは街が見える。

（一番見晴らしのいい病室を選ぶはず！）

即座に「最上階です！」と言いながら階段を駆け上がった。朝司も「わかった！」と言って階段を昇る。

「私は左を！　岩永さんは右の病室を！　景色のいい病室にいるはずです！」

咲那と朝司は二手に分かれ、病室の中を覗き込んでいく。数が多すぎる。当たりをつけたほうが早い。建物と街の角度から考えれば、廊下の突き当たりにある病室があやしい。咲那は一気に駆け、３２４号室へと入った。ベッドの上に木葉が倒れている。

「木葉さん！」

瞬間、横から体を引っ張られた。そのまま羽交い絞めにされるように体をつかまれ、口を手で覆われてしまう。パニックになりながら体を動かすが、抗いようが無かった。

「暴れるな！」

目の前にナイフをチラつかされた瞬間、すぐさま体から力が抜ける。同時に涙が出てきた。読みが甘かった。いや、これくらいのことは脳裏にあった。だが、木葉を助けなければ！　という想いが強すぎて慌ててしまった。

（殺される……）

すぐさま頭が勝手に動いて理解する。ベッドの上には意識の無い木葉。それを見てしまった咲那。自己愛の強い沢渡は、今現在、全身全霊で保身を考えているだろう。今は沢渡の恐怖心を煽るべきではない。突発的に殺されてしまう。

「木葉！」

朝司が勢いよく病室に入ってくる。すぐさま羽交い絞めにされている咲那と目が合った。憤怒の形相のまま咲那のほうへと突っこんでくるが、通り過ぎてしまう。

「クソ！　放せよ、てめぇっ!!」

何度も何度も咲那を助けようとするが、どうにもならない。

瞬間、ほんの少しだけ咲那の口を覆う手がゆるんだ。

「落ち着いてください」

ピクリと沢渡が反応し、朝司も止まる。

「私たちは木葉さんを探しに来ました」

瞬間「黙れ」と口を覆われてしまう。朝司は咲那をジッと見てから、何かを思いついたかのように病室を出ていった。

◆

朝司は駆けた。

自分の無力さに打ちひしがれながらも、必死で駆けた。

「辰吉！　お前、どこにいるんだよ⁉」

叫びながら駆ける。

息は切れない。死んでいるから。

助けられない。触れることができないから。

「辰吉っ‼」

病院の前で立ち往生していた辰吉を発見し、すぐさま窓から飛び降りる。恐怖も痛みも無い。

「辰吉っ‼」

だが、辰吉は病院に入るべきかどうか迷っているようだった。何度も叫ぶが辰吉は反応しない。

「小井塚さん、マジでどこ行ったんだよ？」

「ごちゃごちゃ言ってないで助けに行けよ！　お前、木葉が好きなんだろっ‼」

瞬間、辰吉のポケットからアラームが鳴った。その音に辰吉がビクリと跳ねる。ポケットの中からスマートフォンを取り出すと、呼び出し音は消えた。

「え？　非通知？」

小首を傾げながらポケットにスマートフォンを仕舞おうとした瞬間、朝司はもう一度叫ぶ。

「辰吉！　木葉が危ないんだよ‼」

再び着信音が鳴る。辰吉は「え？」と驚いたが、朝司は叫び続けた。

「頼むよ！　もうお前しか頼れないんだよ！　俺はもう死んでるから、あいつらを守れないんだ！　本当はお前になんて頼りたくねーよ！　俺だって木葉が好きだ。でも、もう一緒にいられない！　お前はいられるんだろ！　うらやましーよ！　マジで嫉妬するよ、クソが‼」

叫んだ分、スマートフォンが鳴り続ける。だが、辰吉はすぐさま着信を切る。それでも朝司は叫ぶ。「出ろ！」と叫び続ける。消しても鳴りやまない着信に辰吉は怯えながらも、通話をタップした。

「も、もしもし……」

「木葉を助けてくれ‼」

辰吉は勢いよくスマートフォンを投げ捨てた。

「今の声……」

辰吉は怯えながらもスマートフォンを見る。

「……岩永君？」

「そうだよ、俺だよ！　ビビッてんじゃねぇぞ‼　頼むからあいつらを助けてくれよ‼」

辰吉は唾を飲み込み、スマートフォンを拾い上げる。ディスプレイを弄って誰かに電話をかけていた。着信音が遠くで聞こえる。だが、出ない。

「小井塚さん！」

辰吉は病院の中へと入っていった。

「上だ‼」

間違った方向に行こうとした瞬間、朝司が叫ぶ。叫ぶと同時に着信が鳴る。

「こっちじゃないって……こと？」

着信を頼りに辰吉は階段を駆け上がっていく。そのまま三階へと昇り、廊下を駆けた。３２４号室の病室前で辰吉は叫ぶ。

「岩永っ‼」

咲那を羽交い絞めにしていた沢渡と目が合う。

「先生、なにやってんですか⁉」

辰吉が叫び、沢渡が「動くな！　殺すぞ‼」と叫ぶ。

「ふざけてんじゃねぇぇぇぇぇっ‼」

朝司が叫んだ瞬間、一斉にスマートフォンが鳴り始める。その状況に沢渡がたじろいだ。その隙を突くように咲那がもがいて、拘束から逃れようとあがく。

「暴れるな！」

逃げる咲那にナイフを刺そうとする。その前に辰吉が踏み込み、ナイフを持つ手をつかんだ。勢いのまま大外刈りで沢渡を投げ倒す。叩きつけられた衝撃で放したナイフを辰吉は蹴飛ばし、すぐさま関節を極めながら沢渡を押さえ込んだ。

「放せぇぇっ！　これが岩永のためなんだ！　邪魔をするなっ‼」

叫ぶ沢渡が短い悲鳴をあげる。極めた関節を折ったのだろう。

「警察！　小井塚さん！　早く警察っ‼」

言われた咲那はすぐさまスマートフォンを取り出す。だが、指が震えていてうまく動かないようだった。

「大丈夫。安心して。ゆっくりでいい。１１０だ」

辰吉の言葉どおり、咲那はゆっくりと１１０をタップする。警察に電話がかかったらしく、慌てながらも状況を説明していた。それを見ながら朝司は木葉を確認する。左手首から血が流れていた。

「小井塚さん、木葉が左手首を切られてる。血を止めないと」

「うん」

咲那は木葉へと近づき、持っていたハンカチで手首を強く押さえ、心臓より高い位置へと持ってきた。辰吉に押さえ込まれた沢渡が、もがきながら叫ぶ。

「彼女は死ぬべきなんだ！　天才のまま！　美しいまま死なないとならない！　このまま凡俗に堕ちるなんて、憐れすぎるっ‼」

「なに言ってんだよ、あんた!!」

辰吉が怒声を上げるなか、咲那は木葉の手を持ちながらスマートフォンを取り出す。そして、ディスプレイを何度かタップしてから挑むような目で沢渡のほうを向いた。

「木葉さんの絵が変わったのが許せなかったんですか？」

「そうだ！　彼女の絵は誰にでも描けるものじゃない!!」

「そうですね。木葉さんの絵はとても特別だと思います。でも、もう、あのような絵は描けないでしょうね」

「……ああ、死んでしまったんだ。岩永は……」

「だから殺そうとしたのですか？」

「才能が枯渇《こかつ》して凡人になるなら、天才のまま終わらせてやるべきだろう。それで、彼女の人生は守られる。それをお前らが邪魔した!!」

「先生は木葉さんの絵を守るために、岩永朝司さんを殺したんですか？」

「あいつがいたから……あいつが彼女の絵をダメにした！　警告のつもりだったんだよ！　殺す気なんてなかった!!」

「車で撥ね飛ばせば人は死にますし、まだ息のある岩永さんを川に落としたじゃないですか」

「……俺は悪くないっ!!　あいつがいたからっ!!」

「もういいです」

言いながらディスプレイをタップした。

「なにしてたんだ？」

朝司の問いかけに咲那は答える。

「先生の発言は記録させてもらいました。詳細は警察で説明してください」

「あああああああっ！」

叫んで暴れる沢渡を「うるさいっ！」と辰吉が一喝し、極めた関節に更に力を込めたようだった。朝司はただ意識の無い木葉を見守り続けることしかできなかった。

◆

思い返せば、いろいろと大変だったな、と小井塚咲那は思った。

警察がやってくるわ、事情聴取を受けるわ、次の日は学校にも行けず、登校したら質問攻めである。更に遅れて、マスコミが学校にも来るようになり、美術教師の連続殺人未遂事件ということで、センセーショナルに取り上げられた。

木葉の手首の傷は浅くなかったものの、幸い、発見が早かったため、命に別状は無く、事件のあったその日のうちに目を覚ましたそうだ。

咲那はスマートフォンで録音した沢渡の自白を警察に提供し、それを元に沢渡は尋問されたが、犯行を認めなかったらしい。だが、すぐに千葉にある沢渡の実家のガレージから車体のへこんだ車が発見された。鑑識が調べた結果、朝司をはねた可能性が高いらしく、その事実を伝えたところ、全ての犯行を認めたそうだ。

占い師として恋愛の神様をやっている暇も無いほど質問攻めにあったが、それもすぐに終わった。

夏休みが始まるからだ。

一学期の最終日、咲那は二年二組の教室には行かず、屋上の扉前に座っていた。

「ここにいたんだ？」

朝司が苦笑を浮かべながら階段を昇ってくる。

「あそこにいると、質問攻めにあいますので」

「もう恋愛の神様どころじゃないね……」

朝司が苦笑を浮かべながら横に座る。以前よりも朝司の姿は薄くなっていたけど、まだ、そこにいた。

「ストーカーも捕まったし、恋愛の神様としての噂も消えた。辰吉と木葉がつきあうかどうかはわからないけど、毎日、見舞いに行ってるらしいね」

「辰吉さん、すごかったですね。バーンと先生、投げ飛ばしてましたし」

「あいつ、子供の頃から柔道習ってたらしいよ。中学の頃は今より太ってたし」

「芸は身を助けるとはよく言ったものですね」

朝司は「そうだね」と相槌《あいづち》を打ってから、ジッと咲那のほうを見てきた。

「……問題は全て解決した。君のおかげだ」

「もっと感謝してください」

咲那は素っ気なく言う。

「でも、俺はまだ消えてくれないな……」

「なにか、まだ未練は無いんですか？　叶えてない約束とか……」

朝司は考え込むように黙ってから「一つだけある」と悲しげに言った。

「木葉と蛍を見に行く約束をしてた。ほら、あいつが描いた神社があるだろ？　その近くに蛍が見られる場所があるんだってさ。次の夏休みに一緒に叔母さんの実家に帰って、見に行こうって約束してた……」

「じゃあ、それ、見に行きましょう」

言いながら立ち上がる。

「いや、新潟だぞ？」

「お忘れですか？　明日から夏休みなんですよ。それに、今回の件で木葉さんは私に恩を感じているはず。それなら、強引にでも一緒についていけると思います。その私に岩永さんは憑いてくればいいいだけです」

朝司は少し驚いたような顔になってから、申し訳なさそうに苦笑を浮かべた。

「……君には迷惑ばかりかけるね」

「迷惑じゃありませんよ」

咲那はニコリと微笑んだ。

「私がそうしたいからするだけです」

咲那はスマートフォンを取り出し、アプリを立ち上げると、木葉へ音声通話をかけた。しばらく呼び出し音が続いたところで『どうしたの？』と木葉の声が聞こえてくる。

「木葉さん、具合のほうはどうですか？」

『うん……少し痕は残っちゃうみたいだけど、傷自体はもう大丈夫だよ』

「そうですか……あの、今年は新潟に行く予定、ありますか？」

『あるけど、どうして？』

「私も連れてっていただけませんか？　旅費は出すので……」

『……急にどうしたの？』

「いや、私も田舎に帰る的な行為をしてみたいと思ったんです。両親共に東京生まれで、田舎に実家が無いので」

『……もしかして朝司に関係ある？』

その問いかけに思わず口ごもってしまった。

『辰吉君から聞いたんだ。なんか、私を助けに行く前に非通知の着信があったって……で、そこで朝司の声がしたんだってさ……』

どう答えるか考えていたら木葉が『成仏したってのは嘘なんだよね？』と尋ねてくる。咲那はチラリと朝司のほうを向いてから「はい」とうなずいた。

「そう言ってくれと頼まれました」

『おじいちゃん家に行くのも朝司の提案？』

「……岩永朝司さんは、まだ成仏しきれていません」

電話口で木葉が息を飲む音が聞こえた。隣にいた朝司も一瞬、驚いた顔をしたが、会話の流れを悟ったのか、小さなため息をつきつつも止めはしなかった。

「おそらくまだ誰かの未練があるからです。それは木葉さんかもしれませんし、岩永さんかもしれません……」

あるいは自分も、未練を抱えているうちの一人に入っているだろう。

「岩永さんの目的は果たされました。それでも消えない。このままいくと悪霊になってしまうかもしれません。それこそ、木葉さんを呪うようになってしまうかもしれない。それを本人は嫌がっています」

『私のせいで……朝司は苦しむってこと？』

「……木葉さんのせいとは決まっていません。あるいは岩永さんが気にしている約束のせいかもしれません」

『……一緒に蛍を見ようって約束のこと？』

すぐに思い出してしまうところに「勝てないな」と思ってしまう。二人はお互いを大切に想い合ってきたのだと、つきつけられた。

「……はい。ですから、一時的に岩永さんを私にとり憑かせ、一緒に蛍を見に行ってみようという話になりました。その約束が果たされて、未練が無くなれば、綺麗なまま成仏できるのではないかと……」

電話口で無言が続く。

『……それが朝司の望みなんだね？　もう私とは一緒にいられないってことなんだよね？』

「……はい」

『……わかった。詳しいことが決まったら連絡する』

電話口から鼻声が聞こえてくる。

『一緒に蛍を見に行こうって朝司に伝えておいて』

日本海側の夏は太平洋側より蒸し暑いと思った。

しかも海から離れていると、まるで空気が水のように体にまとわりついてくる。

「全部広い」

駅の構内から出て先ず咲那が驚いたのは、道の広さと空の大きさだった。

東京の道の狭さと、建物によって切り取られた空しか見ていない咲那は、その雄大さに面食らってしまう。

「山が見える……」

ぽつりと朝司がつぶやく。その向こうで「あ、おじいちゃん！」と木葉が手を振っていた。ニコニコ笑いながら近づいてくる老齢の男性に咲那はペコリと頭をさげた。

「いらっしゃい。よく来てくれたね」

咲那は「よろしくお願いします」と言って、木葉と朝司と一緒にワゴン車に乗った。車内では、木葉の祖父が木葉たちにいろいろ質問してきた。

さすがにコミュ障だと言っているわけにもいかなかったし、幸い、後部座席に座っていると、祖父の顔は見えないから、咲那も当たり障りなく好感度高めの対応ができた。

「今年は蛍、もう出てるの？」

「今が一番だね。今年は蛍出るの、遅くてなあ、その分、たくさん出てるよ。見に行くか？」

「うん」

木葉は静かにうなずいた。

その後、木葉と咲那は祖父母宅に到着し、空いている部屋へと通された。元々は木葉の母親の部屋らしい。ベッドと床に布団を敷いてもらい、そこで寝泊まりさせてもらうのだ。

木葉は事前に宅配便で送っていたイーゼルやキャンバスの梱包を解いている。

「絵、描くんですか？」

「うん。描きたいから……」

木葉は咲那のほうへと振り返った。

「いろいろありがとうね、小井塚さん。本当にありがとう」

「別にお礼を言われるようなこと、してませんよ……」

「そんなことないよ。私と朝司のために、こんなところにまでついてきてくれて本当に感謝してるから」

咲那は目をそらしながら「自分のためです」とだけ言った。


三つの懐中電灯が夜道を照らしていた。

昼間は青々とした田園風景が視界いっぱいに広がっていたが、今や全ては泥炭のような闇に塗り替えられている。光源はユラユラ揺れる三つの光と、ぽつんぽつんと立っている街灯、そして無数の星と、白い穴のような月明かり。だが、寂しさは無い。虫の音とウシガエルの合唱が、暗闇を賑やかにしているからだ。最初はうるさいと思ったが、いつの間にか気にならなくなっていた。都会に住んでいようとも人は自然と調和していくものなのかもしれない、と咲那は思った。

「もう少し歩いてから土手のほうに入ってくんだよ」

木葉の祖父の言葉に「そうなんですね」と咲那が木葉の代わりに相槌を打った。

蛍のいる川辺までは歩いていける距離にあるらしい。

家を出る時、夜は危ないから送っていくと祖父は言っていたが、木葉がそれを断わった。咲那と二人で話があるからお願いと言って、心配する祖父を置いていこうとしたのだ。木葉にいろいろあったことを祖父も知っているようで「本当に大丈夫か？」と何度も尋ねてきたが、木葉の真剣な表情に祖父母も折れた。

「じゃあ、途中までだ。途中までついてくから」

と言って、今は三人で夜道を歩いている。だが、道中、木葉はなにも喋らなかった。代わりに咲那が祖父と言葉を交わさざるをえない。

「星空、こんなに綺麗だったんですね……」

「こっちは東京と違って、夜が深いからねえ」

祖父の言葉に咲那は「なるほど」と思った。

夜が暗いのではなく、深いのだ。数メートル先が見えなくなる闇は暗いのではなく、光の届かない水底を見ているような錯覚に襲われる。空に浮かぶ月だけが、明るく流れる雲を照らしており、アイシャドウのラメのように星々が無数に輝いていた。

木葉も朝司も一緒の姿勢で空を見上げながら歩いている。しばらく進むと道から山の中の砂利道へと入っていった。

「この先に小川がある。そこで蛍が見れるよ」

「うん、ありがとう、おじいちゃん」

答える木葉の横で、咲那はペコリと頭を下げた。

「なにかあったら大声あげるんだよ。じいちゃんが、飛んでくから」

「すみません」

咲那は改めて頭を下げ、懐中電灯で照らしながら闇の中へと歩いていった。木々によって光源が遮られた途端、闇に包まれた。粘性のある闇を懐中電灯の光線が切り裂いていく。しばらく歩くと緩やかな川のせせらぎが聞こえてきた。同時にポツポツと小さな光が飛んでいることに気づいた。

「蛍だ……」

咲那のつぶやきに木葉が「今年は多そうだね」と静かに言った。獣道に生い茂る木々をかき分け進んでいく。木葉が「ライト消して」と言ったので、咲那が懐中電灯の電源を切った瞬間、星空が落ちてきた。

「うわ……」

思わず声をもらしてしまった。真っ暗な小川を挟んで、両岸に無数の蛍が飛び交っているのだ。星空と違って、その光は明滅しながらも動いている。時には静止する星のように、時には流星のように飛び上がり、くるくる回ったり、ひるがえったり、星が思い思いに遊んでいた。

「綺麗だな……」

朝司がぽつりと呟き、木葉の前に立つ。眉間にシワを刻みながら目を閉じた瞬間、木葉のスマートフォンが鳴った。木葉は驚きながらポケットからスマートフォンを取り出す。

「これって……」

見せられたディスプレイに非通知設定の表示。

「……朝司なの?」

「はい。今、木葉さんの前に立っています」

木葉は電話に出ながら、真っすぐ朝司を見つめる。

「朝司……」

「……泣くなよ」

朝司の言葉に木葉がうなずく。

「うん、もう泣かない」

電話を通じて朝司の声が木葉にも届いているのだろう。

「いや、泣いてもいいけどさ……もう前を向いてほしい。俺のことを忘れられないなら、忘れなくてもいい。でもさ、縛られないでほしい。俺はお前が好きだから、ずっと笑っててほしい」

「うん……私も朝司のことが好き……」

「幸せになるって約束してくれ。そりゃあ、ずーっとハッピーな人生なんて無いだろうけどさ、要所要所で生きてて良かったなとか、人生楽しいって思えるような風に生きてほしい」

「うん……大丈夫。がんばる」

朝司は辺りを仰ぎ見ながら言う。

「蛍、綺麗だな……」

「うん、綺麗だね……」

「俺はお前の描く絵、好きだよ。どんな絵でもいい。いや、まあ、描きたくなきゃ描かなくてもいいけどさ……ただ、その……なんだ……お前の描いた絵はなにも悪くない」

「うん……描くよ。いっぱい描く」

「それと……辰吉はいい奴だ。同じ男から見ても掛け値なしにいい奴だし、俺も俺でいろいろ調べた結果、あいつは本当に善人だってわかった。しかも柔道までやってる。あいつがいなきゃ、お前は殺されてた。だから、辰吉を怖がる必要は無い」

「うん……知ってる」

「言いたいこと、いっぱいあったはずなんだけど、なんか、もう出てこないな」

「うん……」

「あ、大切なことがあった……」

苦笑を浮かべてから真剣な表情で木葉を見ていた。

「俺はさ、父さんと母さんが死んで、ふて腐れてたけど、お前に救われた。お前がいたから、なんか笑えるようになった。お前はさ、そういう奴なんだよ。周りの人を笑顔にできるし、自分も笑ってられる。そういう奴なんだ。だからさ……」

朝司は慈しみのこもった視線で木葉を見た。

「……俺と出会ってくれてありがとう。俺はお前を好きになれて、お前に好きだと思ってもらえて、それだけで満足だよ。いい人生だった」

「……うん……私も……朝司と……であえて……よかった……楽しかった……」

木葉は涙をこらえるように震える。

「……別れの言葉はお前から言ってほしい。俺の未練を断ち切ってくれ」

木葉はこくりとうなずく。鼻をすすりながら、朝司のいるほうをしっかりと見た。

「さようなら、朝司」

朝司は悲しげに微笑んでから、満面の笑みを浮かべた。

「ああ、さようなら」

通話が切れたのか、スマートフォンを持っていた木葉の腕がダラリと下がった。膝からくずおれ、大声をあげて涙を流す。その声に驚いたのか、蛍が一斉に飛びたっていった。空に舞い上がる蛍の群れは、流星群のように流れていく。

ガサゴソと音がし、心配するような声で「どうした⁉」と木葉の祖父が現れた。木葉は「大丈夫、なんでもない」と泣きながら言う。なにかあったのか尋ねたそうな視線を向けてきたが、咲那は答えない。

「もう帰ろう」

と言って木葉を連れて歩いていく祖父に「すみません、先に行ってください」とだけ言った。

「なにする気だ?」と尋ねてきたが「すみません。少しだけ一人にしてください。すぐに追いかけるので」と強い意思を込めて言う。

木葉の祖父は気おされたように「わかったけど、すぐに来なさい」と言って、木葉の肩を抱くようにして立ち去った。

しばらくしてから、咲那はため息をつく。

「別れを告げても消えないね……」

朝司は絶望したように川岸で体育座りをしていた。

「未練はもう本当になくなりましたか?」

「無いよ。もうなにも無い」

その言葉に胸が痛んだ。ああ、この痛みのせいだ。この痛みが朝司を縛っているのだろう。

咲那はちょこんと朝司の横に座る。

「だったら、岩永さんを縛ってるのは一人しかいません」

「誰だよ?」

「私です」

「え?」

素《す》っ頓狂《とんきょう》な声をあげた。ああ、本当に気づいていなかったのだろう。

それが腹立たしい。少しは意識していてほしかった。だって、こんなに助けたじゃないか。好きな人の恋路を応援して、ここまでやってきたじゃないか。

あのまま朝司が消えてくれていたら、胸の内に気持ちを秘めながら一人で泣いて終わりだった。この出会いを「こい」というたった二文字で片づけないですんだのだ。

たった二文字で表現した途端、今の自分から言葉の意味が離れていく気がして、その響きの軽薄さに嫌気が差す。どうして、世の中の人は、さも簡単に「あい」だとか「こい」だとか「すき」だとか二文字で片づける人が多いのだろうか?

自分の想いや感情は、たった二文字で伝わってしまうほど単純ではない。そのプライドが咲那を前に進ませてきてくれた。

「どこまでも思いどおりにならない人ですよね、岩永さんって……さっさと消えてくれたらよかったのに……最後まで本当にひどい人です」

言い方がかわいくないと自分でもわかる。

だが、それが理性的で理知的で感情に流されない小井塚咲那という自画像だ。だから、この気持ちを朝司には言いたくなんかなかった。伝えたところで、なにも変わらない。失うばかりで何も生み出さない。ただただ自分を傷つけて、好きな人を困惑させるだけだ。

でも、きっと、そんな意固地なところが、朝司を縛っているのだろう。

だったら言うしかない。

自分を曲げてでも伝えるしかない。

傷つくとわかっていても別れを選ぶしかない。

「……私はあなたのことが好きです」

蛇足も蛇足。朝司と木葉のハッピーエンドには不要な告白。くだらないたった二文字の告白。

「なので、こっぴどく振ってください。私の未練が無くなるように……」

朝司は驚いたように目を見開いてから、悲しげに目を伏せる。そして、覚悟を決めたように咲那を見た。

「知ってたよ」

下手な嘘だなと思った。

咲那が嘘を見抜けるとわかっているんだから、もう少し努力してほしい。いや、本当のところ、感情は読めない。でも、嘘であってほしかった。

「俺は君の感情を利用してたんだ。そんなクソ野郎だ。そのくせ、自分は好きな女のために動いていた。最低だね」

そんなことは無い。一途で誠実な人だった。その想いは咲那には向けられなかったけれど。

「ひどい人ですね」

「ああ、俺は君が好きになるような男じゃないよ。今だって木葉のことしか考えてないんだ。君のことなんてどうでもいい」

本当に傷つく言葉を選んでくれる。それが嘘なのか本心なのか、わからない自分が悲しい。こういう時に使えない力なんて意味が無い。でも、わからないから好きになれた。

「ここまでしたのに、ひどいこと言いますね」

「ああ、俺は君を利用してきた。今だって自分が成仏するために躍起《やっき》になってるクズだよ」

自分を蔑むようなことは言わないでほしい。

「岩永さんのこと、大嫌いです」

大好き。

「俺も君のことが嫌いだよ」

嘘つき。嫌いだとまでは思ってないくせに。それすら本当はわからないけど。

「俺は――」

「もういいです」

これ以上、聞きたくないと思ってしまった。残酷な真実なのか、優しい嘘なのか、どちらにせよ、もう充分、傷ついている。それでも、好きだと思ってしまう自分が一番御しがたい。

「もう私と一緒にはいてくれないんですよね？」

「……ああ。無理だよ。俺は木葉が好きだから」

知ってた。でも、やっと言葉で確認できた。

これっぽっちも可能性が無いことは理解していたが、ほんの微《かす》かな希望に縋っていた。それが消えた。

この瞬間、完全無欠に咲那は失恋したのだ。

「……大丈夫です。もう嫌いになれました」

だから、自分を取り繕うために嘘をつく。

「もう岩永さんに未練なんてありません」

朝司の望みを叶えるために嘘をつく。

「さようなら、岩永さん、これでお別れです」

精一杯の笑顔を浮かべながら朝司を見た。朝司は一瞬、面食らってから、かすかに困惑した顔になり、そして泣きそうな顔になってから微笑んだ。

「うん、さようなら――」

朝司の姿が薄くなっていく。夜の闇に溶けていく。朝司は「ごめん」と言いかけてから、言葉を飲む。そして、出会った時のように微笑んでくれた。

「――ありがとう」

朝司は消えた。

蛍の光が一つだけ、空へと飛びあがっていく。その輝きを追いかけた先には星空が広がっていた。ちりばめられた星を見つめながら咲那は思う。

(ああ、小説を書こう……)

書くべき内容は既に決まっている。

恋を知らなかった少女が幽霊に恋をする話だ。

結末はどうなるだろうか?

(ハッピーエンドに決まってる……)

星空がゆがんでいく。涙だと気づいた瞬間、咲那は声を押し殺しながら泣いた。

欲しかった言葉を言わせてやろう。叶わなかった願いを叶えてやろう。届けられなかった想いと伝えきれなかった言葉を書きつらねることで、また朝司に出会えるのだから。

何度でも何度でも出会えるのだから。

姿や名前を変えた朝司と出会うために小説を書くのだ。

タイトルだけは、今、決めた。

――この恋だけはわからない――

本書は、二〇二三年にカクヨムで実施された「東京創元社×カクヨム　学園ミステリ大賞」で「大賞」を受賞した『この恋だけは推理《わか》らない』を加筆修正したものです。

この恋《こい》だけは推《わ》理《か》らない

2024年12月13日　初 版

著 者
谷《たに》 夏《なつ》読《とう》

装画
うた坊

装幀
長﨑綾（next door design）

発行者
渋谷健太郎

発行所
株式会社東京創元社
〒162-0814 東京都新宿区新小川町1-5
03-3268-8231（代）
https://www.tsogen.co.jp

印刷
萩原印刷

製本
加藤製本

　ISBN978-4-488-02917-3　C0093

第19回鮎川哲也賞受賞作

CENDRILLON OF MIDNIGHT◆Sako Aizawa

午前零時のサンドリヨン

相沢沙呼

創元推理文庫

◆

ポチこと須川くんが、高校入学後に一目惚れした
不思議な雰囲気の女の子・酉乃初は、
実は凄腕のマジシャンだった。
学校の不思議な事件を、
抜群のマジックテクニックを駆使して鮮やかに解決する初。
それなのに、なぜか人間関係には臆病で、
心を閉ざしがちな彼女。
はたして、須川くんの恋の行方は――。
学園生活をセンシティブな筆致で描く、
スイートな“ボーイ・ミーツ・ガール”ミステリ。

収録作品＝空回りトライアンフ，胸中カード・スタッフ，
あてにならないプレディクタ，あなたのためのワイルド・カード

新鋭五人が放つ学園ミステリの競演

HIGHSCHOOL DETECTIVES◆ Aizawa Sako, Ichii Yutaka, Ubayashi Shinya, Shizaki You, Nitadori Kei

放課後探偵団

書き下ろし学園ミステリ・アンソロジー

相沢沙呼　市井 豊　鵜林伸也
梓崎 優　似鳥 鶏

創元推理文庫

◆

『理由《わけ》あって冬に出る』の似鳥鶏、『午前零時のサンドリヨン』で第19回鮎川哲也賞を受賞した相沢沙呼、『叫びと祈り』が絶賛された第５回ミステリーズ！新人賞受賞の梓崎優、同賞佳作入選の〈聴き屋〉シリーズの市井豊、そして本格的デビューを前に本書で初めて作品を発表する鵜林伸也。ミステリ界の新たな潮流を予感させる新世代の気鋭五人が描く、学園探偵たちの活躍譚。

収録作品＝似鳥鶏「お届け先には不思議を添えて」,
鵜林伸也「ボールがない」,
相沢沙呼「恋のおまじないのチンク・ア・チンク」,
市井豊「横槍ワイン」,
梓崎優「スプリング・ハズ・カム」